KB079153

나는 아침마다 일본을 만난다

지은이 | 온종림

펴낸이 | 이재욱

펴낸곳 | (주)새로운사람들

초판 인쇄 | 2023년 5월 24일

초판 발행 | 2023년 5월 31일

디자인 | 나비 02.742.8742

주소 | 서울 도봉구 덕릉로 54가길 25(창동 557-85, 우 01473)

전화 | 02)2237-3301, 02)2237-3316

팩스 | 02)2237-3389

이메일 | ssbooks@chol.com

ISBN 978-89-8120-654-3(03810)

@온종림, 2023

modoobooks(모두북스) 등록일 2017년 3월 28일/ 등록번호 제 2013-3호

책값은 뒤표지에 씌어 있습니다.

나는 아침마다 일본을 만난다

온종림

새로운사람들

이
야
기
를
시
작
하
며

에자키(江崎) 상은 남에게 나를 소개할 때 항상 "내 한국의 나쁜 친구"라고 말한다. 이른바 '아큐(악우, 惡友)'다. '아큐'는 '나쁜 친구'라는 의미이지만 '허물없는 친구'라는 뜻도 있다. 난 에자키 상의 표현이 두 의미 모두를 갖고 있다고 생각한다.

그를 처음 만났을 때 난 기자생활 5년차였다. 겁 없이 용감하고, 예의라곤 없었으며 때론 무모하기도 한 '탱크'였다. 당시 미쓰비시 계열사 컴퓨터 엔지니어였던 에자키 상과 나는 신문 제작에서 납 활자를 버리고 컴퓨터를 사용하는 CTS 프로젝트의 카운터파트였다.

3년이 넘는 세월을 일본을 오가며 지냈다. 아주 조금씩 일본을 공부하기 시작했다. 프로젝트 끝 무렵 1년여를 서울에서 호텔 신세를 지며 생활한 에자키 상은 내 일본 공부의 스승이었다. 그리고 그 학습은 지금도 이어지고 있다.

내 '일본 공부'의 관심은 일본 근대사, 그 중에서도 메이지유신을 전후한 일본 사회의 흐름이었다. 산업화에 적극적이었던 일본과 그렇지 않았던 조선이 그 이후 어떤 길을 걸었는지는 우리 모두 아는 사실이다. 그리고 그 선택이 남긴 상처는 지금도 '징용'이며 '위안부', '욱

일기'라는 단어로 이어지고 있다.

난 일본어를 전공하지 않았고 역사학도도 아니다. 대학에서 강의를 한 몇 년을 빼곤 평생 기자로 살았다. 그래서 내 '일본 공부' 방식은 신문 읽기다. 아침에 일어나면 컴퓨터를 켜고 그날의 일본과 만난다. 아침이면 현관에 쌓여 있던 조간신문 잉크 냄새 대신 인터넷 속 많은 일본 소식들에서 오늘 한국이 서 있는 자리를 본다. 때론 평소에 잘 볼 수 없는 나와 우리나라의 뒷모습을 볼 때도 있다.

일본의 신문이며 잡지 기사에는 '한국과 닮은 일본'과 '한국과 다른 일본'이 있다. 나는 '한국과 닮은'이 아닌 '한국과 다른' 일본을 열심히 읽는다. 닮은 두 나라기에 '다른 점'은 서로에게 가르침이 된다.

예를 하나 들자. 원폭 피해지인 나가사키에는 원폭 자료관과 평화기념상이 있다. 열 손가락이 모자랄 만큼 나가사키를 자주 갔지만 그때마다 떠올리는 것은 엉뚱하게도 한국의 독립기념관이었다. 나가사키 원폭 자료관과 평화기념상은 시내 중심에 있다. 누구나 쉽게 찾을 수 있어서 역사를 기억하게 한다. 그런데 우리 독립기념관은 천안시 목천이라는 외진 곳에 있다.

독립기념관 홈페이지에 따르면 KTX 천안아산역에서 택시로 20분 소요되고 버스 이용 시에는 환승이 필요하다고 한다. 고속버스를 이용하는 경우 천안종합터미널 앞에서 시내버스로 30분을 달려야 한다. 큰마음 먹어야 갈 수 있다. 이쯤 되면 독립기념관이 아니라 '독립망각(忘却)관'이란 이름이 더 어울린다.

이 책은 대부분 우리와 다른 일본을 이야기하고 있다. 그 다른 점을 어떻게 받아들일지는 독자들의 몫이다. "너무 일본 칭찬만 하는 것 아니냐?"는 독자도 있을 수 있다. 하지만 아니다. 남의 허물을 들추기

보다 잘하는 점을 보고 우리 식으로 받아들이는 것이 우리에게 피와 살이 된다. 이 책을 읽는 이들에게 작은 도움이라도 됐으면 좋겠다.

　책에 실린 글들은 페이스북에 소소하게 적었던 것들이 대부분이다. 페이스북에 글을 쓰기 시작한 것은 에자키 상이며 일본에 사는 아들 가족과 소통하기 위해서였다. 그래서 모든 글을 우리글과 함께 일본어로도 썼다. 여러 사정으로 이 책에선 일본어로 쓴 글은 제외했다. 이 책을 위해 많은 분이 애를 써주셨다. 그 고마움을 가슴에 소중히 묻는다.

　2023년 5월 온종림

축하하며 「나쁜 친구」의 책을

책을 쓴 온종림 기자는 30년 전 조선일보 CTS 프로젝트에서 함께 일했던 동료입니다. 업무를 떠나 개인적으로 친하게 지냈고 지금도 가끔 만나 술 한 잔 나누며 교분을 이어가고 있습니다.

늘 온종림 기자를 가리켜 '나쁜 친구'라고 말했지만, 그저 술자리의 농담일 뿐, '나쁜 친구'와 30년 동안 만나 술을 마실 사람은 없을 것입니다.

온 기자가 처음 나가사키에 왔을 때 평화기념상과 원폭 자료관을 안내했습니다. 오늘 그의 글에서 그때 한국의 독립기념관을 생각했다는 것을 읽고 "기자가 보는 눈은 다르구나."라고 생각했습니다.

이 책은 온 기자가 일본 신문을 읽으며 느낀 생각을 정리한 것입니다. 글들이 페이스북에 올라올 때마다 열심히 읽었습니다. 글들은 일본과 한국의 비슷한 점보다는 다른 점을, 한국인의 시각으로 바라보고 있습니다. 일본과 한국의 비슷한 점을 다룬 책은 많지만, 차이점을 다룬 책은 많지 않습니다.

한국과 일본은 같은 아시아 국가이면서도 역사나 문화적 배경, 정치제도 등에 큰 차이가 있습니다. 이 책에서 다루고 있는 내용은 한국인만 아니라 일본인의 시각에서도 상당히 흥미롭습니다. 일본을 바라보는 한국의 시각은, 일본인으로서도 상당히 궁금한 주제이기 때문입니다.

온 기자는 사카모토 료마나 일본 메이지 유신의 인물에 관심이 많습니다. 그래서 일본에 올 때마다 관련 유적으로 안내하곤 했습니다. 메이지유신으로 일본은 봉건사회에서 일변해 근대화의 시대로 탈바꿈에 성공했습니다. 그 원동력이 된 것은 국민의 강한 의지와 정부의 리더십에 의한 정책 추진입니다. 한국도 근대화를 추진하기 위한 노력이 있었지만, 그 과정은 일본과 많이 다릅니다. 그런 부분이 그의 관심을 끌고 있다고 생각합니다.

이 책을 통해 일본인도 자신들이 당연하게 생각하는 것이 세계에 통용되지 않을 수 있음을 인식할 수 있다고 생각합니다. 또한 한국인의 관점에서 본 일본의 문화와 사회제도에 대한 평가 역시 일본인들에게 소중한 충고가 될 것입니다. 이 책이 한일 두 나라의 상호 이해를 높이는 데 일조하기를 기대합니다.

2023년 5월 에자키 히로아키(江崎裕昭)

목차

후쿠자와 유키치 다음은
시부사와 에이이치!

새로운 100년 먹거리를 위해
일본이 다시 뛴다

니시야마 타이키치

2023. 02. 26.

"아! 이 사람이?"

　　오늘 아침 일본의 모든 신문과 방송이 한 전직 기자의 부음을 보도했다. 니시야마 타이키치(西山太吉) 전 마이니치신문(每日新聞) 기자가 지난 24일 기타큐슈의 한 요양 시설에서 심부전으로 사망했다는 내용이었다. 향년 91세. 나는 이 사람을 10년 전 드라마로 만났다. 일본 TBS가 2012년 10부작으로 방영한 '운명의 인간(運命の人)'이었다. 한 정치부 기자의 특종이 '국민의 알 권리와 국가의 비밀'이라는 영원한 갈등의 불씨를 다시 타오르게 한다. 수십 년의 법정 다툼이 이어지고 결국 승자는 국가가 된다는 내용이었다.

　　드라마 원작은 야마사키 도요코(山崎豊子)의 동명 소설이었다. 야마사키 도요코는 한국에도 널리 알려진 '불모지대'와 '하얀 거탑'의 작가. 야마사키 역시 마이니치신문 학예부에서 기자 생활을 했다. '운명의 인간'은 드라마라기엔 너무 묘사가 구체적이었다. 궁금해 확인해 보니 역시 실화를 바탕으로 하고 있었다. 그리고 그 드라마 속 마이초신문(每朝新聞)이 현실의 마이니치신문이며 모토키 마사히로(本木雅弘)가 연기한 주인공의 실제 모델이 니시야마 타이키치라는 것을 알았다. 10년 전 봤던 드라마 속 열혈 기자는 오늘 내 컴퓨터 모니터에서 빛바랜 자료사진과 세월의 무게가 얹힌 노인의 모습으로 다시 돌아왔다.

야마구치현 시모노세키시 출신인 니시야마 타이키치는 게이오대학을 졸업하고 1956년 마이니치신문에 입사해 정치부 기자로 활약했다. 수없이 특종을 이어가는 뛰어난 민완 기자였다.

1972년 미일 양국 정부는 '오키나와 반환 협정' 체결을 앞두고 있었다. 핵무기 철거 비용 등으로 일본이 미국에 3억 2,000만 달러를 지불하는 한편 군용지를 논밭 등으로 원상 복구하는 비용은 미국이 부담한다는 논의가 진행되고 있었다. 그러나 그 이면엔 토지 원상복구 비용 300만 달러를 일본 정부가 미국을 대신해 부담한다는 '밀약(密約)'이 오가고 있었다. 당시 외무성을 출입하던 니시야마는 이 기밀문서를 입수해 빛나는 특종을 한다.

야당과 국민의 엄청난 비판에 시달린 당시 일본 내각은 '밀약'의 존재를 부정하는 한편, 문서 유출을 문제 삼아 니시야마와 외무성 여직원을 체포, 기소한다. 1974년 1심에서 도쿄지방법원은 "취재 목적이 정당했다."고 무죄를 선고했다. 하지만 1976년 2심에서 유죄가 선고되고 1978년 대법원에서 이를 확정했다.

문제는 또 있었다. 검찰 기소장을 통해 드러난 니시야마와 외무

니시야마 타이키치의
사망을 전하는 일본 방송 화면

드라마
'운명의 인간'

성 여직원의 '부적절한 관계'가 알려지면서 미일 외교 현안은 남녀 스캔들과 취재윤리로 치환됐다. 분노한 독자들이 "마이니치신문 기자들의 취재 방식은 이런 것인가?"라며 불매운동에 나섰고, 정기구독을 취소하는 전화가 판매국에 쇄도했다.

　판결 직후 니시야마는 사표를 내고 낙향한다. 그리고 20여 년 뒤인 2000년, '밀약'을 뒷받침하는 미국 측 공문이 공개됐다. 2006년엔 1971년 당시 대미 교섭을 담당했던 요시노 분로쿠(吉野文六) 외무성 미국 국장이 '밀약'의 존재를 인정했다. 니시야마는 2005년 국가배상법에 근거한 국가배상 청구 소송을 제기했다. 하지만 2007년 도쿄지방법원은 "20년의 제척기간이 경과했다."며 청구를 기각했다. 이에 불복해 다시 소송을 냈지만, 대법원의 최종 판결은 "밀약 문서를 공개하지 않기로 한 정부의 결정이 타당하다."는 판단이었다. 자신이 쓴 특종 기사 하나에 삶이 송두리째 바뀐 니시야마의 싸움은 그렇게 패배로 끝났다.

　국가의 비밀과 국민의 알 권리 사이의 다툼은 이전부터 있었고 앞으로도 그럴 것이다. 평생 기자 생활을 한 나 역시 이 고민에서 자유롭지 않다. 풀리지 않는 숙제를 남기고 니시야마 타이키치가 세상을 떠났다. 눈 감는 순간까지 그는 자신이 옳았다고 생각했을 것이다.
　그것으로 충분하다.

시골 농촌의 조용한 혁명

2023. 02. 23

학교 급식이 환경을 살리고 마을 살림살이도 풍족하게 만들었다. 얼핏 들으면 꿈같은 얘기다. 환경과 경제성장은 친하지 않다. 이 '두 마리 토끼'를 한꺼번에 잡는 것은 거의 불가능하다. 그런데 이걸 해낸 일본 마을이 있다. 지바현 이스미(いすみ) 시가 그곳이다. 이 동네 초등학생들은 1년 내내 유기농 쌀로 지은 급식을 먹는다. 게다가 무상급식이다. 할아버지가 농약 전혀 안 쓰고 여름 내내 잡초 뽑으며 정성 들여 수확한 건강한 쌀을 손자가 맛있게 먹는다. 풍요로운 바다를 안고 자연이 풍요로운 이 아담한 전원도시의 아이들은 그래서 행복하다. 그런데 이들의 행복한 삶이 시작된 것은 그리 오래된 일은 아니었다.

이스미 시의 농가

시작은 황새였다. 2010년 어느 환경포럼에 참석한 이스미 시 시장은 일본에서 '황새의 고장'으로 알려진 효고현 도요오카(豊岡)시의 환경보전 노력에 감명 받아 "이스미 시에도 풍부한 자연의 상징인 황새를 불러오고 싶다."고 생각한다. 이를 계기로 시와 시민들이 머리를 맞대고 다양한 정책을 연구했다. 도요오카를 답사하고 전문가의 조언을 듣는 등 부지런히 공부했다. 그래서 내린 결론은 생물 다양성을 확보할 수 있는 환경보전 형 농업, 즉 유기농 벼농사였다. 이스미는 원래 지바현의 곡창이다. 이스미 강 유역에 펼쳐진 비옥한 땅에서 매년 많은 양의 쌀이 생산됐다. 하지만 2012년까지 유기농 쌀농사는 전혀 행해지지 않았다.

설득 끝에 2013년 농가 3곳이 유기농 쌀농사를 시작했다. 하지만 결과는 참담했다. 잡초와의 전쟁에서 패배한 이들 농가가 그해 수확한 쌀은 겨우 240kg. 낙담하던 이스미 시에 구원의 손길을 내민 것은 NPO법인 '민간벼농사연구소'였다. 도요오카에서 유기농법을 지도한 경험이 있는 이 연구소는 이스미 시에도 유기농법의 노하우를 전수했다. 다음 해인 2014년엔 두 농가가 합세해 모두 다섯 농가가 두 번째 유기농 벼농사에 도전한다. 그래서 얻은 유기농 쌀이 4톤. 비약적인 발전이었다. 그리고 여기에 기쁨을 더해준 것은 이들 논에 마침내 황새가 찾아왔다는 것이었다. 꿈이 이뤄졌다.

다음 과제는 수확한 4톤 쌀의 처리였다. 처음 지은 유기농 농사인 탓에 판로가 마땅치 않았다. 판매하기에는 양이 너무 적었다. 그때 누군가가 "학교 급식을 통해 아이들이 좋은 쌀을 먹도록 하자."고 제안했다. 아이들의 건강에 도움이 되고 시민들이 농업과 환경에 더 관심을 가질 수 있지 않겠느냐는 것이었다. 내 새끼 좋은 밥 준다는데 반대할 부모 없었다. 시장도 그 자리서 결재 서류에 'OK' 사인을 했다.

그래서 이듬해인 2015년 이스미 시의 14개 초·중등학교 급식에 처음으로 현지 산 유기농 쌀이 한 달간 제공됐다. 반응은 상상 이상이었다. 시민들은 한결같이 감사와 환영의 뜻을 시(市)에 전해 왔다.

　　유기농 쌀농사에 동참하는 농가가 늘고 생산량이 늘자 이스미 시는 모든 학교급식을 1년 내내 유기농 쌀로 공급했다. 12개 학교 42톤 분량이다. 이런 사정이 매스컴에 소개되며 이스미의 친환경 유기농 농사는 일본 전국에 알려지게 됐다. 덕분에 2017년부터 밀려오는 다른 지방의 주문에 즐거운 비명을 지르게 됐다. '이스미 유기농 쌀'이 유명한 지역 브랜드가 된 것이다. 그리고 황새가 매년 찾아오니 사람도 찾아왔다. 이스미 시에 따르면 2014년 168건이었던 이주 상담이 2021년엔 741건까지 증가했다. 농촌을 등지는 다른 지방과 달리 너도 나도 '둥지를 틀고 싶은' 마을로 변한 것이다. 학교 급식이 정쟁의 수단이 되는 한국에서 바라볼 땐 꿈같은 얘기다.

젊은 낙도, 토시마

2023. 02. 15

일본 도쿄도 남쪽에 토시마(利島)라는 작은 섬이 있다. 면적 4.12km²로 도쿄도 내 시·구·읍·면 중에서 가장 작다. 도쿄 도심에서 남쪽으로 약 130km 떨어진, 태평양 위에 떠 있는 이즈 제도 국립공원 내의 섬이다. 토시마무라(利島村)라고도 부른다. 항구가 있는 북쪽에 단 하나의 마을이 있어 대부분 주민들이 그곳에 거주한다. 나머지 섬의 80%는 동백나무로 덮여 있다.

그런데 이 작은 섬에 특이한 점이 있다. 300여 명의 주민 중에 20~40대 젊은이가 많다. 농어촌의 젊은이들이 일을 찾아 도시로 떠나는 것은 한국이나 일본이나 같다. 그런데 이 토시마는 20~40대가 넘쳐난다. 그리고 놀라운 것은 이들 2040세대의 80%가 토박이 아닌 타지 출신이라는 점이다.

유명 관광지도 아니고 대형 생산시설이 들어선 곳도 아니다. 고속 제트선으로 2시간 넘게 달려야 본토에 다다를 수 있는 토시마에 왜 타지 출신 젊은이들이 달려와 정착하는 것일까? 일본의 경제지 JB Press는 최근 현지 취재를 통해 그 비결이 토시마 만의 '친밀감'이라고 분석했다.

친밀감? 표현이 너무 추상적이다. 기사를 다 읽고서야 JB Press가 말하는 친밀감이 '오손도손'이라는 우리말 표현과 가장 가깝다는 생각이 들었다. 타지 사람이 와도 배척하지 않는다. 되레 반기며 정착을 돕기 위해 크고 작은 배려를 아끼지 않는다. 일반적으로 폐쇄적인 섬마을 아줌마, 아저씨랑 다르다는 것이다.

다카다 카나에(高田佳苗)라는 여성이 있다. 대학 시절 자원봉사를 위해 세 차례나 토시마를 찾았다. 우리 식으로 말하면 농촌 일손 돕기를 했다. 토시마는 일본 최고의 동백기름 생산지이다. 다카다 카나에 씨가 대학을 졸업하고 일자리를 찾던 어느 날, 평소 연락을 주고받던 토시마 마을 사무소에서 안부 전화가 왔다.

대화 중 '일자리를 찾고 있다.'는 얘기를 하니 마을 사무소 직원은 "그렇다면 토시마에 와서 일을 하는 것은 어떠냐?"고 제안을 했다. 이 한 마디에 다카다 씨는 2016년 토시마로 이주해 선박 접안을 관리하는 작은 회사에서 근무하고 있다. 도시의 젊은 층이 출신지와 무관한 시골에 정착하는 이른바 'I턴'이다.

다카다 카나에 씨의 과감한 I턴 결정이 가능했던 것은 토시마 주민들의 개방적인 기질이었다. 길에서 누구를 만나면 스스럼없이 인사를 나눈다. 주민들이 서로의 집을 찾아 식사와 술을 함께 하는 것은 토시마에서는 '아주 당연한' 일상사다. 폐쇄성이나 배타성이 없는, 좋은 의미에서의 느슨함이 섬을 둘러싸고 있다.

여기에 더해 토시마엔 항상 일거리가 있다고 촌장 무라야마 마사토(村山将人) 씨가 소개했다. 바다든 산이든, 내 일이든 남의 부탁이든 할 일이 항상 있다는 것이다. 그래서 이웃이 내게 필요한 사람이고, 내가 이웃에게 필요한 사람이라는 느낌을 갖고 살아가게 된다는 설명이다.

"기자 관두면 시골 가서 농사나 지을까?"
이렇게 말하는 선배들이 많았다. 노후에 대한 걱정이자 전원생활

토시마

에 대한 동경이다. 나 역시 그림 같은 자연 속에서 유유자적 노후를 보내고 싶은 마음이 들 때도 있다. 정부도 오래전부터 귀농을 장려하고 각종 지원도 하고 있다.

하지만 노력과 투자에 비해 그 결실은 초라하다. 게다가 연고 없이 농어촌으로 뛰어드는 젊은 층들의 'I턴'은 극히 드물다. 땅도 마련해야 하고 농사일 역시 아무나 덤벼든다고 척척 열매가 맺히는 일이 아니다.

더욱이 이에 앞서 귀농을 꺼리고, 또 실패하는 가장 큰 이유 중 하나가 현지인들과의 부조화라는 점은 누구나 안다. 잔치 벌이고 마을 발전기금 낸다고 닫힌 마음이 열릴까? 꽁꽁 언 땅엔 씨앗을 심을 수 없다.

우크라이나 초콜릿

2023. 02. 14

나와는 아무런 상관없는 2월 14일 밸런타인데이는 편의점에서 시작된다. 거리를 걷다가 문득 편의점 앞 좌판에 초콜릿이 가득 쌓인 모습을 보면 "아! 올해도 그날이 다가왔구나."라고 세월을 느낄 수 있다. 밸런타인데이에 여자에게 초콜릿을 준 기억은 아득하다. 신문사에서 일할 때 같은 부서의 여자 후배가 "초콜릿 사 달라."고 졸라대 점심시간 광화문 교보문고에 들러서 하나 샀던 것이 기억의 마지막이다.

그리고 밸런타인데이인 오늘, 역시나 다양한 장식을 한 초콜릿들이 행인들의 손에 들려 거리를 메우고 있다. 초콜릿 선물은 원래 유럽에서 유래된 풍습이다. 우리나라에는 일본을 통해 들어왔지만, 그 열기가 일본을 넘어선 듯 느껴진다. 반갑지 않은 '청출어람'이다.

리비우
핸드메이드 초콜릿

　　일본도 밸런타인데이를 앞두고 치열한 '초콜릿 전쟁'이 펼쳐진다. 그런데 올해 다소 이색적인 초콜릿이 판매 며칠 만에 완판되는 기록을 세웠다고 마이니치신문이 전했다. 절대적인 인기를 누린 초콜릿은 고베(神戶)에 있는 일본 통신판매 대기업 '페리시모'의 바이어 키노우치 미사토(木野内美里)가 수입한 우크라이나 초콜릿이었다.

　　올해 55세 여성인 키노우치 미사토는 밸런타인데이 전용으로 세계 각국의 초콜릿 브랜드를 250개나 일본에 소개한 이른바 '전문가'다. 이 여성이 올해의 밸런타인데이 초콜릿을 찾다가 눈길 머문 곳이 우크라이나였다. 미사일이 날아다니는 전화(戰禍) 속의 우크라이나에서 초콜릿 수입하기? 파격적인 발상이었다.

　　우크라이나의 초콜릿 제조업체 '리비우 핸드메이드 초콜릿'. 우크라이나와 폴란드의 국경 부근에 자리 잡고 있다. 검색해보니 우크라이나 국내에 체인점이 몇 곳 있을 정도로 현지에선 유명한 업체였다. 기계에 의한 대량생산이 아니라 초콜릿 장인들이 일일이 손으로 제품을 만든다.

　　하지만 이 초콜릿이 키노우치 미사토나 일본인들의 마음을 움직인 것은 제작 공정이나 맛이 아니었다. '우크라이나인들이 미사일의 공포와 마주하고 정전과 단수의 고통 속에서 힘들게 만든 초콜릿', 바로 우크라이나 인들의 아픔이었다. 일본 통신판매 사이트에서 제품을 검색해보니 1,800엔이라는 가격과 함께 "일본인들이 우리 초콜릿은 즐겨주기를 바랍니다. 앞으로도 계속. 자쿠유(감사합니다)!"라는 우크라이나 업체 직원들의 글을 소개하고 있었다.

　　판매는 대성공이었지만 우크라이나 초콜릿을 일본에 선보이기까지의 과정은 험난했다. 폴란드를 통해 초콜릿을 받아서 벨기에를 거쳐 일본으로 가져온다는 계획을 세웠다. 하지만 우크라이나에서 물건을 폴란드로 가져오는 것이 힘들었다. 수입 허가를 받기 위해 초콜릿 대금이 러시아로 건너갈 가능성이 없고, 초콜릿을 만드는 장인들이 친(親)러시아 인물들이 아니라는 점을 서류로 증명해야 했다.

예상치 못한 까다로운 증명서를 준비하느라 초콜릿은 밸런타인데이를 20일 정도 앞둔 1월 하순에야 국경을 넘을 수 있었다. 하지만 이런 어려움은 제품에 대한 SNS의 댓글들이 순식간에 녹여주었다. 댓글들엔 우크라이나 사람들에 대한 격려와 응원의 메시지가 넘쳤다.

전쟁을 치르고 있는 나라에서 밸런타인데이 초콜릿을 수입한다는 것이 그저 반짝 아이디어일 수도 있다. 하지만 무기나 달러의 지원이 아닌, 상거래를 통해 도움을 주려는 생각이었다면 실로 뛰어난 발상이 아닐 수 없다. 한국도 러시아와의 관계 탓에 우크라이나 지원에 여러 어려움이 있다. 하지만 정부 아닌 민간 차원에서 도움을 줄 수 있는 길은 없을까? 우크라이나 밸런타인데이 초콜릿이 우리에게 뭔가 가르쳐주고 있다.

동전 입금 수수료

2022. 12. 30.

일본 사람들의 새해 첫날 행사는 하츠모오데(初詣, 初もうで)다. 가족들과 함께 가까운 신사나 절을 찾아 한 해의 복을 기원한다. 이른 새벽부터 인파가 몰린 신사의 모습이 자주 방송에 소개된다. 코로나19가 극성이던 지난해는 일본 정부가 참배 인파로 인한 감염 확산을 우려해 '연내 하츠모오데(年內 初詣)'를 호소할 정도로 대중적인 행사다.

그런데 도쿄신문에 실린 한 사람의 투고가 일본 사회에 적지 않은 파문을 일으켰다. 도쿄 신주쿠에 거주하는 우에다 준(上田淳)이라는 30대 회사원이 지난 9월 도쿄신문의 독자란인 '발언'에 투고한 글이었다.

매달 거르지 않고 유명 사찰을 찾아 참배한다는 이 사람은 도쿄도 내의 어느 절에서 '새전의 동전은 가급적 100엔 이상으로 해주세요.'라고 적은 벽보를 보았다는 것이다. 우리나라 절은 실내 불상 앞에 '복전함' 또는 '보시함'이라는 나무 상자가 놓여 있다. 신도들이 참배를 하고 얼마간의 돈을 넣는다. 수도하는 스님들을 돕고 어려운 이웃을 위해 써달라는 의미다. 그런데 일본의 신사나 절은 큰 나무상자가 대부분 본당 앞 야외에 놓여 있다. 구멍이 없이 가로로 나무 막대들만 몇 개 빗장처럼 걸어놓았다. 수없이 봤지만 대부분 10엔, 50엔 동전들이다. 가장 고액인 500엔 동전은 본 기억이 없다.

투고를 한 사람은 "'새전은 100엔 이상으로'라는 벽보를 보고 눈을 의심했다."고 적었다. 이어 "작금의 고물가나 각종 수수료 인상의 영향이 드디어 여기까지 파급된 것인가 하는 슬픈 기분이 들었다."고 서운하고 안타까운 심정을 토로했다.

투고를 받은 도쿄신문이 당연히 해당 절에 확인 전화를 했다. 전화를 받은 절의 주지 스님은 "분명히 3일 동안 새전함 위에 그런 벽보를 붙였었다."며 "하지만 생각을 고쳐 철거했다."고 말했다. 이어 "동전을 금융기관 창구에서 입금할 때 수수료가 너무 비싸다."며 한숨을 쉬었다.

계좌이체 수수료는 알겠는데 동전 입금 수수료라니? 내 돈 내 통장에 넣는데 은행에 돈을 내야 한다는 말이 이해되지 않았다. 그런데 일본은 아니었다. 많은 동전을 입금할 경우 은행들 대부분이 수수료를 받는다는 것이다. 첫 시작은 2019년 리소나 은행이 '대량의 동전 입금 사무절차 대가'라는 이름으로 수수료를 받기 시작했단다. 그리고 대부분의 시중은행들이 뒤를 이었다. 그나마 우리 우체국 예금에 해당하는 유초은행(ゆうちょ銀行)이 수수료를 안 받았지만 지난 1월부터 수수료를 받기 시작했다고 한다.

그런데 일본 은행들의 동전 입금 수수료가 만만치 않다. 유초은

硬貨の手数料			NHK
ATMでの預け入れ		窓口での取り扱い	
1~25枚	110円	1~50枚	無料
26~50枚	220円	51~100枚	550円
51~100枚	330円	101~500枚	825円
		501~1000枚	1100円
※1回の預け入れ 100枚まで		以降500枚ごとに	550円

일본 유초은행의
동전 교환 수수료 안내

행의 경우, 동전의 종류에 무관하게 51개부터 수수료를 받는다. 51엔을 모두 1엔짜리 동전으로 입금하면, 550엔의 수수료가 발생한다. 즉 499엔의 적자가 난다. 10엔 동전을 51개 입금해도 40엔 손해를 본다. 대부분 저가 동전들이 가득한 새전함 형편으로선 은행에 입금할수록 되레 '마이너스'인 셈이다. 잠시나마 벽보를 붙였던 주지 스님은 "참배 수입에 전적으로 의지하는 우리 절로서는 너무 어려운 현실"이라고 호소했다. 이런 상황이 이 사찰만은 아니었다.

간사이 지방의 한 신사는 현지 신용금고를 이용한다. 그 지역 신용금고는 아직 동전 500개까지는 수수료를 받지 않는단다. 그래도 10엔 동전은 거스름돈이 필요한 점포를 찾아가 지폐로 환전하고 1엔 동전은 봉투에 넣어 하염없이 모으고 있다. 군마현의 한 신사는 상점들을 대상으로 환전 서비스, 즉 동전 교환 서비스에 나섰다. 대중들이 낸 돈으로 역시 대중인 소상공인들의 편의를 위해 사용한다는 것이다. 그 뜻에 공감해도 동전 처리에 골머리를 앓는 일본의 사찰이며 신사들 모습이 썩 보기 좋은 풍경은 아니다.

가끔 은행에 가면 '동전 입금은 창구가 한산한 OO시까지' 등의 안내 문구를 볼 수 있다. 지금 생각해보니 시장이나 상가 인근의 은행 지점들이었다. 동전을 입금하는 대부분이 소상공인일 터. 한국의 은행들은 참 착하다.

라면 성지

2022. 12. 27

지난 19일 일본 야마가타 현 야마가타 시의 사토 타카히로(佐藤孝弘) 시장이 월례 기자회견에서 한 말이 일본의 모든 매스컴에 보도됐다. 흔히 라면이라고 통칭하는 중화소바의 가구당 지출액 1위를 꼭 탈환하겠다는 것이다. 사토 시장은 이어 "2022년의 조사기간은 올해 연말까지다. 열심히 노력하면 반드시 1위가 될 수 있다."며 "나 역시 연말에는 토시코시소바(年越しそば)와 라면을 먹으려고 한다."고 비장한(?) 각오를 밝혔다. 토시코시소바는 우리말로 하면 해넘이 국수다. 일본에선 매년 12월 31일이면 가족들이 모여서 '토시코시소바'를 먹는다.

우리나라에도 잘 알려진 '우동 한 그릇' 역시 이 풍속을 바탕으로 한 이야기다. 가늘고 긴 소바의 면은 장수를 상징한다. 또한 쉽게 끊어지기 때문에 지난 한 해의 고생이나 재액(災厄)을 깨끗이 끊고 나서 신년을 맞이하자는 염원을 담았다. 가마쿠라 시대부터 내려오는 오랜 풍속이다. 그런데 올해 연말엔 이 토시코시소바와 함께 라면도 먹겠다니…. 사토 시장은 도쿄대 법대 출신이다. 경제관료도 지냈다. 이런 사람이 기자회견에서 '라면 지출액 일본 1위'를 간절히 소망하다니 외국인인 내 입장에선 "도대체 그게 뭔데?"라는 생각이 들 수밖에 없다.

일본 라면

　　사정을 알아보니 야마가타 시는 2020년까지 8년 연속 라면 지출액 1위를 지켜왔다. 그런데 지난해인 2021년 그 선두 자리를 니가타에 빼앗겼다. 일본 총무성은 매년 2월 가계조사를 발표한다. 그 중 라면 지출액도 포함되는 모양이다. 총무성 조사는 2인 이상의 가구당 외식으로 라면에 지출한 금액을 산출한다. 총무성 자료를 살펴보니 2021년 일본 현청 소재지며 기타 도시의 라면 지출액은 니가타시가 1만 3,735엔으로 가장 많았다. 야마가타 시는 1만 3,433엔으로 2위에 머물렀다. 302엔 차이로 8년을 지켜온 왕좌를 내준 것이다. 야마가타 시로서는 억울하고 아쉬울 법도 하다.

　　그래서 사토 시장의 엄숙한 발언 전에도 민간 차원의 부단한 노력이 계속됐다. 일본의 한 경제지에 따르면 야마가타 시의 라면집 점주들이 지난 9월 1위 탈환을 위한 모임을 결성했다. 모임 명칭이 제법 거창하다. 이름 하여 '라면의 성지, 야마가타 시를 만드는 협의회'다. 이 단체를 중심으로 시와 긴밀한 협의 아래 시민 대상 홍보 등에 적극 나섰다. 이런 노력 탓인지 올해 1~9월까지의 잠정 집계에 따르면 가구당 라면(외식) 지출액은 야마가타 시가 1위(1만 210엔), 2위가 니가타 시(9,425엔), 3위가 센다이 시(8,595엔)였다. 이에 시장까지 나서서 "고지가 눈앞이니 조금만 더 분발하자."고 외치는 것이다.

조금 늦은 설명이지만 여기서 말하는 라면, 중화소바는 한국인이 흔히 떠올리는 인스턴트 라면이 아니다. 대략 구분하면 일본 라면은 소금 라면과 간장 라면, 그리고 돈코츠 라면으로 나눌 수 있다. 소금이나 간장으로 간을 하거나 돼지뼈 삶은 물을 사용하는 차이가 있고 지역마다 저마다의 독특한 맛이 있다. 야마가타 시의 경우 2021년 조사에 따르면 인구 10만 명 당 라면 점포수가 58.07개로 전국 1위다. 정식 라면집 외에 일반 식당에서 라면을 제공하는 점포가 많고 집에 손님이 오면 라면을 배달시켜 대접하는 문화도 있다고 한다.

매년 2월 일본 총무성이 발표하는 집계엔 교자도 있다. 군만두다. 지역별로 소비가 가장 많은 곳의 순위를 발표한다. 이 순위를 두고 지자체들이 신경을 곤두세우기도 한다. 한국인의 눈으론 "도대체 뭐하는 짓들인가?" 하는 생각이 든다. 그저 순위일 뿐, 이해 당사자인 점주들을 빼면 별것 아닌 일 아닌가 하는 생각이다.

하지만 라면 소비 랭킹에 연연하고 군만두 지출 순위에 신경 곤두세우는 그 밑바탕엔 일본만의 깊은 '뿌리 의식'이 있다. 일본이라는 커다란 국가 안에 지방별로 저마다의 작은 쿠니(國)가 있다. 그 작은 국가에 대한 애국심에 야마가타의 시민들은 세밑인 지금 열심히 라면집을 찾을 것이다. '라면 소비 1등 국가' 국민이 되려고.

출세환불

2022. 12. 25

온가에시(恩返し). 은혜를 갚는다는 일본어 표현이다. 이 단어를 볼 때마다 마음 한구석이 아프다. 살면서 얼마나 많은 은혜를 입고 살았는가. 외아들에게 모든 정성을 쏟으셨던 어머니에게 기쁨보다 슬픔을 안겨드린 일도 적지 않았다. 그래서 나는 어머니에겐 평생 죄인이다. 그뿐인가? 부족한 제자를 다독이고 격려해주신 은사들에게 받은 큰 은혜를 제대로 갚지 못했다. 그래서 모교에서 제자이자 후배들인 학생들을 가르칠 때는 더욱 분발했다. 온오쿠리(恩送り)였다. 내가 받은 은혜를 그 상대가 아닌 도움이 필요한 다른 이에게 전한다는 말이다.

일본엔 '출세환불(出世払い)'이라는 말이 있다. 에도시대부터 전해온 말이라는데 돈을 차용하고 성공한 뒤 갚는 방식을 말한다. 에도시대 지금의 시가(滋賀)현인 오미국(近江国)에선 '출세증서(出世証文)'라는 문서가 많이 통용됐다고 한다. 궁핍한 사람이 그 사람이 사정을 호소하고, 훗날 출세했을 때 변제를 약속하는 내용이었다.

문서만 없었을 뿐, '출세환불'은 우리나라에도 많이 있었다. 어렵고 힘들던 시절, 장남의 학업을 위해 동생들은 진학을 포기해야 했던 경우가 적지 않았다. 또 연인의 뒷바라지를 위해 모든 것을 희생했는데 출세한 남자에게 버림받은 여자 얘기 또한 적지 않았다. 너무 '신파'인가?

그런데 일본 정부가 2024학년도부터 '출세환불'을 시작한다고 마이니치신문이 전했다. 대상은 대학원생들이다. 물론 정부가 대학원생들에게 돈을 직접 주는 것은 아니다. 석사과정 대학원생의 등록금을 국가가 대신 내주고 훗날 '출세'를 하면 할부로 상환하게 한다는 내용이다. 일본 정부의 이 같은 시도는 외국에 비해 낮은 대학원 진학률에 있다. 2020년 기준 일본의 대학원 진학률은 남자가 14.2%, 여자는 5.6%이다. 10년 전인 2010년 남자 17.4%, 여자 7.1%에 비해 감소 추세다. 일본의 4년제 대학 진학률이 54.4%, 전문대를 포함하면 64.1%라는 점에 비춰보면 대학원생이 아주 적다는 얘기가 된다.

전공마다 다르겠지만 내 경험으론 대학 과정은 그 전공의 목차 정도만 읽는 수준이다. 대학원 석사과정에서 공부하는 법을 익히고 정작 학문은 박사과정에서 시작한다고 나는 생각한다. 일본 정부는 제대로 학문을 하는 학생들이 적어지는 것을 걱정하는 것이다. 특히 이공계를 염두에 둔 정책이다.

그런데 그 취지에 반해 상환 자격이 논란의 대상이 됐다. 즉 '출세'의 기준을 어디에 두느냐를 두고 일본 내에선 갑론을박이 오간다.

기시다 총리의
'출세환불' 정책을
보도하는 TV 화면

일본 정부가 고민 끝에 내놓은 기준은 연봉 300만 엔이다. 우리 돈으로 대략 연봉 3,000만 원 이상을 받으면 그때부터 대납해준 등록금을 돌려받겠다는 것이다.

연봉 300만 엔이란 기준에 대해 일본 정부는 일본의 평균 임금 등을 고려했다고 설명했다. 하지만 우리나라의 경우를 볼 때 연봉 3,000만 원을 받는 근로자를 과연 '출세했다'고 평가할 수 있을지 의문이 들었다.

이런 생각이 나만은 아닌지 릿쿄대학의 한 교수는 NHK에 출연해 "연 수입 300만 엔이면 실수령액은 월 20만 엔 정도"라며 "정부 안(案)대로 하면 매달 2만 5,000엔 정도 장학금을 상환해야 하는데 이는 월 실수령액의 10% 이상을 갚아야 하는 것으로 비싼 주택 월세 등을 생각하면 현실적인 방법이 아니다."라고 우려했다.

일본의 대학생활은 그리 만만치 않다. 통계에 의하면 하숙하는 자녀에게 매달 부모가 보내는 돈은 평균 8만 6,200엔이다. 여기서 월세 등을 빼면 한 달 생활비는 1만 9,500엔 정도. 즉 하루에 650엔, 우리 돈 6,500원 정도로 버텨야 한다. 게다가 더 충격적인 것은 경제적 부담을 덜기 위해 가고 싶은 대학이 아닌, 집에서 통학할 수 있는 대학을 어쩔 수 없이 선택하는 경우가 많다는 것이다. 이렇게 되면 대학이 적은 지역에서는 배움의 선택지가 적어진다. 따라서 돈 때문에 꿈을 접는 안타까운 경우도 생기게 된다.

일본 정부의 '출세환불'로 얼마나 많은 연구자, 즉 학문하는 이들이 늘어날지는 모르겠다. 하지만 순수학문, 특히 이과계의 연구자를 양성하겠다는 배려만큼은 훌륭하다고 생각한다. 1949년 유가와 히데키(湯川秀樹) 교토대학 교수가 처음으로 노벨 물리학상을 받은 이후 일본은 지금까지 28명의 노벨상 수상자를 배출했다. 이 중 12명이 물리학상을 받았고 8명이 화학상, 5명이 생리·의학상을 받았다. 특히

2010년 이후 최근 10여 년 동안은 자연과학 부문 노벨상 수상자를 미국과 영국 다음으로 가장 많이 배출했다.

　그나저나 학자금 대출을 받고 졸업을 했는데 취업이 어려워 사회생활 첫발부터 신용불량자 신세를 만드는 우리나라 제도는 어떻게 좀 고치지 못하는 것일까? 이러다간 '온가에시(恩返し)'가 아닌 '한가에시(恨返し)'가 될 것 같다.

야스이 닛폰

2022. 12. 19.

설 연휴에 아이들 집 방문에 앞서 나가사키에 들르기로 했다. 3년 전 시간이 맞지 않아 에자키 상과 술 한 잔 나누지 못한 아쉬움이 크기 때문이다. 여유롭게 한 잔 나누려고 호텔을 예약하는데 이럴 수가? 엔저 탓도 있겠지만 고급 호텔도 가격이 예전보다 훨씬 저렴했다. 내 입장에서 반가운 일이지만 "이래도 괜찮은가?"라는 걱정도 한편 들었다.

러시아의 우크라이나 침공에 전 세계적으로 물가가 급등했다. 한국 역시 치솟는 물가에 신음하고 있다. 요즘 출근해서 점심시간만 되면 메뉴 선택이 고민인 것은 나만이 아닐 것이다. 점심 한 끼 먹으려면 1만 원은 각오해야 하는데 월급은 제 자리 아닌가?

아침에 일본 신문들을 살펴보는데 제목 하나가 눈에 확 들어왔다. '安いニッポンの正体!' '싼 일본의 정체'라고? 며칠 전 나가사키 호텔 예약 때가 생각나 기사를 클릭했다. 제법 긴 기사였지만 단숨에 읽을 수 있었다.

기사에 따르면 일본의 한 공인회계사가 아오모리 현 하치노헤(八戸) 시에 라면 가게를 열었다. 공인회계사와 라면 가게는 어울리지 않는 조합이지만 이 공인회계사는 "경영자의 어려움을 이해하기 위해 요식업에 뛰어들었다."고 했다. 가게 이름은 좀 거창하다는 느낌의 '드래곤 라면.' 그런데 이 가게가 위치도 좋고 음식솜씨도 좋았는지 손님이 줄을 잇는 소위 '라면 맛집'이 됐다.

영업시간은 오전 11부터~오후 2시까지. 하루 3시간 영업시간에 하루 평균 100여 명이 가게를 찾았다. 대기 손님이 많아 1시간을 기다려야 라면 한 그릇 맛보는 경우도 많았다고 한다. 그런데 이 가게를 지난 10월 폐점했다. 코로나19 사태가 본격화된 2020년 10월 문을 연 지 2년 1개월 만이었다.

공인회계사 라면집 주인은 잘나가던 가게의 폐점 이유를 이렇게 말했다. "인기 가게로 키울 수 있었지만 그럼에도 불구하고 폐점을 선택했습니다. 제 역량 부족이라는 측면도 있지만 원가 급등으로 인한 채산 악화, 인력 부족도 큰 이유입니다."

그의 사연에 귀 기울여보자. 우선 개점 시에는 코로나 사태가 2021년 안에는 정상화될 것으로 생각했다. 하지만 너무 길게 여파가 이어지는 속에서 올해 지금까지 경험하지 못했던 각종 가격 인상이 덮쳤다. 식재료 원가와 광열비가 치솟았다. 2020년 10월 개업 때와 비교하면 식용유는 40~50%, 면은 30~40%, 전기세와 가스비는 30% 정도 올랐다. 게다가 소상공인이어서 겪는 아픔도 있었다. 소상공인은 가격 협

일본도 한국처럼
고물가에 시달리고 있다

'야스이 닛폰'의 고통은
소상공인의 몫이다.

상력이 없고 약한 존재다. 라면 가게에서 고기나 뼈는 정육업자, 멸치는 해산물 도매상, 야채는 슈퍼, 면은 제면업자로부터 구입한다. 어떤 거래 든 자신보다 규모가 큰 업체를 상대하게 된다. 그는 이렇게 말했다.

"가격을 올릴 때는 '다음 달부터 올라갑니다.'라고 종이 한 장으 로 통지하면 끝입니다. 소규모 음식점은 거래 볼륨이 작아서 식품 도 매업체 입장에서 보면 중요한 거래처가 아닙니다. 용기를 내어 가격 협상을 하려고 해도, 대부분의 경우는 '아무쪼록 다른 곳에서 사 주세 요.'라고 말해 버립니다."

그들 업체들도 구입비용이나 수송비용 등이 오르니 가격을 인상 할 수밖에 없는 사정을 안고 있다. 하지만 소상공인 입장에선 구입처 가 한정되기 때문에 가격 인상을 받아들이는 것 이외의 선택지는 없 다고 그는 안타까운 속내를 털어놨다.

그렇다면 방법은 라면 값을 올리는 수밖에 없다. 하지만 이도 쉽 지 않다. '드래곤 라면'의 가격대는 600~900엔. 50엔 정도 인상을 고 민했지만 600~900엔에서 50엔 인상은 5% 이상의 가격 인상이 된다. 크게 오른 느낌을 주게 된다. 또 인근 경쟁점이 가격을 동결하고 있으 면 더욱 비싸다는 느낌을 받는다. 소비자는 가격 비교에 민감하고 가 성비가 나쁘다고 느끼면 방문 빈도가 줄어든다. 그러면 인건비 등 고 정비용을 줄여야 하는데 월급을 낮추면 직원들이 그만두게 되니 이

또한 불가능한 일이라는 것이다.

　라면집 문을 닫은 회계사는 요즘 '싼 일본'이라는 말을 들을 기회가 자주 있다고 말했다. '싼 일본'이란 엔화 약세로 가격대가 저렴해졌다는 일본 전체의 서비스를 가리키는 말이다. 실제로 나처럼 소비자로서 음식점이나 호텔을 이용하면 너무 싼 가격에 놀랄 수 있다. 한 끼 500엔짜리 백반, 1박 3,000엔대 호텔 등 가격은 저렴하면서도 충분한 서비스를 받을 수 있는 가게를 찾는 것은 요즘 일본 어느 지역에서나 그리 어렵지 않다. 하지만 이 '싼 일본'의 정체는 가격을 인상할 수 없는 환경에서 수익은 바닥인 채 억지로 버티는 소상공인과 스태프들의 피눈물이라고 그는 말했다.

　이게 어디 일본만일까? 오늘 점심에 7,000원짜리 차돌 된장찌개를 내년부터 8,000원으로 올린다는 단골식당 공지 글을 보고 나는 "빌어먹을!"이라고 속으로 푸념했었다. 내가 잘못했다. 식당 주인장에게 마음속으로 사과했다.

최저임금

2022. 12. 08.
_____   _____

한국도 그렇지만 일본 거리를 걷다 보면 구인 메모를 가게 앞에 붙여 놓는 경우를 흔히 본다. 24시간 영업을 하는 편의점은 거의 상시모집 중이고 흔한 규동 가게나 이자카야도 '시급 0000엔'이라고 적은 아르바이트 직원 구인 메모를 내건 곳이 많다. 그만큼 마음만 먹으면 어렵지 않게 일자리를 구할 수 있기 때문에 고등학교를 졸업하면 부모 곁을 떠나 자립하는 경우가 많다. 하루에 두 곳 정도 파트타임으로 일하면 중소기업 초봉 정도를 벌 수 있으니 '자유인' 선언을 하는 것이다. 가정주부들 역시 가계를 돕거나 여가 활동 삼아 파트타임으로 일하는 경우도 흔히 볼 수 있다.

　그런데 이 일본의 아르바이트, 파트타임 근무자들이 스스로 근무시간을 줄이고 있다고 오늘 아침 도쿄신문이 전했다. 왜? 이제 조금 더 쉬고 싶어서? 아니었다. 자발적인 근무시간 축소의 배경에는 일본의 최저임금과 세금제도가 있었다. 지난 10월 2일 일본 최저임금이 발표됐다. 일본은 지방별로 차별 최저임금을 두고 있다. 각 지역별 물가를 반영한 것이다. 전국 평균 최저임금은 961엔으로 작년보다 31엔 올랐다. 2022년 한국의 최저임금은 9,160원이다. 엔화 가치가 추락한 요즘 환율로 보면 한국과 비슷한 수준이다.

마트에서 일하는
일본 주부사원

　지방별로 보면 사이타마 현 987엔, 치바 984엔, 아이치 986엔, 교
토 968엔, 오사카 1,023엔, 효고 현 960엔, 도쿄 1,072엔, 가나가와 현
1,071엔 등이다. 도쿄를 둘러싼 수도권이 최저임금이 높았고 가장 낮
은 곳은 아오모리 현으로 853엔이었다. 어쨌든 최저임금이 오르자 일
본 수도권을 중심으로 아르바이트며 파트타임 근로자들의 시급 역시
상승세를 이어가고 있단다. 일본 리크루트에 따르면 지난 10월 아르바
이트·파트 모집의 평균 시급은 1,189엔으로 사상 최고치를 경신했다.
특히 음식점의 경우 시급을 대폭 올려 구인에 나서고 있다고 한다.
　시급이 오르니 당연히 수입도 늘어날 것이다. 그런데 스스로 근
로시간을 줄이는 이유는 '103만 엔'이라는 벽 때문이다. 일본에서 파
트타임 근무자는 연봉이 103만 엔을 넘으면 소득세가 붙기 시작한다.
주부 파트타임 근무자의 경우 배우자가 직장인이나 공무원이면 기업
규모에 따라 사회보험료 부담이 생겨 실수령액이 크게 떨어진다. 그
래서 '덜 받으려고' 근무시간을 줄이는 것이다. 사이타마 현의 어느 국
수 회사는 파트타임 근무자의 25%가 세금 부담을 피하고자 일하는
시간을 줄였다. 이 회사 간부는 "새로 사람을 구하기도 힘든 상황에서
근무시간을 줄이니 공장 가동에 차질이 생겼다."고 하소연했다.

대기업도 상황이 어려운 모양이다. 일본에 가면 자주 들리는 규동 체인인 요시노(吉野)는 지난 10월 파트타임 시급을 최대 50엔 인상했다. 그러자 파트타임 근무자들이 너도나도 근무시간을 단축 조정하겠다고 나서서 고민에 빠졌다. 특히 연말에 인력난이 예상된다고 한다. 요시노의 히로오카 에이지(広岡恵次) 경영기획실장은 "일할 수 있는데 일할 수 없다고 하는, 노사가 서로 행복하지 않은 상황"이라고 말했다. 일본의 한 연구기관이 배우자가 있는 파트타임 여성을 대상으로 한 조사에서 '연봉을 줄이기 위해 일하는 시간을 줄이고 있다.'는 사람이 전체의 61.9%를 차지했다.

일본 제국 데이터뱅크에 따르면 10월 시점에서 정규직의 일손 부족을 느끼고 있는 기업의 비율은 51.1%, 비정규직의 경우는 31%나 됐다. 말 그대로 구인난을 겪는 상황에서 최저임금 인상과 세금 제도가 KO 펀치를 날린 것이다. 상황은 심각하지만 노사 모두 불편함을 느끼고 있고, 코로나 이후 경제회복을 위해서도 정부가 세제(稅制)를 고치는 등의 움직임이 있을 것으로 보인다.

그런데 급격한 최저임금 인상으로 아르바이트를 해고해서 구인난 아닌 구인난을 겪는 우리나라는 어떻게 해야 할까? 나는 오늘도 편의점 주인 할머니에게 담배 이름을 네 번이나 크게 외치고서야 담배한 갑을 살 수 있었다. 정말 힘들었다.

헬프 마크

지하철로 출퇴근을 하다 보니 가끔 교통약자석에서 벌어지는 시비를 자주 목격하게 된다. 대부분 '자격 시비'다. "왜 멀쩡한 젊은 놈이 자리를 차지하고 있느냐?"는 고함에 "내가 몇 살인데 함부로 반말이냐?"고 맞받아치는 볼멘소리가 이어진다. 심지어는 "민증 까자!"는 말까지 오가는 경우도 있다.

몇 해 전 회식을 하는데 후배 한 명과 옆 좌석 사람이 사소한 말다툼을 시작했다. 서로 목소리를 높이다 정말 서로 민증을 깠다. 이런! 마침 동갑이었다. 그러자 상대방이 외쳤다. "나 해병대 출신이야!" 내 후배도 물러나지 않고 외쳤다. "난 백골 3사단 출신이야!"

교통약자석에 앉을 자격은 좌석 옆에 글과 그림으로 안내돼 있다. 장애인, 노약자, 임산부, 영유아 동반자 등이다. 게다가 저조한 출산율을 의식했는지 별도로 임산부 전용석까지 마련했다. 과연 전철에 앉을 자리가 없어서 출산을 기피할까 하는 합리적인 의심이 든다. 그리고 정작 그 핑크 의자에 임산부가 앉은 모습을 거의 보지 못했다. 도저히 출산이 가능할 것 같지 않은 아줌마가 버젓이 앉아 핸드폰으로 '고스톱'을 즐긴다. 때론 한 잔 걸치신 아저씨가 기대앉아 졸고 있다.

그래도 어쨌든 약자를 위한 배려이니 시비를 걸 마음은 없다.

오늘 도쿄신문이 '헬프 마크'에 대한 기사를 보도했다. 2012년 10월부터 도쿄에서 시작한 헬프 마크가 10년 만에 전국으로 확산했다는 내용이었다. 헬프 마크를 처음 제안한 사람은 자민당 소속 야마카 아케미(山加朱美) 도쿄도의회 의원이었다. 35세 때 스키를 타다사고를 당해 오른쪽 다리 골절로 인공 고관절을 넣었다. 통증으로 빨리 걷지 못하고 장시간 서 있기도 어렵다. 하지만 전철 안에서 노약자석에 앉아 있으면 "젊은 사람이 왜 여기 앉아 있나?"는 고함을 듣기일쑤였다. 자신의 직접 경험을 내세워 도의회에서 마크의 필요성을 설파해 도쿄도가 도입을 결정했다.

헬프 마크는 목에 걸거나 가방에 매달 수 있는 휴대형이다. 세로 8.5cm, 가로 5.3cm의 수지로 만든 빨간색 판에 흰색 십자와 하트가 디자인되어 있다. 대상자는 의족이나 인공관절을 사용하고 있는 사람, 내부 장애나 난치병 환자 또는 임신 초기의 여성 등 겉모습으로는 정상인과 구별이 되지 않지만 도움이나 배려가 필요한 사람들이다.

도쿄신문에 따르면 시행 10년 만에 인지도가 확실히 상승하고 있고 교통약자 4명 중 1명이 "도움이 됐다."고 긍정적인 반응을 보였다고 한다. 그런데 전혀 엉뚱한 곳에서 문제가 불거지기도 했다.

헬프 마크

헬프 마크의 디자인이 너무 예쁘다는 게 문제였다. 도움을 달라는 표시인데 디자인이 너무 귀여워서 패션 아이템으로 착각하게 한다는 것이다. 너무 디자인을 잘한 것도 문제가 된다. 일본 가수 중에 시이나 링고(椎名林檎)라는 여자가 있다. 2008년 자신의 데뷔 10주년을 기념하는 'Ringo Expo 08' 콘서트에서 욱일기를 거의 그대로 모방한 깃발을 굿즈로 관객들에게 배포하는 등 여러 차례 사고를 쳐서 한국에서도 미운털이 박힌 인물이다. 이 여자가 얼마 전 새 앨범을 발표하며 함께 내놓은 굿즈가 헬프 마크와 너무 닮아 문제가 됐다. 결국 시이나 링고가 굿즈 디자인을 변경하고 백배사죄하는 것으로 마무리됐다.

단 한 사람이라도 장애를 가진 이들에게 도움이 된다면 헬프 마크의 도입은 성공적이라고 평가할 수 있다. 그리고 여기에 더해 헬프 마크에 구체적인 장애 내용을 표기하자는 제안까지 나오고 있단다. 실제로 일부 지자체에서 이를 실행하고 있기도 하다. "귀가 들리지 않습니다."라든지 "인공관절" 등 자신의 불편함을 주위에 정확하게 알리는 것이다.

임산부 표시만 있는 우리나라도 한 번 도입해보면 어떨까? 그러면 교통약자석 시비가 사라지지 않을까? 아닐 것 같다. 남이 내게 하는 민폐는 죽어도 못 참지만 내가 남에게 끼치는 민폐엔 한없이 너그러운 사람들이니까.

화이트 임펄스

2022. 12. 03.

얼마 전 'NICE FLIGHT!'라는 일본 드라마를 재미있게 봤다. 일본 TV 아사히가 지난 7월부터 9월까지 방영한 8부작 드라마로 새내기 파일럿 남성과 하네다공항 여성 관제사의 사랑 얘기를 담았다. 여주인공을 맡은 나카무라 안(中村アン)이 꽤 인상 깊었다. 좀 더 솔직히 말하면 "딱 내 스타일!"이라고 할까?

공항과 관제사 얘기를 담은 일본 드라마는 또 있다. '도쿄 컨트롤, 도쿄공항교통관제부'라는 제목으로 후지TV가 2011년 10부작으로 방영했다. 이 드라마 역시 제법 재미있게 봤다.

'NICE FLIGHT!' 첫 회에서 아오모리 공항 제설대(除雪隊) '화이트 임펄스' 얘기가 나온다. '그런 조직이 있구나.'라고 생각했는데 지난 1일 일본의 거의 모든 신문과 방송이 "아오모리 공항의 '화이트 임펄스'가 올해 처음 출동했다."고 보도한 것을 보고 깜짝 놀랐다.

'시골 공항 제설대가 이 정도였어?' 그래서 공부를 했다. 역시 독특하고 대단한 조직이었다. 해발 198m의 아오모리 공항은 작지만 국제공항이다. 요즘은 코로나19로 운항을 안 하지만 대한항공이 취항했던 곳이다. 대만의 에바항공도 직항편을 운행했다.

그런데 이 아오모리 공항이 겨울 한 시즌 누계 강설량이 10m를 넘기는, 세계에서도 유례가 드문 '폭설 공항'이다. 때론 하루에 40cm가 넘는 눈이 내리기도 한다. 폭설이라면 빼놓을 수 없는 홋카이도 삿포로의 신치토세 공항이나 아사히카와 공항보다 눈이 많단다. 게다가 아오모리의 눈은 홋카이도의 눈보다 수분 함량이 많아 빠른 제설이 안 되면 항공기 이착륙이 아예 불가능하다. 이 골치 아픈 공항을 지키는 이들이 '화이트 임펄스'다. 명칭은 우리 '블랙 이글스' 격인 일본 항공자위대 곡예비행단 '블루 임펄스'에서 아이디어를 얻었다.

아오모리 공항은 길이 3,000m, 폭 60m의 활주로 1개를 가지고 있다. 코로나19 이전에는 국내선·국제선을 합해 하루 평균 약 40편의 항공기가 뜨고 내렸다. 제설 면적은 약 55만m^2로 요미우리 자이언츠의 홈구장인 도쿄돔 12개를 합한 크기다.

이 넓은 면적을 '화이트 임펄스'는 여러 종류의 제설차를 사용해 40분 안에 제설을 마친다. 활주로에 설비된 500개 이상의 조명등은 파손 방지를 위해 모두 수작업으로 눈을 치운다. 겨울 한 시즌 이들의 출동 횟수가 200회를 훌쩍 넘긴다는데, 이들 덕에 '폭설 공항' 아오모리는 눈으로 인한 결항이 단 한 차례도 없기로 유명하다.

그런데 눈여겨볼 것은 이들의 조직이다. '화이트 임펄스' 대원들은 지역 건설사 4곳이 만든 공동기업체 소속이다. 10대~60대까지 120여 명이 활동한다. 겨울에만 활동하는 이들은 대부분 원래 직업이

아오모리 공항에서
제설작업에 나선 화이트 임펄스

농업이다. 논농사, 밭농사나 양봉에 종사하다 농한기인 겨울이면 모이는데 제설에 일사불란한 팀워크를 자랑한다. 일본 국내는 물론 외국에서까지 견학을 올 정도. 그리고 그 팀워크의 비결은 '우리가 하늘의 안전을 지킨다.'는 보람과 성취감이다. 그리고 아무리 사소한 일에도 최선을 다하는 일본만의 '잇쇼켄메이(一生懸命)' 정신이다.

　'화이트 임펄스'가 대단한 것은 그저 쌓인 눈을 신속하게 처리하는 것 때문이 아니다. 이들은 설질(雪質)을 정밀하게 구분하고 기온의 미세한 차이에 따라 제설의 방법을 그때그때 바꾼다. 우리가 군대에서 힘으로 밀어붙이던 마구잡이 제설작업이 아니라 공부하고 또 공부한다. 이런 섬세함과 성실함이 농사꾼 아저씨, 과수원 할아버지를 일본 최고의 제설 기술자들로 만든 것이다. 이들의 이런 모습을 동경해 '화이트 임펄스' 대원을 꿈꾸며 각종 장비며 기술을 익히는 10대들도 많다. 할아버지에서 아버지로 이어지는 대물림 역시 적지 않다.

　비행기가 푸시백을 마치고 활주로로 이동할 때 지상 작업을 마친 정비사 등이 손을 흔들며 배웅하는 모습을 자주 본다. 그때마다 가슴이 따스해지곤 한다. '저들이 내가 탄 비행기의 안전을 위해 땀 흘려줬구나.' 하는 감사의 마음이 든다. 오늘도 아오모리 공항에선 '화이트 임펄스'가 활주로를 달릴 것이다.

　'NICE FLIGHT!'를 위해.

화이트 임펄스 로고.

만두 정상회의

2022. 11. 11.

빼빼로데이로 우리에게 친숙한 11월 11일은 농업인의 날이자 보행자의 날이기도 하다. 숫자 1111이 철로가 쭉 뻗은 모습을 연상시킨다고 해서 '레일 데이(Rail Ray)'라고도 한다. 그런데 일본의 11월 11일은 개호(介護)의 날이자 부타 만쥬((豚饅頭), 즉 돼지고기 만두의 날이다. 부타 만쥬(豚饅頭)를 줄여서 부타만(豚饅)이라고 부르는데 '11'이 돼지의 코 모양과 비슷하다고 해서 11월 11일을 '돼지 만두의 날'로 정했다고 한다, 선뜻 공감할 수 없지만 그리 보인다니 '그런가?' 하고 넘어갈 수밖에….

그런데 이 '돼지고기 만두의 날(豚まんの日)'에 치러지는 행사가 제법 성대하다. 가장 대표적인 것이, 고베에서 열리는 이름도 거창한 '부타만 서밋(豚饅サミット)'이다. 올해도 11일부터 13일까지 '고베 부타만 서밋(ＫＯＢＥ豚饅サミット)'이 열리는데 코로나19로 3년 만에 부활한 올해 서밋의 주제는 '고베에 힘을(神戸に元気を)'이다. 2011년 시작했는데 코로나19 여파로 두 해를 열지 못하고 올해가 11번째 행사다. '서밋'이라는 행사 이름답게 고베는 물론 전국 각지의 다양한 돼지고기 만두들이 고베 난징마치(南京町)의 광장에 모여 각자의 맛을 고객에게 선보인다.

고베 부타만서밋
홍보 모습

　일본에서 부타만(豚饅)의 역사는 100여 년 전으로 거슬러 올라 간다. 1915년 중국 저장성(浙江省) 닝보(宁波) 출신 중국인 소쇼키 (曹松琪)가 난징마치에 '로쇼키(老祥記)'라는 가게를 낸 것이 시작이 었다. 소쇼키가 자신이 어릴 때부터 먹었던 텐진(天津) 지방 만두인 '텐진 포자(天津包子)'를 일본인의 입맛에 맞게 개량해 부타만(豚饅) 이라고 이름을 붙인 것이 그 시작이다. 알다시피 고베는 일본의 대표 적인 개항지 중 하나. 그래서 고베 차이나타운은 요코하마 차이나타 운, 나가사키 차이나타운, 도쿄 이케부쿠로 차이나타운과 더불어 일본 4대 차이나타운으로 손꼽힌다.

　'로쇼키'를 시작으로 고베에 우후죽순으로 부타만(豚饅)을 만드 는 점포가 급증했고 다들 나름대로 오랜 역사와 자신들만의 맛을 자 랑하고 있다. 원조(元祖)인 '로쇼키'는 이제 4대째 대를 이어 영업하 고 있다. 지금도 하루에 팔리는 부타만이 무려 1만 수천여 개라고 한 다. 개점 당시 고베 항에 닻을 내린 중국 선원들이 고향의 맛을 찾아 모여들던 식당에서 이제 고베 시민은 물론 일본 국민 전체의 사랑을 받는 음식점이 된 것이다.

　중국에서 건너온 만두는 이제 교자라는 이름으로 일본인들에게

퇴근길 술 한 잔 걸친 아버지가 집에서 기다리는 자녀들에게 부담 없이 사 들고 귀가하는 인기 메뉴가 됐다. 일본의 어느 도시나 퇴근길이면 유명 체인인 '교자노오쇼(餃子の王将)' 앞에 사람들이 줄을 서서 차례를 기다리는 모습을 흔히 볼 수 있다. 전국에 734개 직영점과 프랜차이즈 점포를 가진 '교자노오쇼'는 연 매출이 9,000억 원에 이른다. 그만큼 일본인들의 만두 사랑이 극진하다는 얘기다. 나도 삿포로에서 어느 추운 밤 포장을 해 숙소로 돌아가 안주 삼아 혼술을 마신 기억이 있다.

이런 일본시장에 한국도 지난 2018년 도전을 시작했다 CJ제일제당이다. 현지화를 위해 '비비고 교자'라는 이름으로 출발했는데, 2021년 '비비고 만두'로 개명했다. 일본 소비자들에게 비비고 제품이 '한국식 만두'라는 인식을 정확히 하기 위해서라는 설명이다. 그런데 부타만(豚饅)과 몇몇을 제외하고 일본인들에게 만두는 한국인이 생각하는 만두와는 상당히 다르다. 오히려 떡에 가깝다. 뭐 똑똑한 사람들이 알아서 한 결정이겠지만 글쎄….

고베 부타만서밋 로고.

후쿠자와 유키치,
그 다음은

2022. 11. 06.

일본은 현금 결제가 주된 지불수단이다. 마트 계산대에서 차례를 기다리며 앞 사람들을 지켜보면 카드로 결제하는 사람을 보기 힘들다. 현금을 내고 1엔 동전까지 알뜰하게 챙겨 동전 지갑에 넣는 모습이 대부분이다. 그런 일본의 2021년 캐시리스 결제가 32.5%까지 비중이 올랐단다. 경제산업성의 공식발표다. 2010년 13.2%에 비하면 엄청나게 증가했다. 일본 매스컴들은 코로나로 인한 비대면 사회가 '캐시리스 급증'의 큰 원인이라고 꼽았다.

내 지갑엔 현금이 전혀 없다. 신용카드 하나, 체크카드 하나로 생활한다. 집 앞 구멍가게에서 순대 3,000원어치 살 때는 가게 벽에 붙은 주인 계좌에 핸드폰으로 송금한다. 그런데 일본은 젊은 층도 현금을 선호한다.

여러 이유가 있지만 가장 큰 이유는 개인정보와 보안에 민감한 국민성을 들 수 있다. 어느 조사에 따르면 일본인 80%가 카드로 인한 개인정보 유출에 불안감을 느낀다고 한다. 내 일본 지인은 한국에 와서 승용차 앞에 너도나도 전화번호를 적어놓은 것을 보고 경악했다. "이거 소중한 개인정보인데 괜찮으냐?"는 것이다.

거기에 덧붙여 치안상태가 좋아 현금 분실이나 소매치기 확률이 낮고 위조지폐 역시 다른 나라보다 적다는 점도 현금 선호의 한 원인

2024년부터 사용할
일본의 새 지폐

이라고 한다. 위조지폐가 적은 것에는 일본의 지폐 보안기술이 세계 정상급이라는 점도 기여했다.

그런 일본이 2024년을 목표로 열심히 새 지폐들을 인쇄 중이다. 일본 지폐는 1,000엔, 5,000엔, 1만엔권 3종류다. 2,000엔 지폐가 있지만 인기가 없어 애호가의 수집 대상 신세가 됐다. 그런데 2024년부터 사용될 지폐의 인물들이 모두 바뀌었다. 이건 매우 중요하고 의미심장한 일이다.

지폐 속 인물은 그 나라가 기억하고 싶은 사람이다. 그리고 기억하고 싶으면서도, 국가 전체가 나아가야 할 방향에 대한 본보기로서 그 시대적 가치를 상징한다. 새 지폐 속 인물로 선정된 이들은 시부사와 에이이치(渋沢栄一), 쓰다 우메코(津田 梅子), 기타사토 시바자부로(北里柴三郎) 등 3명이다. 일본 재무성은 이들을 택한 이유로 "새로운 산업의 육성, 여성 활약, 과학의 발전 등의 면에서 일본의 근대화를 이끈 사람들로서 일상의 생활에 빠뜨릴 수 없고, 우리가 매일같이 손에 들고 보는 지폐의 초상으로서 적합하다."고 설명했다.

1,000엔 지폐의 주인공이 된 기타사토 시바자부로는 일본 세균학의 아버지로 알려진 인물이다. 파상풍 치료법을 찾아냈으며 감염병 의

학 발전에 헌신했다. 5,000엔 지폐의 쓰다 우메코는 일본 여자교육의 선구자로 평가되는 인물이다. 여자영학숙(女子英学塾, 지금의 쓰다주쿠대학, 津田塾大学)을 설립해 영어교육과 개성을 존중하는 교육에 헌신했다. 그리고 1만엔권의 주인공 시부사와 에이이치는 메이지 시대 관리로 개혁정책을 수립해 일본경제를 확고한 기반 위에 올려놓은 인물이다. 일제 강점기엔 한국전력의 전신인 경성전기 사장을 지내기도 했다.

새 화폐의 주인공들을 보면 오늘 일본의 고민과 지향점이 읽힌다. 1984년 이래 일본은 20년 주기로 지폐의 인물을 바꿔왔다. 그 중 후쿠자와 유키치(福澤諭吉)만 1984년부터 2023년까지 40년을 계속해 1만엔 지폐의 인물이었다. 일본 근대화의 아버지 후쿠자와 유키치는 끊임없이 일본인들에게 아시아를 벗어나라고 가르쳤다. '문명'이란 말도 '개화'란 단어도 그가 만들었다. 그리고 아시아의 악우(惡友)를 사절하고 서구문명을 열심히 익혀 서구 문명국의 일원이 되라고 강조했다. 이른바 '탈아론(脫亞論)'이다.

후쿠자와 유키치의 주문대로 일본은 선진 문명국이 됐다. 그리고 그 다음은 시부사와 에이이치! 새로운 100년 먹거리를 위해 다시 뛰자는 다짐인가?

다나카 히로카즈

2022. 10. 15.

내 성(姓)은 소위 말하는 희성(稀姓)이다. 대한민국에 대략 5,500명 정도가 있다. 그리고 내가 아는 한 일본에 최소한 5명이 있다. 아들 가족들이다. 남편의 성을 따른 며느리 덕택에 덤으로 1명이 늘었다. 가족들 외에 밖에서 나와 같은 성을 가진 사람을 만난 경우가 극히 드물다. 평생 10번이 채 안 된다. 그러니 나와 같은 이름을 가진 동명이인(同名異人)을 만난 적은 단 한 번도 없었다. 혹시 있더라도 이름의 한자(漢字)까지 같을 경우는 없을 거라고 확신한다.

13일자 산케이신문에 큼지막한 5단 광고가 실렸다. 사람을 찾는 광고인데 내용이 특이했다. 광고를 낸 단체 명칭은 '일반사단법인 다나카 히로카즈 모임(一般社団法人田中宏和の会)'이다. 그런데 단체의 대표이사도 다나카 히로카즈, 이사(理事) 두 사람도 다나카 히로카즈, 감사(監事)도 다나카 히로카즈다. 광고의 내용인즉 일본 전국에 거주하는 다나카 히로카즈(田中宏和)라는 이름의 사람을 찾는다는 것이었다. '왜 찾느냐고?' 별다른 노력을 하지 않고 세계 제일이 되기 위해서였다.

사단법인 다나카 히로카즈 모임(社団法人田中宏和の会)의 활동을 일본에서는 '다나카 히로카즈 운동(田中宏和運動)'이라고 부른다. 동성동명 연합인 이들이 하는 일은 일본 전국의 다나카 히로카즈를

일본 전국의
다나카 히로카즈를 찾는 모임
포스터

한곳에 모으는 일이다. 제법 오랜 역사를 자랑한다. 1994년 나라 현립 사쿠라이상고(奈良県立桜井商業高等学校)의 다나카 히로카즈가 그해 프로야구 드래프트에서 긴테쓰 버펄로스로부터 1순위 지명을 받았다. 이 보도를 본 광고대리점에서 일하던 다른 다나카 히로카즈가 동성동명 찾기를 시작한 것이 시작이다.

이들의 활동이 2002년 지방지에 보도되면서 서서히 알려지기 시작했다. 나름대로 활발한 활동을 벌인다. 2009년에는 작사 다나카 히로카즈, 작곡 다나카 히로카즈의 테마송 '다나카 히로카즈의 노래(田中宏和のうた)'도 제작한다. 노래는 11명의 다나카 히로카즈가 불렀다. 또 2010년엔 다나카 히로카즈 14명의 공저(共著) '다나카 히로카즈 씨(田中宏和さん)'를 출판하기도 했다. 이쯤 되면 "별난 단체가 있구나." 하고 웃어넘길 일이 아니다.

이들 다나카 히로카즈들의 목표는 기네스북에 기록되는 것이다. 현재 기록은 미국의 사업가 마사 스튜어트가 2005년 자신과 이름이 같은 164명의 마사 스튜어트를 한 자리에 모은 것이다. 다나카 히로카즈들은 이 기록을 깨려고 분투하고 있다. 2011년 도전했지만 67명을 모으는 데 그쳤다. 그래서 올해는 꼭 목표를 달성하기 위해 신문에 광고까지 내며 동분서주하고 있다. 광고를 보니 모임의 계기가 된 투수 다나카 히로카즈는 물론 올해 세 살인 다나카 히로카즈부터 88세인 다나카 히로카즈도 참석 예정이라고 한다.

　1억이 넘는 인구이니 쉽게 모을 것 같은데 꼭 그렇진 않은 모양이다. 자료를 보니 다나카(田中)는 일본 성(姓) 중에서 4위에 오를 정도로 흔한 성이었다. 약 145만 명이 다나카란 성을 쓰고 있었다. 참고로 1위는 사토(佐藤)로 약 200만 명, 2위는 스즈키(鈴木)로 175만 명, 3위는 다카하시(高橋)로 145만 명 정도였다.

　다나카 히로카즈들의 도전이 성공할지는 모르겠다. 그런데 이 광고를 보며 문득 '한국에 기네스북 등재가 확실한 이름이 있는데…'라는 생각이 들었다. 바로 절에서 키우는 견공들의 이름이다. 많은 절집을 돌아다닌 내 경험으론 절에서 기르는 견공의 이름 중 거의 40%는 이름이 '해탈(解脫)'이었다. 전국의 사찰에 있는 '해탈'이 수백 마리는 될 텐데 혹시 이거 어떻게 안 될까?

마치코바

2022. 08. 28.

일본 도쿄에 대전(大田)이란 이름의 구(區)가 있다. 오타구라고 읽는다. 우리도 잘 아는 하네다공항이 이 오타구에 있다. 오타구는 이른바 마치코바(町工場)가 모여 있는 곳이다. 특히 금속 절삭과 가공 등에 높은 기술력을 가진 중소 제조업이 밀집해 있다. 구의 실태조사에 따르면 공장 수는 2016년 기준 4,229개로 도쿄 23개 구(區) 중 가장 많다. 하지만 전성기이던 1983년 9,177에 비하면 절반 이하로 줄었다. 경영자의 고령화와 대를 이을 후계자가 없어 문을 닫는 경우가 많다.

마치코바는 일본경제를 버티는 근본이다. 작은 공장이 대를 이어가며 한 우물을 파니 저마다의 노하우가 쌓인다. 게다가 아무리 사소한 것도 철저히 점검하고 완벽을 추구하는 일본 특유의 장인정신이 버티고 있다. 그렇게 연마한 기술력이 오늘날 세계적인 일본 브랜드를 만들었다. 일본의 우주탐사선 하야부사에도 작은 마치코바의 첨단 기술이 들어갔다.

하지만 마치코바도 이젠 사양길에 접어들었다. 앞서 말한 대로 고령화와 대를 이을 후계가 없다는 게 가장 큰 이유다. 이런 위기 상황을 새로운 분업 체계로 극복하고 있다는 소식을 오늘 도쿄신문에서 읽었다. 새로운 분업 체계는 'I-OTA'. 마치코바 연합의 이름으로 대기업의 발주를 수주한다. 그리고 연합에 가입한 마치코바가 각자의 장기인 절삭, 연마 등 공정별로 일감을 나눠 작업을 진행한다.

한 회사 단독으로는 기술적인 면에서 수주하기 어려운 대형 안건도 여러 마치코바가 힘을 합하니 수주가 가능해졌다. 오타구의 한 마치코바 경영자는 "마치코바 자체가 저마다의 전문분야만 고집하다 보니 그동안은 대기업이 작업을 의뢰해도 눈물을 머금고 거절하는 경우가 많았다."고 말했다. 마치코바 사이의 소통은 'I-OTA'의 회화형 통신 시스템을 사용한다. 도면도 쉽게 주고받을 수 있다.

마치코바는 시험 제작에 강하지만 대량생산이 어렵다는 한계가 있었다. 하지만 새 분업 체계로 아이디어에서 대량생산까지의 연결에 도전하고 있다. 마치코바의 위대한 변신이다. 서울에도 많은 동네 공장이 있다. 청계천에서도, 을지로 골목에서도 쇠망치 소리를 쉽게 들을 수 있다. 하지만 그 소리가 언제까지 이어질지는 모를 일이다. 일본 오타구 마치코바의 경우를 눈여겨볼 필요가 있다.

마치코바에서 일하는
근로자

죽음을 생각하는
아이들

2022. 07. 01.

소년은 지난해 다니던 고등학교를 자퇴했다. 입학한 지 반년 만이었다. 꿈꾸던 학교는 아니었다. 수영에 자신이 있었다. 체육 특기생으로 진학을 목표로 했던 고등학교가 있었지만 코로나로 인해 입학이 좌절됐다. 차선으로 택한 학교였지만 학교생활은 기대와 전혀 달랐다. 코로나 감염 방지를 위해 쉬는 시간에도 대화가 부자연스러웠다. 점심 시간도 침묵 유지. 친구를 사귈 기회가 없었다. 그래도 주변에서 그룹이 만들어지고 소년은 '방치'되었다. 외로웠고 다른 갈등도 겹쳐 학교를 더는 다닐 수 없었다.

소년은 지금 통신제 고등학교에 편입, 공부를 계속하고 있다. 하지만 생활 리듬이 흐트러졌다. 한밤중까지 게임을 하고 가끔 늦잠을 자기도 한다. 시험이라도 치르면 점수는 떨어질 대로 떨어졌다. 더 이상 나빠질 수 없을 정도였다. '분발하자!'고 스스로 격려하지만 아직 어린 나이에 자신을 통제하고 자신의 길로 나아가는 일은 쉽지 않다. '이러다 영원히 인생에서 낙오할 수 있다.'는 두려움에 불안할 때가 많다. 그래도 학교로 다시 돌아가는 것은 싫다.

음식점에서 아르바이트를 하는 또 다른 소년이 있다. 올해 17살. 2020년 고등학교에 입학했지만 등교하지 않았다. 입학 직후 코로나로

NPO법인
'당신이 있는 곳'의
SNS에 올라온
10대들의 하소연

인한 긴급사태 선포로 장기 휴교가 이어졌다. 이후 이따금 등교 수업이 이어졌지만, 공부를 따라갈 수 없게 됐다. 문화제, 체육제, 수학여행도 줄줄이 중단됐다. 학교생활에 아무런 즐거움도 찾을 수 없었다. 결국 소년은 고2 끝자락에 학교를 그만둔다. 그는 "고등학교에 다니는 동안 아무런 추억도 만들지 못했다."라고 안타까운 마음을 전했다.

오늘 아침 도쿄신문이 보도한 코로나19 사태로 달라진 학교생활 모습이다. 일본 후생노동성이 고민 상담 창구로 추천하는 NPO법인 '당신이 있는 곳'의 SNS에는 10대들의 하소연이 매달 약 2만 건이 올라온다.

내용을 보면 2020년 봄 첫 코로나 비상사태 당시에는 '코로나', '불안'이라는 단어가 많이 사용됐지만, 2021년 여름을 기점으로 '죽음'이 최다였다. 이어 '학교', '친구'가 뒤를 이었다. 법인의 오조라 코키(大空幸星) 이사장은 "중고생들이 휴교와 행사 중지로 친구와의 연결이 끊긴 상태다. 점차 고립되면서 '죽음'이란 단어가 증가한 것"이라고 분석했다.

일본 문부과학성 조사에 따르면 2020년 초·중학생 등교 거부는 과거 최다인 19만 6,127명으로, 전년 대비 8% 증가했다. 후생노동성에 의하면, 2020년의 초중고생 자살자 수는 전년 대비 25% 늘어난 과거 최다 499명이었다. 2021년에도 473명이 해서는 안 될 선택을 했다. 후생노동성 자살대책전문가회의는 지난 4월 "학교 행사나 동아리 활동이 이뤄지지 않아 장기적으로 학생들에게 심리적 악영향이 우려된다."고 보고했다. 코로나 3년에 일본 아이들의 마음의 병이 깊은 모양이다. 일본만 그럴까? 우리 한국은?

을지면옥

2022. 06. 26.

면(麵)보다는 밥을 좋아하는 내게 냉면은 그다지 반가운 음식은 아니다. 하지만 주위 사람 중에 '냉면 마니아'가 많아 소위 '냉면 맛집'이라는 곳은 많이 가 봤다. 그러면서도 그곳에서 정작 내가 즐겼던 것은 불고기나 빈대떡이었다. 냉면은 그저 후식 정도. 살짝 부족한 배를 채워주는 정도였다. 그런데 지난 25일 문을 닫은 을지면옥(乙支麵屋)의 마지막 한 그릇을 맛보기 위해 무더위에도 긴 대기 줄이 종일 이어졌단다. '오! 그 정도였나?'

을지면옥 폐점 보도를 보다가 조금 거슬린 표현이 있었다. '37년 전통의 평양냉면 맛집'이라고? 37년이 그렇게 긴 세월인가? 게다가

서기 578년 설립된
곤고구미

'노포(老鋪)'라는 표현엔 동의할 수 없었다. 노포(老鋪)의 기준은 몇 년인가? 중소기업벤처연구원 2018년 조사에 따르면 전체 317만여 소상공인 중 업력(業歷)이 30년 이상인 곳은 11만 개였다. 50년 이상 가게를 운영한 소상공인은 2,500여 개, 100년 이상은 27곳이었다. 너무 역사들이 짧다 보니 '원로(元老)'의 기준도 바겐세일 중인가?

장수 기업들이 많은 일본으로 고개를 돌려보자. 다들 알다시피 일본은 세계에 으뜸가는 노포 초강대국이다. 그러면 일본에서 가장 오래된 노포는 어느 회사이고 언제 시작됐을까? 일본에서 가장 오래된 기업은 '곤고구미(金剛組)'라는 건설회사다. 지금도 오사카 덴노지구(天王寺区)에 건재한다. 서기 578년 사천왕사 건립을 위해 쇼토쿠 태자가 초빙한 백제인 곤고 시게미쓰(金剛重光, 본명 류중광 柳重光)가 설립했다. 역사 1400년으로 일본은 물론 세계에서 가장 오래된 기업이다.

이뿐만이 아니다. 세계의 노포 기업 베스트 5는 모두 일본 기업이다. 곤고구미를 필두로 게이운칸(慶雲館, 야마나시현 료칸, 705년 개업), 코만(古まん, 효고현 료칸, 717년 개업), 젠고루(善吾楼, 이시카와현 료칸, 718년 개업), 호시(法師, 이시카와의 료칸. 718년 개업), 겐다 지업(源田紙業, 교토, 771년 개업) 등이다. 이들 모두 1,300년이 넘는 역사를 자랑한다. 이들을 포함해 일본에는 창업 1,000년 이상의 기업이 7개나 있다. 일본 외에 가장 오래된 기업은 오스트리아 잘츠부르크에 있는 '슈티프츠켈러장크트 페터'라는 레스토랑. 803년 창업했다.

일본에서 창업 500년을 넘긴 기업은 32개, 200년 이상은 3,146곳이라고 한다. 전 세계를 둘러봐도 창업 200년 이상 기업은 5,586개밖에 안 된다. 국가별로 보면 독일이 837개로 두 번째였고, 네덜란드

222개, 프랑스 196개 순이었다. 이런 일본의 노포들도 여러 가지 이유로 차츰 사라지고 있다. 그 탓에 노포를 이으려는 다양한 노력이 펼쳐지고 있다. 고객들이나 지자체가 나서서 가게를 되살리려고 애쓰는 경우도 자주 보도된다. 37년 역사라는 을지면옥의 소송 소동을 보면서 입맛이 씁쓸한 이유이다.

어린이가정청

2022. 06. 21.

집 근처에 초등학교가 있다. 아침 출근길이면 등교하는 초등학생들과 마주친다. 친구들과 대화를 하거나 부모의 손을 잡고 걷는 모습을 보면 일본의 아이들 생각이 나곤 한다. '잘 지내겠지. 장마라는데 등·하교 길에 어려움은 없을까?' 어련히 알아서 잘하겠지만 바다 건너 멀리 떨어져 있는 마음은 그저 조바심뿐이다. 일본의 한 시가도 이렇게 읊었다.

　자고 있어도
　부채질하는
　부모 마음.

　일본과 한국은 여러 가지로 공통점이 많다. 저출산이며 급격한 고령화 등 고민거리도 비슷하다. 그런데 여기 더해 어린이 문제도 비슷한 결과가 나왔다. 우선 한국의 경우 OECD가 측정한 '어린이 행복지수'가 22개국 중 최하위로 나타났다. 조사는 사교육과 물질 우선주의에 아이들의 스트레스도 늘고 있다고 지적했다. 어린이 우울증이 3년 새 50%나 증가했다는 보도도 있었다.
　일본도 최근 유엔아동기금(유니세프)의 행복도 조사에 충격을 받은 모양이다. 신체적 건강은 1위인데 '마음의 건강'은 최저 등급으로 전체 38개국 중 20위를 기록했다. 생활 만족도가 낮고 자살률도 높았다. 왕따나 학대도 끊이지 않는다. 2020년 아동 상담소가 접수한 아동 학대는 과거 최다인 20만 5,000건. 초·중학교 등교 거부도 19만 6,000명으로 역대 최다였다.

　일본 의회가 이런 상황을 더는 지켜볼 수 없다고 생각한 모양이다. 지난 15일 어린이 정책의 사령탑이 되는 '어린이가정청' 설치 관련법을 참의원 본회의에서 통과시켰다. 어린이의 권리를 지키기 위한 기본이념을 규정한 어린이 기본법도 함께 통과됐다. 어린이가정청은 육아 지원이나 아동 빈곤 대책, 아동 학대 방지, 저출산 대책 등 폭넓은 분야를 맡는다. 2023년 4월 출범한다.

　내 말이 전해질 리 없지만 어린이가정청에 꼭 한마디 하고 싶은 말이 있다. 제발 책가방(란도셀)의 무게를 좀 덜어줄 궁리를 해달라는 것이다. 일본에서 아이들을 보며 늘 안타깝던 것이 '란도셀'의 엄청난 무게

어린이가정청

어린이가정청
로고를 발표하는
오구라 마사노부
장관

였다. 작년 일본의 한 조사에 따르면 초등학생 란도셀 무게는 평균 4kg.
조사대상 초등학생 90%가 무겁다고 느끼고 있으며 어깨와 허리 통증을
호소하는 아이들도 많았다. 어린이가정청 여러분! 어떻게 좀 안 될까요?

마스크 벗기가
두려워!

2022. 05. 10.

부처님 오신 날, 조계사 부근 사거리에서 신호가 몇 번 바뀌도록 건너지 않고 지켜본 것이 있다. 오가는 사람들의 얼굴이다. 실외에서는 마스크를 벗어도 좋다는 정부 방침이 발표된 지 오래지만 이게 웬걸? 수백 명이 로터리를 오갔지만, 마스크를 벗은 사람은 두어 명에 그쳤다. 유난히 길었던 코로나의 그늘에서 이제 내성(耐性)이 생긴 것일까? 아니면 코로나에 대한 두려움이 아직 강한 것일까? 하긴 지켜보는 나 역시 마스크를 습관처럼 쓰고 있었다.

오늘 도쿄신문에 눈길을 끄는 기사가 있었다. 도쿄의 한 주부는 어느 날 집에서 온라인 수업을 듣는 초등학교 4학년 딸을 보며 이상한 점을 느꼈다. 집에서는 평소 마스크를 벗고 생활하고 온라인 수업도 맨얼굴로 참여했는데 어느 때부터인지 마스크를 쓰고 있었다. 이유를 묻자 "다 쓰고 있으니 왠지 모르게…"라는 답이 돌아왔다. 화면 속 아이들도 절반이 마스크 차림이었다. 이 어머니는 "밖에서 마스크를 벗어도 좋다고 말했을 때도 딸은 부끄러워했다. 예전과 달리 민낯을 드러내는 것을 불안해한다."고 걱정했다.

한 여고생은 "이제 맨얼굴을 보여줄 수 있는 반 친구는 5명 정도"라며 "습관이 되어서 이제 벗는 것이 불편하다."고 신문에 말했다. 다른 청년은 코로나19 사태 전에 이미 마스크 의존을 경험했다. "고 등학교에 입학하면서 꽃가루 알레르기를 피하려고 마스크를 착용했 다. 그리곤 표정을 숨길 수 있는 안도감에 빠져 쉽게 마스크를 벗을 수 없었다."고 말했다. 이 청년은 의사소통이 곤란하다는 고민 끝에 대학 진학을 계기로 힘겹게 마스크 의존에서 벗어날 수 있었다고 말했다.

마스크 의존 환자를 진찰해 온 정신과 의사 와타나베 노보루(渡 辺登) 씨는 "장기간의 코로나19 유행으로 마스크에 의존하는 아이들 이 증가하고 있을 가능성이 있다."고 우려했다. 그는 "마스크 의존의 경우, 사람 앞에 서기를 극도로 두려워하는 '사회불안 장애'가 있는 이 들이 표정을 감추기 위해 착용하곤 한다."고 설명했다. 이어 일단 마 스크에 의존하게 되면 의사소통이 어렵고, 고립돼 등교를 피하거나 외톨이가 될 위험이 증가한다고 경고했다.

마스크는 호흡기질환에 대한 방어의 의미도 있지만 내가 사소한 감기라도 걸렸을 때 남에게 폐를 끼치지 않겠다는 타인에 대한 배려 의 의미가 더 크다. 이런 마스크가 내 모습을 은폐하기 위한 수단이 된 다는 것은 슬픈 일이다. 예쁘지 않은 얼굴이라도, 간밤에 늦은 간식으 로 조금 부은 얼굴이라도, 있는 그대로의 나 자신을 남에게 보여주는 것이 예의이고 나와 마주한 상대에 대한 배려 아닐까? 있는 그대로의 내 모습이 가장 아름답다.

마스크에 의존하는
아이들

AV

2022. 03. 24.
_____   _____

도쿄에서 전화박스에 들어갈 때는 늘 흥분(?)됐다. 1989년 풍경이다.
그리고 난 30대였다. 전화박스 곳곳에 명함 크기의 미녀 사진들이 빽
빽이 꽂혀 있었다. 모두 하나같이 미녀들이었다. 때론 금발의 백인 미
녀들도 있었던 것으로 기억한다. 솔직히 고백하면 동시상영관에 가서
AV 두 편을 감상한 적도 있다. 자동판매기에서 표를 뽑고 입장할 때, 표
받는 분이 80세는 다 됐을 할머니라서 몹시 당황했던 기억이 새롭다.

　일본은 AV 천국이다. 한때 명성을 떨친 아오이 소라가 한국에도
널리 알려질 정도다. 최근 통계는 아니지만 1년에 만들어지는 AV가 3
만 5,000여 개에 이른다고 한다. 그러면 그 많은 '배우'들은 어디서 찾
는 것일까? 평소 궁금했던 의문을 오늘 도쿄신문이 풀어줬다. 좋게 표
현하면 길거리 스카우트다. 도쿄의 경우, 젊은 층들이 많이 찾는 시부
야나 하라주쿠에서 "모델 할 생각 없느냐?"고 유혹한다는 것이다. '고
소득 알바'를 미끼로 내세우는 경우도 있다고 한다.
　문제는 자발적으로 배우가 되는 경우는 거의 드물다는 것이다.
사기와 협박, 폭력이 동반되는 경우가 대부분이다. 일본 시민단체
PAPS(People Against Pornography and Sexual violence)는 포르노

일본 AV

및 성폭행 피해자 지원 단체다. 이들의 자료에 따르면 접수되는 상담의 70~80%가 포르노 피해, 나머지 30% 정도가 성매매 관련 피해라는 것이다. 이 정도면 심각한 수준이다. 요즘은 자주 볼 수 없지만, 우리나라의 '도를 아십니까?'보다 훨씬 피해가 심각한 모양이다.

도쿄신문이 왜 갑자기 이 문제를 다뤘을까? 기사를 읽어보니 '성인 연령 하향'이 문제였다. 일본은 다음 달인 4월부터 성인 연령 기준이 18세로 낮아진다. 이에 따라 AV 출연 강요 등의 피해가 더 어린 나이까지 확산할 것이라는 걱정이다. 분별없고 힘도, 돈도 없는 나이에 잘못된 선택이 평생의 후회로 남는다면 안타까운 일이다. 물론 나이에 맞지 않게 그걸 즐기는 변태도 문제이지만….

스승의 은혜

2022.03.22.

오늘 아침 일본 신문 온라인판 톱을 보고 깜짝 놀랐다. '이 시국에 이 기사가 머리기사라고?' 기사 제목은 이렇다. '선생님 이동정보 봄방학 전에 발표해줘! 도쿄도는 4월 1일 발표, 신세졌는데 작별 인사도 나누지 못한다'. 내용인즉 "새 학기 시작과 동시에 교사(教師) 이동이 발표돼 그간 가르침을 받은 선생님께 감사의 마음을 전할 시간이 없다. 미리 이동 내용을 발표하면 제대로 인사를 할 텐데 왜 새 학기 시작과 함께 발표하느냐?"는 것이었다. 일본은 한국과 달리 4월에 신학기를 시작한다.

도쿄 에도가와(江戸川) 구의 중학교 2학년 학생은 "새 학기까지 교사 이동이 알려지지 않아 신세를 진 선생님에게 감사의 마음을 전하지 못해 안타까웠다."라고 신문에 말했다. 이어 "다른 학교로 이동하신 선생님이 4월 말에 학교를 찾아 이임식을 했지만 옮겨간 학교의 사정으로, 오지 못하는 선생님도 계셨다. 이임식에서 선생님이 단상에서 이야기할 뿐, 학생 한 사람, 한 사람과 말을 주고받을 시간도 없었다."고 아쉬움을 전했다.

나는 초등학교를 제외하면 중학교와 고등학교, 대학교 모두 사립학교 출신이다. 그래도 고향 초등학교를 떠나올 때며 다른 학교로 떠

교원 이동을 알리는 신문지면

난 초등학교 시절 선생님에 대한 애틋한 마음은 어렴풋이 기억에 남아 있다. 대학에서 강의할 때도 졸업을 하고 학교를 떠난 제자에 대한 그리움이 적지 않았다. 더구나 초중고 시절 추억이 많은 선생님과의 인사 없는 작별은 순수한 마음에 적지 않은 상처도 될 수 있다는 생각이 들었다. 이래서 톱기사인가?

도쿄도의 한 교원은 "사제 간에 감사의 마음이나 미래에의 희망을 서로 이야기하는 것은, 귀중한 도덕 교육"이라고 말했다. 또 어느 교육전문가는 "정중한 이별은 새로운 만남이나 미래의 도약을 준비하는 과정일 수 있다"고 강조했다. 우리 아이들이 다니는 후쿠오카 어느 초등학교가 생각난다. 몇 번 하교 시간에 맞춰 아이들을 마중하러 가서 선생님들과 인사를 나눈 기억이 새롭다. 코로나로 일본을 못 찾은 지 2년이 넘었다. 다음 달이면 아이들은 새 선생님을 맞을 것이다.

"부끄럽지만
돌아왔습니다"

2022. 01. 26.

"부끄럽지만 돌아왔습니다." 50년 전 일본을 뒤흔든 한 마디다. 보다 정확하게는 "뭔가 도움이 될 것 같아 부끄럽지만 돌아왔습니다."이다. 이 말을 남긴 '요코이 쇼오이치(横井庄一) 특집 다큐멘터리'가 2월 2일 일본의 한 방송에서 방영된다고 한다. 이날은 요코이 쇼오이치가 일본으로 귀국했던 1972년 2월 2일로부터 정확하게 50년이 되는 날이다. 당시 요코이를 진료했던 국립 도쿄제일병원 의료진의 진료기록 카드에 담긴 사연을 공개한다고 선전이 대단하다.

　　요코이 쇼오이치 육군 군조. 우리 군 계급체계로 중사에 해당하는 그는 1915년 3월 31일생이다. 태평양전쟁 종전 후 28년을 미국령 괌의 밀림에 숨어 생활하다가 1972년 1월 현지 사냥꾼에게 발견됐다. 새우와 장어를 잡기 위해 덫을 놓으러 갔다가 사슴 사냥을 하던 주민들에게 붙잡힌 것이었다. 이 28년이란 기록은 2년 뒤인 1974년 필리핀 정글에서 투항한 오노다 히로(小野田寛郎) 대위의 29년 4개월에 이어 두 번째로 긴 기록이다.

　　요코이 쇼오이치가 귀국한 2월 2일 오후 2시부터 60분간에 걸쳐 방송된 NHK의 보도 특별 프로그램 '요코이 쇼오이치 씨, 돌아간다'는

41.2%(비디오리서치·간토지구 조사)의 높은 시청률을 기록했다. 하지만 이처럼 뜨거운 일본 국민의 관심과 성원이 그에게 마냥 반가운 것은 아니었다. 입대 전 직업 그대로 조용히 양복을 만들며 살겠다는 그를 세상은 끝없이 불러냈다. '도망병'이라거나 "자신만 살려고 동료를 버렸다."는 비난 전화에도 계속 시달렸다.

1997년 9월 22일 향년 82세로 사망할 때까지 요코이의 영욕의 삶은 계속되었을 것이다. 앞서 필리핀에서 투항한 오노다 히로 대위 역시 귀국 후 '진정한 사무라이'라는 찬사를 받았지만, 현실의 삶에 적응하지 못해 브라질로 피신해 목장을 경영하기도 했다.

경우는 다르지만 어렵게 북한을 탈출해 한국으로 돌아온 조창호 중위 등 국군 포로들의 삶은 어떨까 하는 생각을 했다. 아직 돌아오지 못하고 북에 억류된 이들도 적지 않은데 이런 걱정은 사치일까?

요코이 쇼오이치의
귀국을 알리는 아사히신문

3,000명의 어머니

2021. 12. 17.

_____   _____

일본 시코쿠(四国) 고치(高知)현을 말할 때 흔히 떠올리는 인물은 사카모토 료마다. 거기에 더해 일본사에 대해 지식이 있는 이들은 일본인 최초로 신문물을 배운 존 만지로(ジョン万次郎)를 꼽을 수 있다. 그런데 고치 현 출신으로 한국에 큰 족적을 남긴 일본인이 있다. 윤학자(尹鶴子) 여사. 일본이름 타우치 치즈코(田内千鶴子)인 윤 여사는 '한국 고아의 어머니' 또는 '3,000명의 어머니'라는 수식어로 불린다. 하지만 이제 서서히 잊히는 이름이기도 하다.

1912년 10월 31일 일본 고치 시 와카마쓰쵸(若松町)에서 외동딸로 태어났다. 7살인 1919년 조선총독부 목포부청으로 발령이 난 부친을 따라 가족이 조선으로 이주했다. 부친은 하급 관리였다. 목포고등여학교를 졸업하고, 목포정명여학교 음악교사로 근무하던 1936년부터 고교 은사의 소개로 고아 구제 시설인 공생원(共生園)에서 봉사를 시작했다. 이때 공생원 원장이던 윤치호(尹致浩)와 1938년 결혼해 함께 공생원을 운영했다.

1945년 광복과 6.25 전쟁이라는 격동 속에 휘말렸다. 친일로 몰리고 미제 앞잡이로, 공산 부역자로 몰리는 혼란 속에서도 어린 고아

'3,000명의 어머니'
윤학자 여사

들을 사랑으로 돌봤다. 이 와중에 윤치호는 1951년 광주 전남도청을
찾아 도움을 요청한 뒤 실종됐다. 그 뒤 갈 곳 없는 수백 명 아이들의
생계는 윤 여사 혼자 감당해야 했다. 1968년 10월 사망 때까지 그녀
가 사랑으로 길러낸 고아들이 3천여 명에 이른다. 이 같은 헌신에 윤
여사의 장례는 목포시 최초 시민장으로 치러졌다.

　　오늘 한 극단이 윤학자 여사의 생애를 다룬 창작극을 22일부터
목포에서 공연한다는 보도 자료를 받았다. 돌파구가 보이지 않는 한
일 갈등의 시대에 의미 있는 시도라는 생각이 들었다. 불행한 한·일
관계를 사랑으로 넘은 그의 삶은 과연 어떻게 그려질까?

오이아쿠마

2021. 11. 25.

야구에 관심이 적은 사람도 메이저리그 LA 에인절스에서 활약하고 있는 오타니 쇼헤이(大谷翔平)에 대해서는 자주 들어봤을 것이다. '투타 이도류'의 야구천재 오타니는 24일 2021년 전체 결산 올스타 성격의 '올 MLB 팀'의 투수와 타자 부문에 모두 이름을 올렸다. 오타니는 올 시즌 선발 투수로 23경기 마운드에 올라 9승 2패 평균 자책점 3.18을 기록했고 타석에서는 홈런 46개를 때렸다. 가히 '야구 천재'라는 호칭이 부끄럽지 않다.

　이런 오타니가 최근 일본 국민영예상 수상을 사양했다. 일본 국민영예상은 1977년 홈런 세계 신기록을 세운 왕정치(오 사다하루)를 기리기 위해 만들어진 상이다. 마쓰노 히로카즈 일본 관방장관은 22일 "오타니에게 국민영예상 수여를 타진했는데 오타니가 '아직 시기가 이르다.'고 대답했다."고 밝혔다. 오타니는 출신지인 이와테 현의 '현민 영예상'도 같은 이유로 사양했다. 아메리칸 리그 신인왕을 수상한 2018년 이래 2번째 거절이다.

　'아직 시기가 이르다.'는 오타니의 말이 잔잔한 감동을 준다. 일본에서 대대로 전해오는 처세훈에 '오이아쿠마(おいあくま)'라는 것

오타니
쇼헤이

이 있다. '자만하지 마라(おごるな)', 또는 '화내지 마라(怒るな)', '으스대지 마라(威張るな)', '조급해하지 마라(焦るな)', '상심하지 마라(腐るな)', '현혹되지 마라(迷うな)' 또는 '지지 마라(負けるな)'의 다섯 가지 경계의 첫 번째 소리를 따서 만든 말이다. 오타니는 이 교훈을 제대로 배운 것 같다.

도쿄올림픽 4강 달성으로 모처럼 활기를 찾은 여자배구가 요즘 IBK 기업은행의 내홍(內訌)으로 따가운 눈총을 받고 있다. 감독에 불만을 품고 팀을 떠났다가 복귀해 감독대행에 오른 코치가 인터뷰에서 이런 말을 했다.

"나도 지금까지 쌓은 업적이 있다."

선수로 또 지도자로 생활하면서 당연히 공로도 있을 것이다. 하지만 '쿠데타'의 주역으로 지목받는 사람의 발언으론 적절하지 않았다. '오이아쿠마(おいあくま)'가 일본인들만의 교훈일 수만은 없다.

연금

2021. 11. 15.

일본에 사는 내 아이들을 빼고 "오늘 만나자."고 전화하고 싶은 사람이 있다면 선배들이다. 부족한 내게 과분한 사랑을 베풀어주신 선배들은 이제 세월의 무게에 가려 그 모습을 쉽게 뵐 수 없다. "소주 한 잔 사주세요." 하고 어리광부릴 선배가 적어진다는 것은 마음 아픈 일이다. 내가 기자생활을 할 때 불문율은 "술이든 밥이든 언제나 선배가 사고 후배는 얻어먹는다."였다. 이제 조금이라도 갚으려고 하지만 은퇴한 선배들은 건강도, 주머니 사정도 여의치 않아 쉽게 응하질 않는다. 혹시 만나더라고 끝까지 "내가 내겠다."고 황소고집이다.

　한국경제연구원이 15일 한·일 양국의 65세 이상 고령층 대상으로 연금수령 실태를 조사한 결과를 발표했다. 발표에 따르면 개인 가구 기준 한국의 연금 수령액은 월 82만 8,000원으로 일본(164만 4,000원)의 50.4%에 불과했다. 한국의 경우 공적연금을 받는 비율은 83.9%, 사적연금 수령 비율은 21.8%였다. 이에 비해 일본은 공적연금 수령 비율이 95.1%, 사적연금 수령 비율 34.8%로 한국과 비교해 각각 10%p 이상 높았다.

　한국의 공적연금 월평균 수급액은 개인 가구 66만 9,000원, 부부가구 118만 7,000원이었다. 반면 일본은 공적연금 월평균 수급액이 개인

135만 3,000원, 부부 226만 8,000원으로 한국보다 약 2배 많았다. 사적연금 시스템 역시 한국이 상대적으로 취약했다. 한국의 사적연금 월평균 수급액은 개인 가구 15만 9,000원, 부부가구 19만 7,000원으로 개인 29만 1,000원, 부부 45만 8,000원을 받는 일본의 절반 수준에 불과했다.

이 같은 차이는 연금 요율에서 비롯된다. 한국의 국민연금에 해당하는 일본의 후생연금 요율이 소득의 18.3%로 한국 9.0%에 비해 약 2배 정도 높다. 한국보다 '더 내고 더 받는' 공적연금 체계가 구축되어 있어 노후에 안정적인 소득 확보가 가능한 것이다.

매년 '국민연금이 언제 고갈된다.'는 기사를 볼 때마다 안타까운 마음이 드는 것이 나뿐인가? 안정적인 노후를 위해선 연금 요율의 적당한 인상도 검토할 때라는 생각이다. 아끼고 존경하는 선후배의 반가운 만남을 위해서라도.

일본
연금 수첩

깍두기

2021. 11. 14.

또래 개구쟁이들이 골목에서 편을 갈라 놀이를 한다. 사람 수에 맞춰 편을 가르는데 형을 따라 나온 어린 동생이 한 명 남는다. 그럴 때 이렇게 얘기하곤 했다. "얘들아! 앤 '깍두기'야." 동생은 승부에 영향을 주지 않고 자연스레 놀이에 낄 수 있었다. 골목길의 '합의(合意)'이자 '규칙'이었다. 어린 동생은 그렇게 '깍두기'로 놀이를 익히며 성장했다.

　사전을 찾아보니 '깍두기'는 ①김치류의 하나 ②어느 쪽에도 끼지 못하는 사람이나 그런 신세를 비유적으로 이르는 말 ③'조직폭력배'를 속되게 이르는 말 등으로 설명돼 있다. 어느 특정 동네가 아니라 한국 어디서든 통용되는 의미라는 얘기다. 생각해보니 나도 어릴 적에 많이 '깍두기 생활(?)'을 했다. 술래잡기나 동네 축구 등등에서.

　일본에도 이런 비유가 있다는 것을 오늘 알았다. 술래잡기에서 술래에게 잡혀도 술래가 되지 않는다. 우리 식으로 '깍두기'다. 일본은 그런 애들은 '오마메 상'이나 '오미소'라고 부른단다. '콩 선생', '된장 씨'라…. 도쿄신문은 "두 나라가 표현은 다르지만 음식 이름을 사용한다는 것이 신기하다."고 적었다.

　신문이 '깍두기' 얘기를 꺼낸 것은 한·중·일 정상회의가 지난해에 이어 올해도 불발된 데 대한 안타까움의 표시였다. 한·중·일 정상회의는 3국이 합의해 2008년부터 매년 연례적으로 개최하는 행사이지만 종군위안부 문제나 징용 등 한일 갈등에 2년째 이뤄지지 못하고 있다. 신문은 이렇게 적었다.

"양측 사정은 알겠지만, 정상끼리 만나지 않는 한 해결은 더 멀어질 것이다. '오마메 상' '깍두기'의 특별 룰은 아니지만, 대립하는 문제를 일단 제쳐두고, 두 정상이 먼저 만나기 위한 노력이 필요할 것이다. 그렇지 않으면, 언제까지고 숨바꼭질조차 시작되지 않는다."

해법 못 찾는
한일 갈등

재난지원금

2021. 11. 09.

이재명 후보가 제안한 '추가 세수를 이용한 전 국민 재난지원금 추가 지급'에 대해 국민 열 명 중 여섯 명꼴인 60.1%가 "재정에 부담을 주므로 지급하지 말아야 한다."고 답했다. 한국사회여론연구소가 어제 발표한 조사결과이다. "내수 진작을 위해 지급 필요하다."는 응답은 32.8%였다. 대부분의 응답층에서 지급 반대 의견이 높은 가운데 ▲20대 68.0%, ▲대구/경북 70.5%, ▲자영업자 62.8%의 반대가 평균 이상이었다.

자영업자의 반대가 많았다는 점은 '현시점에서는 전 국민 재난지원금 추가 지급보다는 소상공인 손실보상금이 먼저'라는 정부 의견에 더 많이 동의한 것으로 보인다고 연구소는 추정했다. 조사 결과를 보고 '역시 한국 정치는 국민 수준에 못 따라가고 있다.'는 생각이 들었다. 그런데 오늘 아침 도쿄신문 칼럼 '필세(筆洗)'에서 일본도 비슷한 일이 벌어지고 있다는 것을 보고 "역시 정치란 어쩔 수 없는 것인가?"라는 생각이 들었다.

원문 그대로를 소개한다. 우리말로 옮기기 어색한 부분은 의역(意譯)을 했다.

습지가 많은 스코틀랜드에 이런 우스갯소리가 있다. 힘센 사내가 길을 가고 있을 때 어디서 "도와주세요."라는 소리가 들려왔다. 살펴보니 번듯한 옷차림의 신사가 늪에 빠져 있었다. 사내는 로프를 던져 신사를 잡아당겼지만 꿈쩍도 않았다. 목까지 잠겨 '여기까지인가?' 하는 순간 신사가 말했다. "어쩔 수 없지. 말은 포기해야겠군." 신사는 말을 탄 채 늪에 빠져 있었던 것이다. 그가 말을 빨리 포기했다면 스스로 탈출할 수도 있었을 것이다.

공명당이 정부에 요구한 18세 이하 미성년자들에게 일률적으로 10만 엔씩 지급하는 방안을 보며 이 일화가 떠올랐다. 코로나 재난으로 고달픈 생활이다. 씀씀이가 많은 육아 세대에게는 고마운 이야기지만, 역시 마음에 걸리는 것은 지원 대상에 소득 제한은 없는 것인가 하는 점이다. 자력으로 탈출할 수 있었음에도 도움을 요청한 스코틀랜드 신사의 얼굴이 어른거린다.

소득과 무관하게 그다지 곤란하지도 않은 부유층에게도 같은 금액을 지원하는 것이 과연 올바른 것일까? 경제대책의 측면도 있겠지만, 당장 궁핍하지 않은 가정은 지원금을 사용하지 않고 저금을 할 수도 있다. 그러면 바라던 경제 효과도 무색해질 것이다.

미성년에 한정하지 않고, 우선 로프를 던져야 할 상대는 '코로나라는 늪지에 발이 잡혀, 지금도 괴로워하고 있는 사람들'일 것이다. 로프를 던져야 할 장소, 로프의 굵기(지원 액수)를 잘 논의해야 한다. 로프 수는 한정되어 있다.

이런 사람 없나요?

2021. 10. 31.
_____   _____

31일은 일본의 총선 투표일. 최근 며칠 일본 신문을 살펴보면 투표를 독려하는 기사가 자주 눈에 띈다. 마이니치신문도 칼럼 '여록'에서 1946년 전쟁 후 첫 총선을 거론하며 투표 참여를 권하고 나섰다. 특히 일본 젊은층의 저조한 투표율에 안타까움을 표시했다. 신문에 따르면 20대의 투표율은 30%대를 이어가고 있고 지난 총선에서 첫 투표권을 행사한 18~19세 역시 40%에 머물렀단다. 참고로 2012년 일본 총선 투표율은 59.32%, 2014년 총선은 52.66%, 최근인 2017년 10월 총선 투표율은 53.68%였다.

투표율이 높은 것은 바람직하지만, 한편으론 국민의 지나친 '정치과잉'일 수도 있다. 어느 당이 집권해도 국민 개개인의 삶이 크게 바뀌지 않는 정치가 올바른 정치가 아닐까?

이런 면에서 보면 한국의 정치는 그야말로 '야만'의 수준이 아닐 수 없다. 어느 모임이나 정치와 정치인이 안줏거리가 되는 사회는 건강하지 못한 사회다. 이런 나라의 앞날은 결코 밝을 수 없다. 총선을 앞둔 일본과 대선을 앞둔 한국을 보며 최근 한 일본 신문에서 읽은 칼럼이 인상 깊었다.

이시바시 단잔(石橋湛山, 1884. 09. 25~1973. 04. 25)은 일본 55

이시바시 단잔

대 총리를 역임한 정치인이다. 도쿄도 출생. 부친은 일본 불교 종파인 일련종 승려였다. 와세다대를 졸업하고 동양경제신보사 주필, 사장을 역임한 언론인 출신 첫 총리이기도 하다. 취임 직후 갑자기 병으로 쓰러져 불과 2개월 만에 퇴진했지만 단잔은 미키 다케오 당시 간사장이 '진무(神武) 이래 가장 인기'라고 말할 정도로 국민적 환영을 받은 총리였다. 이런 그의 인기 원인은 언행일치의 국가관과 역사관이었다고 연구가들은 한결같이 평가하고 있다.

단잔 사상의 핵심은 자유권의 존중이었다. 단잔은 대일본주의를 내세운 전쟁 전 일본 국가정책의 잘못을 날카롭게 지적해 왔다. 그는 유구한 역사와 고유한 문화를 가지고 있는 한국인의 경우 다른 민족의 지배를 용인하지는 않을 것이라며 당시 조선에 대한 식민 지배를 조속히 청산할 것을 촉구했다. 이런 그이기에 1945년 8월 15일 일본이 패전했을 때 일본에서 유일하게 전후 일본의 국가경영 구상을 체계적으로 제시할 수 있었다.

단잔은 1967년 병상에서 '정치인에게 바란다.'라는 메시지를 전했다. 당시의 정치를 평한 탄식이지만 자금의 일본, 한국에게도 귀 기울일 충고이다. 그는 이렇게 말한다.

"내가 요즘 정치인을 보고 가장 통감하는 것은 '내 목소리'가 결여
돼 있다는 점이다. '내 목소리'란 스스로의 신념이다. (…) 정치의 타락
이라고 하는 것의 대부분은 여기에서 기인한다고 생각한다."

표만 생각해 이쪽도 좋고 저쪽도 좋다는 것이 요즘 한국의 대선 정
국이다. 신념의 목소리도, 소신의 절규도 없다. 사방팔방 둘러봐도 내
한 표 던질 곳이 없다. 대한민국의 불행이다.

마스크 아래 얼굴은…

2021. 09. 27.

외출했다가 회사로 돌아오는데 담배를 피우던 20대 남자가 정중하게 인사를 했다. '안면이 있는 것 같기도 한데 누구지?' 일단 인사를 받고 회사에 돌아와 한참을 생각해도 기억이 나지 않았다. '혹시 다른 사람에게 한 인사를 내가 착각해서 받은 것은 아닐까?' 하는 생각에 불안해지기도 했다. 결코 짧지 않던 고민은 퇴근을 위해 사무실을 나서다 해결됐다. 사무실 한구석에 있던 그 남자. 얼마 전 입사한 신입사원이었다. 내가 면접까지 봤던 사원이었다. 마스크를 낀 채 면접을 본 그를, 흡연을 위해 마스크를 벗은 모습을 알아보지 못했던 것이다.

마스크가 일상화된 지 2년 가까이 되는 요즘은 '복면의 시대'이

'마스크 아래는 웃는 얼굴입니다.' 캠페인

다. 표정이 가려진 세상이다. 이마와 눈 주위만 겨우 보이는 세상. 코로나19 이후 새롭게 만난 사람은 같이 커피를 마시거나 술 한 잔 나누지 않는 한 그 '정체(?)'를 알 수 없다. 마스크를 벗으면 길에서 마주쳐도 무심코 '모르는 사람'으로 스쳐 지날 수 있다. 안타까운(?) 것은 전철에서 건너편에 앉은 여성이 예쁜지, 아닌지도 알 수 없다는 것이다. 이런 말 하면 욕을 들을 수 있지만, 여자는 예뻐야 한다. 예쁘면 몸매가 다소 실망스러워도 'Excuse'가 된다. 혹 나만 그런가? 우리 솔직해지자.

일본 후지필름이 이 '표정 없는 세상'에 대해 작은 제안을 했다. 2020년 7월 29일의 일이다. '복면의 시대'에 보다 풍부한 커뮤니케이션의 실현을 위해 '마스크 아래는 웃는 얼굴입니다.'라는 캠페인을 시작했다. 자사(自社)의 즉석사진 시스템(instax)을 활용해 인화한 웃는 얼굴을 명찰이나 신분증에 착용하는 것이다.

어느 정도 상술도 있겠지만 이 캠페인은 대단한 효과를 거둔 모양이다. 후지필름의 근거지인 미나미아시가라(南足柄) 시에서 시작해 전국 지자체며 기업들이 호응하고 나섰다. 구글을 검색하니 각종 캐릭터 상품까지 절찬리에 제작, 판매되고 있었다.

마스크로 가려진 상대의 얼굴 사진을 보고 '이런 분위기의 사람이구나.'라고 짐작할 수 있다는 것은 좋은 일이다. 하지만 일부 직군의 경우 "웃는 얼굴 사진을 가슴에 달고 상대방에게 독촉이나 싫은 소리를 하기 어렵다."며 직무에 따른 애로를 호소하는 이들도 있다고 한다.

문득 '한국인의 얼굴은 어떨까?' 하는 생각이 들었다. 혹시 우리 일상의 운전 문화처럼, 누군가에게인지 모를 가득한 '분노'가 우리 숨겨진 얼굴이라면 코로나의 시대, 표정이 가려진 세상은 좀 더 이어져도 좋지 않을까? 물론 예쁜 여자는 빼고.

발밑의 우정

2021. 09. 23.

보스턴의 가을은 참 좋았다. 딱 이맘때였다. 두 줄 빨간 벽돌을 따라 거리를 걸으면 곳곳에서 건국 초기 미국의 역사 유적을 만날 수 있었다. 걷다가 지치면 노변 카페에 앉아 커피를 마셨다. 그윽한 커피 향이 가슴 속까지 가득 채워졌던 느낌을 그 후론 만날 수 없었다. 그 빨간 벽돌 길을 사람들은 '보스턴 프리덤 트레일(The Freedom Trail in Boston)'이라고 불렀다. 오래전 기억이지만 내 마음속에선 시간을 되돌리고픈 풍경의 하나로 남아 있다.

서울에도 트레일이 있었던가? 잘은 모르겠지만 거리에서 흔히 만나는 것이 노란 바탕에 선형(線形), 또는 둥근 점형(点形)으로 된 사각형 블록이다. 흔히 보면서도 그 의미를 모르다가 어제 아사히신문을 읽고 비로소 그 내용을 알게 됐다. 점형(点形) 즉 동그라미는 위치 표시용으로 "멈추시오!", 선형(線形)은 방향 표시용으로 "가시오!"라는 의미의 유도 사인이라고 한다. 물론 일반인 아닌 시각장애인용 블록이다.

보도에 따르면 전 세계적으로 공용되는 이 점자 블록의 창시자는 일본인 미야케 세이이치(三宅精一). 1926년 오카야마 현 구라시키 시에서 태어나 1982년 7월 56세를 일기로 사망했다. 오카야(岡山)에서 여

관을 경영하며 발명가로 활약하던 그는 1964년 흰 지팡이를 짚은 시각
장애인이 횡단보도가 아닌 곳을 건너다 차와 부딪칠 뻔하는 아슬아슬한
모습에 깜짝 놀란다. 마침 그 무렵 절친한 친구가 실명 선고를 받았다.

　　미야케 씨는 시력을 잃은 친구를 도와주면서 발바닥의 감각이나
지팡이 사용법을 열심히 물었다. 발명가로서의 감각과 친구를 위하는
애틋한 마음이 만나 탄생한 것이 바로 점자 블록이었다. 1965년 고안
한 점자 블록 시제품은 지금의 노란색이 아닌 회색이었다. 2년 뒤인
1967년 맹아학교 근처의 교차로에 230매를 기증함으로써 세상에 선
보이기 시작했다. 이후 재산을 털어 전국 보급에 나섰고 1972년부터
각 지자체가 도입에 나서게 된다.

　　장애인을 바라보는 시선이 따뜻했던 미야케 씨는 1982년 지병으
로 사망했다. 지금은 동생 사부로(三郎) 씨가 형의 뜻을 이어 보급에 힘
쓰고 있다고 한다. 나 아닌 타인을 보는 따뜻한 시선이 세상을 바꾼다.
이걸 알면서도 세상을 향한 내 눈초리는 늘 차갑기만 하다. 유감이다.

점자 블록의 창시자
미야케 세이이치

만쥬가 전하는 것

2021. 09. 22.

일본 만쥬(まんじゅう)는 한자(漢字)로는 만두(饅頭)라고 표기한다. 하지만 한국에서 생각하는 만두와는 상당히 다르다. 밀가루나 쌀 등의 반죽에 고구마나 밤 등을 넣고 찌거나 구워서 만든다. 한국 사람이 생각하는 '만두'와 비슷한 것은 일본에서는 교자(餃子)가 그나마 가장 가깝다. 19일자 아사히신문 천성인어(天声人語)의 제목이 '만쥬가 전하다(まんじゅうが伝える)'였다. '만쥬가 무슨 얘기를 할까?' 하는 호기심에 눈길이 갔다.

나가사키에 산젠고우치(山川河内)라는 곳이 있는 모양이다. 수없이 나가사키에 갔어도 전혀 생소한 동네 이름이었다. 30가구 130여명이 거주한다니 작은 마을인 것 같다. 이 마을 사람들은 매달 14일이면 주민들이 번갈아 만쥬를 만들어 온 마을 사람들이 나눠 먹는다고 한다. 이 만두 이름이 '염불강 만주(念仏講まんじゅう)'다. 다분히 기복(祈福)적인 명칭인데 자그마치 150년 역사를 자랑한다.

야후 재팬을 검색하니 일본의 에도시대 말기인 1860년, 이 마을에 토사 재해가 발생해 33명이 희생됐다. 이후 재해로 목숨을 잃은 이

만쥬를 나눠 먹는
산젠고우치 주민들

들을 공양하고 재해의 아픔을 기억하기 위해 만쥬를 나누는 풍습이
시작됐다고 한다. 이 만쥬 나눔을 통해 재해의 체험이나 교훈이 몇 세
대를 넘어 150년 동안 계승됐다. 그 탓에 1982년 7월 사상자가 299명
이나 발생한 나가사키 대수해 때는 다른 마을과 달리 단 한 명의 희생
자도 없었다고 한다.

　생각해보니 일본 곳곳에서 재해로 인한 희생자를 공양하는 비석
을 본 기억이 있다. 가고시마 사쿠라지마의 한적한 오솔길에서는 재일
교포임이 분명한 김씨 성을 가진 희생자의 비석과 마주하기도 했다.
'염불강 만쥬' 역시 유난히 재해가 많은 국토에서 사는 일본인들 나름
대로 재해를 기억하는 방식일 것이다. 폭우와 태풍이 할퀴고 간 규슈
어느 곳에서 내 아이들도 저마다의 방식으로 그날의 비와 바람을 기억
할 것이다. 아이들이 있는 남쪽 하늘을 지켜본다. 오늘은 추석이다.

탈레반과 지워진 벽화

2021. 09. 07.

아프가니스탄의 수도 카불 중심지의 대로변 벽에 한 동양인의 초상화가 있었다. 모자 아래로 드러난 반백의 머리에 콧수염을 기른 그의 옆모습 앞으로는 화사하게 핀 벚꽃이 그려져 있었다. "그려져 있었다."이다. 이 초상화는 지난 5일 탈레반들에 의해 하얀 페인트로 지워졌다. 그리고 미군 철수를 자축하는 탈레반들의 축하 글이 대신 공간을 채웠다. 지워진 초상화의 주인공은 일본인 의사 나카무라 테츠(中村哲). 2년 전인 2019년 12월 아프간에서 무장단체의 총격에 목숨을 잃었다.

1946年 9月 후쿠오카시에서 태어난 나카무라 씨는 규슈(九州) 의대를 졸업한 뇌신경내과(脳神経内科) 의사이다. 1984년 파키스탄으로 이주해 한센병 환자들을 돌봤고 2년 뒤인 1986년 아프가니스탄으로 옮겨 외딴 마을에 진료소를 세웠다. '평화일본의학서비스(PMS)'라는 비영리기구도 설립했다. 이후 PMS는 아프간 곳곳의 10개 진료소에서 한센병 환자와 난민들을 돕는 자선단체로 성장한다.

의료 활동만이 아니었다. 빈곤과 영양실조라는 보다 근본적인 문제 해결을 위해 땅을 파서 우물을 만들고 하천을 끌어와 농경지와 녹

지워지기 전의
나카무라 테츠
벽화

지대를 만들었다. 학교도 지었고, 현지인들 요청에 모스크도 건축했다. 필요한 돈은 자신의 책 인세와 일본에서의 십시일반 모금 활동으로 충당했다. 이런 활동 중 정작 자신이 온몸을 바쳐서 돌보고 사랑했던 그 아프가니스탄인에 피격당해 2년 전 숨졌다.

　나카무라 씨의 유골은 일본에서의 장례가 끝나고 아프가니스탄으로 돌아갔다. 그리고 그가 피땀으로 일궈낸 그곳 녹지대에 안장됐다고 한다. 이런 나카무라 씨를 기려 아프간의 200여 명이 넘는 유지들이 조성한 것이 5일 훼손된 카불 중심부 거리의 담장 초상화였다. 이에 대해 7일 도쿄신문의 '필세(筆洗)'는 이렇게 썼다.

　"'인도와 배려'의 사람. 그렇게 사랑받고 존경받은 나카무라 씨의 공적이나 헌신까지 지워지진 않을 것이다. 오랜 세월의 공헌은 페인트의 덧칠에 가려지지 않을 것이며 그림이 사라지더라도 사람들 가슴 속의 나카무라 씨는 절대 사라지지 않을 것이다."

레이와 신센구미

2021. 09. 10.

신센구미(新選組 혹은 新撰組)는 한국에도 낯설지 않은 명칭이다. 영화로도 드라마로도 많이 다뤄졌다. 막말(幕末) 막부의 편에 섰던 로시(낭사, 浪士) 집단인 이들은 보신전쟁(戊辰戰爭)까지 이어진 시대의 변혁에 저항한 풍운아들이었다. 유신(維新) 지사(志士)들에게는 한없이 잔혹했으며 엄격한 규율로 할복이나 처형에 의해 희생된 단원들이 전체 사망자의 반을 차지하기도 했다. 사무라이 계급이 아닌 백성 출신의 자격지심 혹은 콤플렉스일 수도 있다.

NHK가 지난 2004년 연간 대하드라마로 '신센구미!(新選組!)'를 1월 11일부터 12월 12일까지 방영했다. 한국에서는 '바람의 검 신선조!'라는 제목으로 방영됐다. 이 드라마에서 신센구미의 10번대 대장 하라다 사노스케(原田左之助) 역을 맡았던 야마모토 타로(山本太郎)라는 배우가 있다. 1974년생이니 40대 후반이다.

효고 현 출신인 야마모토 타로는 2000년 '배틀 로얄', 2004년 '역도산' 등에 출연하며 얼굴을 알리다 2011년 후쿠시마 원전 사고 이후 '뜻한 바 있어' 반핵 운동 활동가로 정치에 입문한다. 이후 생활의 당(生活の党), 사회민주당, 녹색당 등을 거치며 도쿄 도(都)에서 참의원

배지를 달았다. 제법 성공적인 변신이다. 그런데 이 야마모토 타로가 작명에 뛰어난 재주가 있었던 것 같다.

2014년 생활의 당이 의석을 잃어 원외 정당으로 밀려날 위기에 처하자 야마모토가 입당해 정당 이름을 '생활의 당과 야마모토 타로와 동료들(生活の党と山本太郎となかまたち)'로 개칭했고, 이후 자유당으로 다시 바꿨다. 2019년 자유당이 국민민주당에 합당되자 야마모토는 탈당해 스스로 당을 만든다. 이 당 이름이 '레이와 신센구미(れいわ新選組)'다. 레이와(れいわ)는 현재 일본의 연호(年号)다.

'레이와 신센구미(れいわ新選組)'는 진보정당을 표방하며 '원전의 즉각 운용 중단', '최저임금 1,500엔(약 1만 5,000원)' 등을 내세우고 있다. 야마모토는 당명에 '신센구미'를 사용한 데 대해 "새 시대에 새롭게 뽑히는 정당이 되기 위해서"라고 밝혔다.

그런데 이 부분이 수긍이 가질 않는다. 메이지유신이라는 시대의 변혁에 온몸으로 저항했던 막부 측 수구세력이 '신센구미'였다. 하긴, 당명이 뭣인들 무슨 상관이 있나? 우리는 제1야당인 '국민의힘'이 '국민의짐'이 되고 있는데….

'바람의 검 신선조!'
출연 당시의 야마모토 타로

생명의 비자

2021. 09. 03.

"나를 의지해 온 사람들을 저버릴 수는 없다. 그렇게 한다면 나는 신을 거역하는 것이다."

제2차 세계대전 당시 리투아니아 주재 일본 외교관 스기하라 지우네(杉原千畝)의 말이다. 아프가니스탄 내 협력자 구출에 실패한 일본 정부에 대해 아사히신문이 오랜 기억 속의 스기하라 지우네와 '생명의 비자(人の命のビザ)'를 소환했다. 아프가니스탄 직접 파병국은 아니지만 여러 가지로 얽힌 관계자와 그 가족 500명을 구출하지 못한 것에 대한 질타였다.

1940년 7월 어느 아침 리투아니아 일본 총영사 스기하라 지우네는 영사관 앞뜰을 서성대는 유대인 수백 명을 발견한다. 폴란드에서 나치 게슈타포의 체포를 면하기 위해 도망친 이들이었다. 그들은 타국으로 도피하기 위해 일본 비자 발급을 원했다. 비자 발급은 중앙정부의 인가가 있어야 가능했다. 도쿄에 세 차례 전문을 보내 발급 허가를 요청했지만 일본 정부는 이를 거절했다. 당시 일본은 독일과 이탈리아와 삼국 동맹을 맺고 있었다.

정부의 훈령과 사지(死地)에 몰린 수백 명 사이에서 고뇌하던 스

기하라는 영사관을 둘러싼 유대인들에게 자신의 판단으로 출국 비자를 발급했다. 중앙정부가 그를 해직하기까지 28일간 무려 6,000명의 유대인에게 비자를 발급할 수 있었다. 이른바 '6,000명 생명의 비자(六千人の命のビザ)'다. 이 비자로 유대인들은 일본을 경유해 타국으로 떠날 수 있었다. 그리고 그들의 생명의 대가로 일본으로 소환된 스기하라는 외교관 지위를 박탈당하고 수감생활을 해야 했다.

아사히신문에 따르면 탈레반 정권 붕괴 후, 일본 정부 특별 대표로 일했던 이세자키 켄지(伊勢崎賢治) 씨는 일본과 관계가 깊은 아프가니스탄 사람들이 지금 위험에 노출되어 있다고 호소했다. 그리고 그들에게 인터넷을 통한 '생명의 비자(命のビザ)' 발급을 요구했다고 한다. 이런 고통이 꼭 일본만의 문제는 아닐 것이다. 생명을 위협받는 이들을 구조할 '생명의 비자'에 많은 나라가 머리를 맞대야 할 부분이다.

아프간에서 협력자를 구출해온 우리 정부는 '미라클' 작전에 대해 대대적으로 자화자찬하고 있다. 그리고 입국한 아프간인들에게 '특별 기여자'라는 호칭까지 부여했다. 좋은 일이다. 하지만 입맛이 쓴 것은 아직 북한에서 신음하는 국군 포로나 강제 납북자에 대해선 누구도 말 한마디 없다는 것이다. 그들이 '특별 기여자' 아닌 내 나라 국민인데도.

스기하라가
유대인들에게 발급한 비자

도쿄올림픽의 패자

2021. 08. 08.

도쿄올림픽이 오늘 막을 내린다. 어느 올림픽이나 화제의 중심은 성적이 아닌 인간승리 이야기다. 금메달로 따지는 국가 순위는 아무런 의미가 없다. 김연경을 중심으로 한 여자배구의 분전에 국민은 열광했다. 반대로 야구팀의 스포츠맨십을 외면한 모습에 분노했다. 이것으로 충분하다. 올림픽의 좋은 성적은 그 나라의 국격과 비례하지 않는다. 그런 면에서 이번 도쿄올림픽에서 한국은 패자(敗者)라는 생각이다. 스스로 패배를 자초했다.

개막식 중계방송에서 일부 국가에게 큰 결례를 했다. 외신들에도 소개가 된 MBC의 잘못을 세계인들이 "아! 한국이 아닌 MBC가 실수했구나."라고 기억할까? 한국인들은 남의 아픔을 꼬집어 조롱하는 민족 정도로 받아들이지 않을까?

선수촌 아파트 외벽에 내건 이순신 어록 패러디 문구도 그렇다. 백번 양보해 선전(善戰)을 다짐하는 의미라고 해도 올림픽이 한일(韓日) 대항전(對抗戰)만은 아니지 않는가? 과연 도쿄 아닌 다른 장소에서 열린 올림픽이었다면 이런 문구를 내걸었을까?

우리 매스컴들이 자랑하던 대표팀의 '급식지원센터' 역시 결코 자랑할 것이 아니었다. 한국이 그렇게 자랑하던 '도시락'은 개최국 일본에 비수를 꽂았다. '후쿠시마(福島)'는 일본에게 큰 아픔이었다. 그래서 그 명예회복을 위해 올림픽을 준비하며 많은 노력을 했다, 이런 그들이 선수촌에 제공하는 식자재를 대충 공급했을까? 이런 속에서 한국은 반입되는 식자재에 일일이 방사능 측정기로 체크를 하는 모습을 보도를 통해 널리 세계에 자랑했다. 주최국의 상처에 소금을 뿌린 것이다.

7일자 일본 한 신문의 보도를 소개한다.

"미리 말해 두지만, 나는 이들 모두가 한국의 문제라고 할 생각은 없다. 한국에도 양식이 있는 이들은 있다. 일부에서 비판의 목소리가 나온 것이 그 증거다. 그러나 한국 정부나 언론이 올림픽 매너에 신경을 썼느냐 하는 점에선 큰 의문이 있다.

특히 현 정권은 이른바 강제 징용과 이유 없는 후쿠시마 원전 방사능 문제로 반일을 부추겨 왔다. 국제규범과 국제법 위반을 반복해온 것은 한국 정부 자신이다. 선수들에게 전염된 것은 당연한 결과이기도 하다.

세계는 인터넷과 TV를 통해 가만히 한국의 행태를 지켜보고 있다. 그들의 일거수일투족이 중계되고 있는 것이다. 우리는 한국을 비웃지 말자. 일본이 저래서는 안 된다."

식자재를 방사능 측정기로
체크하는 모습

후쿠시마와 인절미

2021. 07. 19.

담임 선생님이 가정 방문을 오신다고 했다. 딸로부터 선생님의 방문 소식을 들은 어머니는 정성껏 인절미를 만들었다. 궁핍한 생활 속에서도 그나마 담임 선생님을 위한 최고의 대접이었다. 가정방문을 마친 선생님은 인절미에 손을 대지 않고 "집에 가서 먹겠다."며 가지고 돌아갔다. 하지만 얼마 뒤 딸은 강의 풀숲에서 버려진 인절미를 발견한다. 제자 집의 궁핍한 생활을 본 선생님이 그런 집에서 만든 인절미가 비위생적이라고 생각했는지 강가에 버린 것이었다. 과연 이런 선생님이 있을까? 이 얘기는 히로카네 켄시(ひろかね けんし)의 만화 '과장 시마 코사쿠'의 한 장면이다.

어제 아침 도쿄신문의 '필세'는 이 이야기로 시작했다. 가슴 아픈 이야기. 하지만 계속 읽어보니 도쿄올림픽에 출전한 한국 선수단 얘기였다. 일부 내용을 소개한다.

"도쿄올림픽 한국 선수단은 선수촌 식사를 마다하고 자체적으로 급식을 준비한다고 들었다. 후쿠시마 현 식재료에 대한 한국 측의 불안이 여전히 사라지지 않고, 이들 재료가 사용되는 선수촌에서의 식사는 거절하는 것 같다. 후쿠시마 현 식재료에 문제는 없다. 인절미를 버린 기분도 되지만, 한국 측에도 사정이 있다. 후쿠시마 현 식재료의 수입을 금지하고 있는 이상, 유독 선수단만 예외일 수는 없었을 것이다. '어머니가 나쁜 것은 아니다. 인절미를 버린 선생님이 나쁜 것도 아니다. 단지 가난이 나쁜 것이야.'라던 만화 속 어린 딸의 독백이 생각난다."

도쿄신문은 "나쁜 것은 후쿠시마 현 식재료도, 한국 선수단도 아닐 것"이라며 "나쁜 것은 한일 상호 불신이며, 그것을 방치해 개선의 실마리조차 찾지 못하는 두 나라 정부"라고 지적했다. 이어 "외면 받는 후쿠시마 산 식재료도, 이를 먹지 못하는 한국 선수단도 모두 희생자"라고 지적했다.

후쿠시마 현 인구가 2020년 기준 183만 명에 이른다. 2011년 3월 동북대지진[東北部大震災] 이후 10년의 세월이 흘렀다. 이후 일본 전국에서 재해 지역 특산품 구매 캠페인이 벌어졌고 나 역시 재해 지역 쌀이며 특산물을 사서 먹기도 했다.

기억을 거슬러 올라가면 한국에서 공식적으로 처음 생수가 판매된 것은 1988년이다. 서울올림픽을 앞두고 방문한 외국인들이 한국 수돗물의 안전성을 의심할 수 있다는 판단에 따라 생수 판매를 허용했던 것이다. 그리 멀지 않은 과거의 우리 모습이다. '죽창을 들자.'는 어떤 이들의 비뚤어진 신념이 순수해야 할 스포츠도 물들이지 않았는지 걱정된다.

65

2021. 05. 28.

일본인들에게, 특히 일본 샐러리맨들에게 '65'는 각별한 의미를 갖는 것 같다. 일본 관청이며 일반 회사 대부분이 65세에 정년을 맞이하기 때문이다. 65세, 아직 축구는 아니어도 족구쯤은 넉넉히 한 게임 뛸 수 있는 나이에 사회는 "이제 그만 집에서 쉬라."고 명령한다. 물론 정년을 연장하자는 움직임이 활발하지만 '65'라는 마감 시간이 쉽게 고쳐질지는 의문이다.

주말 내내 아사다 지로(浅田次郎)의 소설 '오모카게(面影, 한국 출판본의 제목은 〈겨울이 지나간 세계〉)'를 읽었다. 아사다 지로는 참 글을 따뜻하게 쓴다. 아주 오래전 '철도원(鉄道員, ぽっぽや)'을 처음 읽었을 때의 감성이 다시 느껴졌다. 이런 이야기꾼을 가졌다는 것은 정말 행복이며 축복이다. 다 읽고 교보문고에 일본어판 '面影'을 주문했다. 번역본을 못 믿어서가 아니라 공부도 할 겸 원작의 감성을 느껴보고 싶었다.

'철도원'에서도 그렇지만 1951년생 아사다 지로의 글엔 산업화 시대를 달려온 이들에 대한 애처로움과 안타까움이 깊숙이 드리워 있다. 앞만 보고 달려온 이들은 가족에게도, 사랑하는 이에게도, 자기 자신에게도 소홀했다. 그리고 그 달리기가 마침내 끝났을 때 돌아보면 아무 것도 남지 않은 텅 빈 자신을 발견하게 된다.

그래서 아사다 지로는 한 인터뷰에서 이렇게 말했다.

"일본 사람들은 일을 지나치게 열심히 한다. 취미나 다른 관심 분야도 없다. 오직 일만 하고, 일이 곧 인생이라고 생각하는 사람이 많다. 그러다가 정년을 맞으면 허무함이 밀려온다. 나는 인생을 즐겨야 한다고 생각한다."

작가 아사다 지로는 '오모카게'의 주인공을 '같은 교실에, 같은 직장에, 같은 지하철로 출퇴근하는 사람 중에 있었던 인물'로 그리고자 했다고 말했다.

아직 '65'에 이르진 않았지만 나 역시 언젠가 회사를 그만두게 될 것이다. 그러면 그때 뭘 할까? 특별한 취미도 없고 관심 분야도 없다. 그렇다고 주말마다 대한민국의 모든 산을 물들이는 '등산을 위장한 시간 죽이기' 행렬에 동참하고 싶지도 않다. 뭘 할까 고민하다 세월 다 보내는 것은 아닐는지 걱정이다.

아사다 지로의 소설
'오모카게(面影)'

코로나와 수학여행

2021. 03. 09.

학창시절 수학여행만큼 마음 설렜던 것이 또 있을까? 하지만 내게 수학여행은 그리 즐거운 일은 아니었다. 고향이 충남이지만 서울에서 자란 나는 고향 친구도, 추억도 별로 없다. 그런 내가 초등학교 6학년이 되었을 때 수학여행지는 당일치기 온양 현충사였다. 수학여행이 아니라 고향 방문이었다. 중·고등학교 시절엔 2번 모두 포항제철과 울산 조선소, 그리고 경주 불국사였다. 시대가 시대였지만 수학여행이라기보다는 '조국근대화' 견학이었다.

대학교 4학년 때 동급생들은 제주도로 졸업여행을 간다고 했다. 2학기 중간고사를 마친 뒤 3박 4일 여정이었다. 학보 제작을 맡고 있어서 참가할 수가 없었다. 동급생들에게 1년 들을 욕을 한꺼번에 들었다. 물론 농담이지만 "학보사 건물에 불을 지르겠다."고 소리를 지르는 친구도 있었다. 훗날 내가 신문사에 입사하고 그 친구가 대기업 홍보실에서 일할 때 그때의 미안함을 아주 조금은 덜 수 있었다.

어쨌든 학창시절 수학여행은 소중한 추억이다. 하지만 이 소중한 추억 만들기에도 코로나의 심술은 손을 뻗쳤다. 일본 가나가와 현 가와사키(川崎) 시. 이곳의 초등학생들은 매년 수학여행지로 도치기(栃

'요미우리 랜드'에서
수학여행을 대신한
가와시키 시 초등학생들

木) 현 닛코(日光)를 1박 2일 일정으로 찾았다. 하지만 지난해는 코로나로 여행이 취소됐다. 도쿠가와 이에야스의 도쇼구(東照宮)가 자리한 닛코 시는 좋은 온천이 여럿 있는 곳이다. 일본에 있을 때 IBM 친구들과 하루를 보낸 기억이 있다.

닛코에 가지 못하는 초등학생들의 안타까움을 시 당국이 헤아렸다. 9일 요미우리신문에 따르면 가와사키 시는 이날 유원지 '요미우리 랜드'를 통째로 빌려서 시내 초등학교 6학년을 무료로 초대했다. 대상은 가와사키 시립 초등학교 114개교의 1만 2,280명. 이들을 3일 동안 나눠 오전 9시부터 오후 7시까지 놀이를 즐기게 했다.

과밀을 피하려고 아이들은 각 학교에서 전세 버스로 이동했고 학교별로 이용시간을 4회로 나눴다. 놀이기구를 탈 때 아이들은 손을 소독하고, 담당자가 세심하게 좌석을 닦았다고 한다. 9일은 34개교 4,100여 명이 대관람차와 각종 놀이기구를 타고 환호성을 질렀다고 신문은 전했다. 한 어린이는 "친구와 마음껏 놀 수 있어 최고의 선물이었다. 오래 기억에 남을 것"이라며 즐거워했다고 한다.

한국은 왜 이런 배려가 없을까? 혹시 초등학생은 투표권이 없어서 '배려'의 대상이 아닌 것은 아니겠지.

재해지의 사진 한 장

2021. 02. 26.

구글에서 베트남전쟁을 검색해보면 반드시 나오는 사진이 있다. 벌거벗은 채 울며 달리는 어린아이. 이 사진은 베트남전쟁의 아이콘처럼 많은 이들의 뇌리에 남았다. 그리고 10년 전 일본. 2011년 3월 11일 동일본 대지진이 일어난 지 얼마 지나지 않아 미야기 현 케센누마(仙沼) 시에서 페트병을 양손에 들고 물을 나르는 한 소년의 사진이 일본 각지 신문에 실렸다.

사진의 주인공은 당시 10살이던 마쓰모토 카이토(松本魁翔) 군. 재해를 당했을 때 케센누마 시 카오리 초등학교 4학년이었다. 카이토 군과 어머니와 누나, 증조부모와 조부모 등 가족 15명이 함께 살던 집은 쓰나미로 떠내려갔다. 친척들에게 의지해 생활했다. 재해 직후 모든 생활수단이 멈췄다. 어른들은 음식을 찾아 헤매었고 카이토 군은 우물에서 생활용수를 거처로 운반했다.

어린 마음에도 얹혀사는 꺼림칙함은 안고 있었다. 몸은 작아도 가라테와 야구로 단련된 체력만큼은 자신이 있었다. 통신사의 카메라맨이 포착한 것은 묵묵히 물을 옮기는 10살 남자아이의 모습이었다. 당시는 촬영된 사실조차 몰랐다. 하지만 소년의 모습은 재해지의 실태를 상징하는 사진으로 큰 반향을 불러일으켰다. 신문이나 텔레비전이 반복해 다루었다. 그리고 카이토 군은 일본 전국에서 300통이 넘는 격려편지를 받았다.

일본의 국민배우 다카쿠라 켄(高倉健)은 촬영 중에도 대본에 이 사진을 붙여놓고 있었다. 그는 카이토 군에게 이런 편지를 보냈다.

"언제나 피해지를 잊지 않겠다는 것을 마음에 새기며 영화 촬영에 임하고 있습니다."

국민배우의 격려에 소년은 얼마나 위로와 힘을 얻었을까? 집에서 재배한 채소며 쌀을 보내주는 고마운 사람도 있었다. 카이토 군은 모든 편지에 감사하는 마음으로 답장을 보냈다.

카이토 군은 "얼굴도 모르는 이들의 도움에 처음엔 당황했고 부끄러움도 느꼈다."고 말했다. 중학교를 졸업할 때까지 계속된 가설주택 생활에 우울하고 힘든 날도 있었다. 하지만 그럴 때마다 문득 격려편지를 꺼내어 다시 읽는 자신을 발견했다. 그 따스한 마음들이 다시 힘을 낼 수 있는 기력을 주었다. 떠내려간 집은 4년 전 재건했다.

그리고 카이토 군은 지난해 성년이 됐다. 사진 한 장으로 구원을 받은 재해지의 10살 어린이는 이제 스무 살이다.

일본을 울렸던 한 장의 사진

지역부흥협력대

2021. 02. 25.

"정년퇴직하면 시골 가서 농사나 지을까?"

　누구나 이런 말을 여러 번 들어봤을 것이다. 지방에서 태어났지만 어려서 상경한 나로서는 엄두가 나지 않는 말이다. 하지만 많은 이들이 귀농을 꿈꾼다. TV 프로그램 '나는 자연인이다'는 40대 이상 시청률 1위에 오르기도 했다. 농촌인구가 늘어나는 것은 좋은 일이지만 귀농, 귀촌인들의 나이를 보면 그리 낙관할 만한 일도 아닌 것 같다. 얼마 전 자료에 따르면 귀농인 평균연령은 54.2세로 직장인 평균 퇴직 연령과 비슷했다. 50대가 39.9%로 비중이 가장 높았고, 60대 25.4%, 40대 18.3%였다.

　24일자 마니이치신문을 읽다가 한국과는 다른 귀농, 귀촌의 모습을 발견했다. 일본 총무성이 주관하는 '지역부흥협력대(地域おこし協力隊)'였다. 총무성 홈페이지를 찾아보니 '지역부흥협력대'의 취지가 상세히 설명되어 있었다.

　"지역부흥협력대는 도시 지역에서 과소지역 등 조건이 불리한 지역으로 이주해 지역 브랜드나 지방 산품의 개발·판매·PR 등의 지원

지역부흥협력대

이나 농림수산업 종사, 주민 지원 등의 '지역협력활동'을 하면서 그 지역으로의 정주·정착을 도모합니다. 대원은 각 지자체의 위촉을 받으며 임기는 대략 1년 이상, 3년 미만입니다."

내용을 살펴보니 젊은이들이 지방으로 이주해 마을 살리기에 협력하는 제도였다. 2009년 시작해 현재 약 5,000명이 전국 각지에 파견되어 활동하고 있단다. 그리고 그중 60%가 현지에 정착했다고 한다. 이들의 활동도 활발했다. 후쿠이(福井) 시의 협력대원 마츠다이라 유코(松平裕子, 46) 씨는 산간지역 온라인 진료를 실현했다. 어르신들이 가까운 복지시설에 가서 화상을 통해 병원 진료를 받을 수 있게 했다. 현지에서 수확되는 심해어류의 박스포장 판매를 고안해 한적한 어촌에 활기를 불어넣은 대원도 있다.

인상 깊었던 사람은 미에현 토바(鳥羽) 시에서 활동하는 30대 여성 우에다 마리코(上田茉利子) 씨. 그녀는 대학 졸업 후 광고대행사에서 12년간 샐러리맨으로 일했다. 하지만 그 생활이 그리 즐겁지 않았다. 바다를 좋아하던 그녀는 해녀가 되고 싶었다. '해녀 모집'이나

'해녀 구인' 등을 찾다가 우연히 토바 시 이지카쵸(石鏡町)에 지역부흥협력대로 이주해 해녀가 된 사람의 얘기를 들었다. 곧바로 지역부흥협력대에 지원했다.

아직 해녀의 꿈은 이루지 못했지만, 그녀는 마을의 해녀나 어부가 잡은 물건 판매를 위해 노력하고 있다. 요리 교실을 기획하고 풍어를 알리는 깃발(大漁旗)을 디자인한 상품 패키지며 이지카쵸 특유의 브랜드명을 고안하는 등의 활약으로 마을 사람들로부터 인정을 받고 있다.

그녀는 "순수한 사람이 많다는 것이 도시에서만 살아온 내게는 기쁨과 놀라움이었다."고 말했다. 젊은이들이 열정과 패기로 시골 마을을 살린다. 이 모습이 우리에게 뭔가 가르치고 있지 않을까?

팬데믹의 그늘

2021. 02. 19.

일본에서 코로나19 이후 여성 자살이 급격히 늘어난 까닭은 뭘까? BBC 도쿄 특파원이 18일 이에 대해 분석한 기사가 눈길을 끈다. 일본은 다른 어느 나라보다도 자살에 대해 더 빠르고 정확하게 보고한다. 다른 나라와는 달리 일본에서는 매월 말 자살 통계가 나온다. 2020년 일본은 11년 만에 처음으로 자살률이 증가했다.

놀라운 것은 남성의 자살은 소폭 줄어든 반면 여성의 자살이 15% 가까이 늘었다는 것이다. 작년 10월 일본의 여성 자살률은 재작년 10월보다 70%나 늘었다. 코로나19 팬데믹이 남성보다 여성에게 더 큰 악영향을 미치는 것일까?

2008년의 금융위기나 1990년대 초 일본의 주식시장 붕괴, 부동산 버블 붕괴 등 일본의 과거 위기를 살펴보면 그 충격은 대체로 중년 남성들에게 돌아갔다. 위기 때마다 남성 자살률이 급격히 증가했다. 그러나 코로나19는 다르다. 젊은 사람, 그 중에서도 특히 젊은 여성들에게 영향을 미치고 있다. 그 이유는 복잡하다.

일본은 선진국에서 가장 높은 자살률을 기록하던 나라였다. 그러나 지난 십여 년간 일본은 자살률을 3분의 1 가량 줄이는 데 성공했다.

일본에서 손꼽히는 자살 전문가 우에다 미치코(上田路子) 게이오대학 교수는 자살에 대해 연구하면서 이런 증가 패턴은 생전 처음 본다고 말했다. 그러면서 코로나 팬데믹이 관광이나 소매, 식품업계와 같이 여성 고용인구가 많은 업계가 가장 큰 타격을 입었다는 점을 지적했다.

일본에서는 근래 혼자 사는 독신 여성이 급증했다. 많은 여성이 여전히 전통적인 젠더 역할을 수반하는 결혼을 포기하는 것이다. 많은 여성이 결혼을 피한다. 그러면 자기 스스로를 건사해야 하는데 안정적인 정규직은 없다. 그래서 어떠한 일이 일어나면 가장 큰 타격을 입는 쪽이 여성이라는 것이 우에다 교수의 분석이다. 일본에서 최근 8개월간 비정규직의 감소는 엄청난 규모였다.

작년 10월 자살자 수는 특히 두드러진다. 이 한 달 동안에만 879명의 여성이 목숨을 끊었다. 이는 2019년 10월보다 70% 높은 숫자다. 게다가 특히 기이한 일이 벌어졌다. 작년 9월 27일 일본의 유명 배우 다케우치 유코(竹内結子)가 자택에서 자살했다. 통계를 보면 다케우치 유코의 자살 이후 열흘 동안 207명의 여성이 극단적 선택을 한 것으로 나타났다. 전체 연령층에서 특히 디케우치 유코와 같은 40대 여

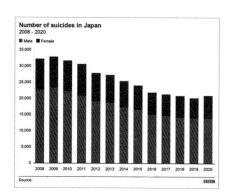

일본의 자살률 추이. BBC 자료

성들이 가장 많은 영향을 받은 것으로 나타났다. 40대 여성 자살률이
두 배 이상 늘었다는 것이다.

　　일본은 지금 코로나19의 세 번째 확산을 겪고 있다. 정부는 다시
긴급사태를 선언했고 많은 음식점과 호텔, 술집들이 문을 닫고 있다.
더 많은 사람이 일자리를 잃고 있다. 언제까지 비극이 이어질까?
　　일본과 흡사한 상황의 한국은 지금 어떤 상황이 벌어지고 있을까?

고독한 일본인

2021. 02. 16.

다른 나라에도 전례가 있는지 모르겠지만 일본의 '고독' 담당 장관이 주내에 고독이나 고립 문제에 대한 대책기구를 만들겠다고 16일 밝혔다. 교도통신 보도다. 첫 보도는 지난 13일 나왔다. 스가 요시히데(菅義偉) 일본 총리가 코로나19 확산 사태 장기화로 심각해진 고독·고립 문제를 담당할 각료를 신설했으며 사카모토 데쓰시(坂本哲志) 저출생 대책 담당상이 겸임하도록 했다는 것이다. 스가 총리는 전날 사카모토 담당상을 불러 코로나19 확산 후 일본에서 자살하는 여성이 늘어난 것을 거론하며 "문제를 철저히 파악해 종합적인 대책을 추진하면 좋겠다."고 지시했다고 한다.

일본 후생노동성은 지난달 22일 국내 2020년의 자살자 수가 2만 919명을 기록했다고 발표했다. 일본의 자살자 수는 2010년부터 매년 감소했으나 11년 만에 증가로 전환한 것이다. 일본 언론은 이에 대해 "신종 코로나바이러스 감염 확대로 인해 경제상황의 악화 및 가정환경 변화 등이 영향을 주었을 가능성이 있다."고 분석했다.

성별로 보면, 남성은 1만 3,943명으로 11년 연속으로 감소했으나 여성은 6,976명으로 2년 만에 증가세를 보였다. 일본의 연간 자살

고독·고립대책 상담실 현판식

자 수는 1998년 이후 14년 연속으로 3만 명대였다. 2003년에는 최다인 3만 4,427명에 달했으나 2012년 이후에는 3만 명을 밑돌았다.

2019년 한 해 우리나라 자살자 수는 1만 3,799명이었다. 하루 평균 자살 사망자가 37.8명이다. 2018년 대비 129명(0.9%)이 증가한 것으로 나타났다. 인구 10만 명당 자살자 수를 의미하는 자살률은 26.9명이다. OECD 국가 평균인 11.2명보다 두 배 이상 높은 수치로 자살률 1위 국가라는 오명을 벗지 못하고 있다. 전체 자살 사망자 중 남성이 차지하는 비율은 72.1%, 여성은 27.9%였다. 특이한 것은 최근 5년간 65세 이상 노인 자살률은 연평균 3.3% 감소했고, 9~24세 청소년 자살률은 연평균 5.2% 증가했다는 점이다.

고독사의 경우를 보자. 2019년 한해 전국에서 무연고 사망자가 2,536명 있었고 매년 10%p씩 증가하고 있다고 한다. 작년은 3,000명이 넘었을 것이다. 신문 보도에 따르면 지난 1월 한 달간 서울시립승화원에서 장례를 치른 무연고 사망자는 80명이었다. 평균 사망 연령은 64.6세. 자살이 8건이었고, 사망한 채 발견된 경우도 26건이었다.

80명 중 71명이 남자라는 사실이 눈길을 끈다. 흔히 남자는 늙어 죽지 않고 고독해서 죽는다고 한다. 남자 고독사가 많은 이유일까? 어떤 이는 남자가 나이가 들면 여자와 달리 생각의 유연성이 줄어들고,

사회적응 속도가 더 느려져 소외와 고립이 되기 쉽다고 말하기도 한다.

어느 죽음인들 고독하지 않을까?

사랑하는 이의 배웅을 받으며 맞이하는 죽음도 결국 혼자 떠나야 하는 외로운 길이다. 어떤 의미에서 모든 죽음은 고독사다. 일본존엄사협회 부이사장 등을 역임한 나가오 가즈히로(長尾和宏)는 이렇게 말했다.

"죽을 때는 혼자지만 죽은 뒤에도 혼자라면 슬픈 일이다."

어쨌든 일본의 '고독' 담당 장관의 앞으로의 활동이 궁금하다. 1차로 후생노동성과 문부과학성 등에서 10명 정도를 차출한다는데 이들의 움직임을 주시할 필요가 있다. OECD 국가 중 자살률 최고라는 오명을 안고 있는 나라가 한국 아닌가? 먼저 대책기구를 만들진 못했어도 저들을 잘 보고 배워야 한다.

세뱃돈

2021. 02. 12.

짜장면 한 그릇이 큰 사치이던 시절이 있었다. 모두 가난하던 시절, 허름한 중국식당 문턱은 왜 그리 넘기 힘들었던 것인지. 중학교 졸업식 날 종이꽃을 들고 오신 어머니가 사주셨던 짜장면을 지금도 기억한다. "나는 괜찮다."며 내 몫의 짜장면만 주문하셨던 어머니는 파주 보광사 영각전에서 쉬고 계시다. 그리고 설날인 오늘 아침, 코로나 사태로 절이 폐쇄된 탓에 어머니를 찾아뵙지 못한 채 이리저리 집 근처를 어슬렁거리고 있다.

어릴 적 세뱃돈을 주시던 어머니며 할머니, 할아버지 모두 세상을 뜨셨다. 그리고 내가 세뱃돈을 줘야 할 아이들은 바다 저 건너에 있다. 코로나19가 만든 이산(離散)의 아픔은 언제까지 이어질까? 명절이라지만 평일보다 못한, 차라리 일하는 것이 더 나았을 설날은 내년에는 다른 모습일 수 있을까? '혹시나!' 하는 기대에 작년 1월 일본에 갔을 때 사놓은 세뱃돈 봉투를 꺼내 보고 다시 우울해진다.

세뱃돈은 중국이 시작이다. 중국에선 설이 되면 미혼 자녀들에게 복을 상징하던 홍바오(紅包)라는 붉은색 봉투에 돈을 넣어 준다. 이 풍습이 우리나라로 전해졌다는 것이 정설이다. 일본도 세뱃돈이 있다. '오토시다마(お年玉)'라고 부른다. 그런데 이 '오토시다마'가 일본 각

지역의 경기(景氣)를 가늠하는 좌표로 활용된다. 세뱃돈 액수의 증감이 경기 상황과 비례한다는 것이다.

일본 웨더뉴스가 지난달 8,058명을 대상으로 세뱃돈 지출액을 조사했다. 집계 결과, 일본 전국의 평균 금액은 9,376엔. 지방별로 보면 가장 규모가 큰 곳은 이시카와 현으로 1만 3,906엔, 제일 적었던 곳은 아키타 현으로 4,265엔이었다. 지출액 1위와 47위 차이가 1만엔에 가깝다. 3년 전인 2018년 조사에선 전국 평균이 1만 2,204엔, 1위가 1만 8.769엔(돗토리현)으로 올해보다 3,000~5,000엔 정도 많았다. 3년 전보다 경기가 나빠졌다는 의미다.

작년 1월 반다이가 발표한 '초·중학생 세뱃돈에 관한 의식조사'도 재미있다. 2020년 설에 초·중학생이 받은 세뱃돈 총액은 평균 2만 5,594엔이었다. 당연하지만 어릴수록 받은 금액이 적었다. 세뱃돈을 누구에게 받는지를 조사해보니 조부모로부터 받았다는 응답이 가장 많았다. 90.2%가 할아버지, 할머니에게서 받았다고 응답했다.

의외인 것은 부모에게 받은 비율이 60.8%에 지나지 않았다는 것이다. 40% 가까운 초·중학생이 부모로부터 세뱃돈을 받지 못했다. 그리고 부모에게서 받은 세뱃돈 평균 금액은 5,481엔에 그쳤다.

아침에 설날 인사를 보내온 아들에게 카톡이라도 보내야겠다. 할머니, 할아버지 대신 세뱃돈 넉넉하게 전해주라고.

세뱃돈

묵언 말고 묵식

2021. 02. 01.

────────────────────   ────────────────────

절집 찾은 지가 오래됐다. 시간 내기도 어렵거니와 코로나 탓에 스님들도 속세 손님의 방문을 그리 달가워하지 않을 것이란 생각에 선뜻 나설 엄두를 못 내고 있다. 새벽예불을 알리는 도량석 목탁 소리며 절밥도 그립지만 당장은 마음 한구석에 쌓아둘 수밖에 없다. 절에서의 하루 중 가장 중요한 행사는 예불이다. 보통 새벽 4시나 5시에 아침 예불, 오전 10시의 사시마지(巳時摩旨), 저녁 5시 저녁예불을 드린다. 그리고 저녁 식사를 마치면 오후 7시. 그 뒤는 나 혼자만의 시간이다.

사회생활을 하면서 나만의 시간을 하루에 얼마나 가질까?

낮엔 회사생활, 퇴근 뒤 지인과 만남, 귀가 후 가족과의 대화를 빼면 침대에서 잠들기 직전의 아주 잠깐이 대부분일 것이다. 하지만 절에 가면 나 혼자만 있는 시간이 아주 많아진다. 특히 저녁 식사 후 잠들기까지 몇 시간은 철저히 '나 홀로'이다. TV나 컴퓨터도 없고 책은 대부분 불경인 방에 홀로 앉는다. 대화할 사람이 없으니 내 안의 나를 호출한다. 그리고 나 자신과 대화를 나눈다. 절 생활 중 가장 큰 혜택이다.

이걸로도 모자라 '묵언수행(默言修行)'을 하는 스님이나 신자들도 있다. 말을 않으면 귀가 열린다. 홀로 있어도 귀가 열린다. 그 열린 귀를 통해 내 안의 소리를 듣는 것이다. 거울로도 볼 수 없는 내 뒷모

묵식을 권장하는 포스터

습을 보게 된다. 아울러 구업(口業)을 짓지 않겠다는 의미도 있다.

붓다는 세 가지 업(業)에 대해 말씀하셨다. 몸으로 짓는 신업(身業)과 입으로 짓는 구업(口業), 마음으로 짓는 의업(意業)이다. 구업의 경우 하나는 거짓말하는 것이고, 둘은 이간질하는 것이고, 셋은 남을 괴롭히는 나쁜 말을 하는 것이고, 넷은 교묘하게 꾸민 말을 하는 것이라고 가르치셨다.

일본에서 코로나로 수행이 아닌 묵언이 거론되는 모양이다. 아사히신문에 따르면 음식점에서 비말 방지를 위해 대화하지 않고 먹는 '묵식(黙食)'을 권하고 있다고 한다. 교토시가 '묵식'이라 쓴 포스터를 만들어 희망하는 음식점에 제공하고 있다는데 원래는 후쿠오카의 가게에서 시작되어 주목을 받았다고 신문은 소개했다.

코로나가 아니라도 말이 많은 것은 좋지 않다. 말하기보다 남의 말을 들어주기가 더 큰 덕목임이 틀림없다. 자! 묵식을 통해 내 안의 나를 만나길….

마에지마 히소카

2021. 01. 29.

일본 우편이 70년 만에 1엔짜리 우표를 오는 4월 14일부터 1억 장 한정 발매를 한다고 교도통신이 28일 보도했다. 새로 발매되는 1엔 우표의 주인공은 '포스쿠마(ぽすくま)'. '포스쿠마'는 우편을 의미하는 포스(ぽす)와 곰을 의미하는 쿠마(くま)의 합성어로 일본 우편의 공식 캐릭터이다. 모회사인 일본 우정(日本郵政)의 마스다 칸야(增田寛也) 사장은 "신문에서 1엔 우표의 새로운 디자인을 원하는 투고를 몇 건 보았다."며 "국민의 이 같은 바람을 일본 우편에 전한 바 있다."고 밝혔다.

실제로 마이니치신문 조간 독자투고란 '모두의 광장'엔 귀여운 1엔짜리 우표를 원하는 투고가 2건 실렸다. 아사히신문 '목소리(声)'에는 지난해 2월 이런 글이 실렸다. "실례지만, 위엄 있는 얼굴의 아저씨 사진 우표를 붙이면 왠지 흥이 깨져요. 다른 우표와 조합해 붙였을 때 그의 위엄 있는 표정이 영 어색합니다."라는 내용이다. 수긍할 수 있는 의견이지만 이전까지의 1엔 우표 주인공 역시 간단한 사람이 아니다.

일본의 1엔 우표에는 '일본 우편의 아버지'라는 마에지마 히소카(前島密)의 초상이 사용됐다. 일본 우편이 발행하는 보통 우표는 그림이 다양하게 바뀌어왔다. 심지어 일본 국민 걸그룹이라는 AKB48이 우표에 등장하기도 했다.

그래도 1엔 우표만은 주인공이 바뀌지 않았다. 마에지마 히소카가 '일본 우정의 아버지'인 탓에 "이것만은 바꿀 수 없다."는 주장에 모두 공감했다. 일본 우정은 메이지 4년인 1871년 봄 도쿄~오사카 관영 우편사업이 그 출발이다. 이를 발의한 사람이 마에지마 히소카였다. 우편이나 우표 등의 용어도 그가 만든 말이다.

하지만 내 관점에선 그의 신문 산업 육성에 대한 공로가 더 가슴에 와 닿는다. 서양 문물을 경험했던 그는 구미의 신문이 우편에 의해서 발전했다는 점을 간파하고 있었다. 그래서 국가 발전을 위해 1871년 12월 신문·잡지를 우편으로 취급하기 시작했다. 당연히 요금도 저렴했다.

이듬해인 1872년엔 우편취급인 오오타 긴에몬(太田金右衛門)을 발행인으로 우편호치신문을 창간했다. 우리가 '스포츠호치'로 부르는 지금의 호치신문이다. 또 정보가 없으면 기사를 쓸 수 없다는 생각에 1873년부터 신문 원고 등은 무료로 보낼 수 있도록 했다. 당시로선 미디어의 소중함을 인식했던 열린 사고의 선각자였다.

1엔 엽서 속의 마에지마 히소카.

제3의 맥주

2021. 01. 25.

코로나19가 일상생활을 바꿔놓았다. 그중 가장 큰 변화 중 하나가 퇴근길 풍경이 아닐까? 책상을 정리하고 사무실을 나서며 나누던 "오늘 가볍게 한 잔 어때?"는 들어본 기억이 가물가물하다. 술집의 밤 9시 이후 영업이 금지되고 5명 이상 집합 금지라는 엄포에 주당들은 생활 속 소소한 즐거움을 잃었다. 나 역시 그렇다. 퇴근 후 집으로 직행, 집에서 소주잔 기울이는 것이 새로운 낙이 됐다.

일본도 그런 모양이다.

25일자 마이니치신문 보도의 일부를 소개한다.

"코로나 재앙도 음주의 행태를 바꾸었다. 회식 자제나 재택근무의 도입으로 '귀가 전에 한 잔'이라는 습관이 완전히 과거의 일이 된 사람도 많을 것이다. 반대로 가정 회식의 기회는 늘었다. 작년에는 업소용 맥주가 감소하는 한편, 저렴한 '제3의 맥주'가 잘 팔려 판매량이 역전됐다."

그렇겠지. 그런데 제3의 맥주? 이 호칭이 한국인들에게는 낯설 수도 있을 것이다.

소주(燒酒)파인 나로선 당연하지만, 일본 편의점에서 맥주 가격

을 보고 고개를 갸우뚱한 경험이 있는 이들이 적지 않을 것이다. 나란히 진열된 캔 맥주인데 가격이 거의 두 배 차이가 나는 경우가 있다. 자세히 보면 저렴한 맥주에는 'beer·ビール'라는 표기가 없다. 이들이 이른바 '제3의 맥주'로 불리는 술이다.

일본은 맥주를 일반 맥주, 발포주(發泡酒), 제3의 맥주로 분류한다. 맥주 원료인 맥아(麥芽) 비율이 3분의 2 이상이면 맥주, 그 이하이면 발포주로 분류된다. 제3의 맥주는 발포주에 소주 등 다른 알코올음료를 섞거나, 맥아 대신 완두콩 추출물 등 다른 원료를 사용한 것이다.

결국 발포주와 제3의 맥주는 '유사 맥주'인 셈이다. 저렴한 이유는 일반 맥주에 비해 세율이 낮기 때문. 일본이 맥주에 대한 주세가 높아 세법을 우회하기 위해서 만들었다고 한다.

조금 다른 얘기지만 일본 맥주 시장은 아사히와 기린의 전쟁터이다. 아사히가 오래 우위를 지켰다. 아사히를 따라잡으려는 기린 사원들이 피눈물 나는 고군분투가 TV 다큐멘터리로 방영될 정도다. 그런데 지난 연말 기린이 아사히를 넘어섰다. 마이니치신문은 기린 1위 등극의 요인으로 코로나19를 꼽았다. 아사히 맥주는 주 판로가 업소용이었는데, 코로나로 업소 소비가 격감하고 가정용 판매량이 늘다 보니 기린이 약진할 수 있었다는 것이다. '제3의 맥주'와 함께 코로나 덕분이다. 누구에겐 즐거운 코로나 재앙인가?

발포주에 소주 등
다른 알코올음료를 섞은
제3의 맥주 제품들

사다코의 종이학

2021. 01. 20.

소녀는 달리기를 잘했다. 운동신경이 뛰어나서 장래 희망은 중학교 체육 선생님이었다. 초등학교 6학년이던 1954년 10월 25일. 이날 열린 가을 운동회에서 소녀는 팀을 1위로 이끌었다. 그리고 정확히 1년 뒤인 1955년 10월 25일 아침 소녀는 세상을 떠났다. 병상의 소녀에게 아버지가 먹고 싶은 음식이 뭐냐고 물었다. 소녀는 '오차즈케(お茶漬け)'를 먹고 싶다고 말했다. 가족들이 서둘러 준비한 오차즈케를 단무지와 함께 두 입 정도 먹으며 소녀는 "아빠, 엄마, 모두 고마워요."라고 중얼거렸다. 이것이 마지막 말이 됐다.

비극은 10년 전으로 거슬러 올라간다. 1945년 8월 6일 히로시마에 원자폭탄이 투하됐다. 소녀의 집은 폭탄이 떨어진 중심지에서 1.7km 떨어진 곳에 있었다. 방사능에 피폭된 당시 두 살이던 소녀는 기적처럼 아무 이상이 없었다. 활발하고 건강한 모습으로 성장했다.

하지만 피폭의 저주는 소녀에게도 예외는 없었다. 가을 운동회 한 달 뒤부터 목 주위에 응어리가 생기기 시작했다. 이듬해인 1955년 1월엔 얼굴이 부어오르기 시작했다. 검사 결과 병명은 '아급성 임파선 백혈병.' 의사는 "앞으로 3개월, 길어도 1년을 넘기기 어렵다."고 말했다.

히로시마 적십자 병원(현 히로시마 적십자·원폭 병원)에 입원했다. 어느 날 나고야의 한 고등학생으로부터 쾌유를 기원하는 종이학을 받는다. 이를 계기로 소녀와 입원환자들이 종이학을 접기 시작했다. 누군가 종이학 천 마리를 접으면 건강해진다고 말했다. 소녀는 절실한 마음으로 종이학을 접었다. 숨지기 두 달 전까지 접은 종이학은 천 마리가 넘었다. 종이 질이 나빠서 약 포장지나 셀로판을 이용해 접기도 했다.

종이학을 접는 원폭 피해 소녀는 사사키 사다코(佐々木禎子). 그녀가 병상에서 접은 종이학은 장례식 참석자들에게 두세 마리씩 유품으로 나누어 주었다. 2013년 10월엔 종이학 하나를 사다코의 모교인 히로시마 시립 노보리초 초등학교에 기증했고 2015년엔 트루먼 대통령의 대통령도서관에 기증하기도 했다.

그리고 오늘 교도통신은 사다코가 접은 종이학을 후쿠야마 시의 한 기업이 3D 스캔으로 복제에 나섰다고 보도했다. 평화로운 세계, 아픔 없는 세상을 염원했을 사다코의 종이학이 모두의 가슴에서 훨훨 날아오르길….

사다코가 접은 종이학

마음 케어

2021. 01. 18.

체온이 40도 가까이 올라갔다. 급성폐렴이었다. 고열에 시달리던 훈련병은 저녁 점호시간에 쓰러져 연대 의무실을 거쳐 인근 지구병원으로 후송됐다. 젊은 나이. 회복은 빨랐다. 어느 정도 몸을 추슬렀을 때 연대 의무병이 상태를 확인하러 왔다.

"훈련 복귀할 수 있겠어?"

당연히 OK. 트럭 편으로 연대로 복귀할 때 의무병이 말했다.

"OOO 알지? 너 병원에 있을 때 매일 의무실에 찾아와서 네 안부 묻더라. 원래 알던 친구냐?"

같이 훈련을 받던 동기였다. 그저 훈련소에서 만난 사이. 그런 그의 마음 씀씀이가 채 완쾌되지 않은 내게 큰 힘이 되어줬다.

오늘 도쿄신문 사설을 읽으며 그 친구가 떠올랐다.

사설은 1995년 1월 17일 일어난 한신 대지진을 다루고 있었다. 한신 대지진은 효고 현 아와지 섬 북쪽을 진원으로 발생한 모멘트 규모 6.9의 도심 직하형 지진이다. 6,434명이 사망했고 3명 실종, 4만 3,792명이 다쳤다. 재해를 입은 사람은 "이 세상의 지옥을 경험했다."고 말했다.

죽은 자들의 아픔만큼 살아남은 이들의 고통도 심했다. 가족을

잃고 살 집과 재산을 잃었다. 몸의 상처가 아문 뒤에는 보이지 않는 마음의 상처로 고통을 받는다. '마음 케어(心のケア)'라는 말이 사용된 것도 한신 대지진이 처음이라고 한다. 눈길을 끈 사설 내용은 고통스러운 피난 생활 중에도 작은 사건으로 마음이 따스해지는 일이 있다는 것. 이재민의 기록엔 "목욕탕에서 옆 사람이 샴푸를 빌려줬다." "친척이 편지를 보내줬다." 등의 사소한 일들이 기쁜 기억으로서 남아 있다는 것이었다.

한 정신과 의사는 "의사보다 간호사나 보건사가 환영받고 도움이 되었다."고 말했다. 지역이나 개개인을 잘 알고, 대인관계가 뛰어난 사람이 케어 효과가 높다는 것이다.

음악이 구원이 되기도 한다. 2004년 남아시아 지진과 대형 쓰나미로 인한 참변 때는 이츠와 마유미(五輪真弓)의 노래 '마음의 친구(心の友)'가 인도네시아의 재기에 큰 도움이 되었다고 전한다. 일본에서는 그다지 알려지지 않은 노래. 하지만 인도네시아에선 '제2의 국가'로 사랑받고 있다고 한다.

코로나19로 세계인 모두가 이재민이 된 요즘, '마음의 친구(心の友)'를 다시 한 번 듣는다. 작사, 작곡 모두 이츠와 마유미가 해낸 노래이다.

1995년 1월 17일
대지진을 겪은 고베를
격려하는 횃불

시트러스 리본

2021. 01. 06.

뒤늦게 4일자 아사히신문의 '천성인어(天声人語)'를 읽고 생각이 많아졌다. 제목은 '시트러스의 기원(シトラスの願い)'. 시트러스는 감귤류를 뜻하는데 여기서는 에히메 현의 감귤을 의미한다. 에히메 현 토온(東温) 시에서 운송업을 하는 마츠모토 츠카사(松本司, 38)씨는 지난해 배송지에서 여러 차례 문전박대를 당했다.

"부지에 들어오지 마라."

"수도권에서 온 물건은 받고 싶지 않다."

코로나에 대한 지역민들의 불안감, 또 거부감 때문이었다.

난감하고 억울했다. 그러던 중 마츠모토 씨는 우연히 '시트러스 리본 운동(シトラスリボン運動)'을 만난다. 황 녹색의 수제 리본을 착용함으로써 코로나에 대한 오해와 차별을 없애자고 호소하는 활동이었다. 그는 취지에 공감해 자동차용 스티커를 만들어 여기저기 배포했다.

시트러스 리본 운동은 에히메 현에 거주하는 대학교수, 공무원, 편집자, 하이쿠 작가 등 9명이 시작했다. 리본의 세 원(圓)은 '지역' '가정' '직장과 학교'를 의미한다. 코로나 사태를 극복하고 누구나 이 세 장소에 안심하고 돌아갈 수 있는 마을이 되고 싶다는 바람을 담았다.

시트러스 리본

　모임의 공동대표인 카이 토모카(甲斐朋香) 마츠야마(松山)대학 교수는 "활동이라 해도 역 앞에서 서명을 받는 것은 아니다. 감염자를 욕하고 차별했던 사람을 비난하지도 않는다. 뭔가 정의를 강요하는 것은 좋지 않다고 생각한다. 운동의 버팀목은 '공감'"이라고 말했다.

　'공감'하는 사람은 많았고 전국으로 확산됐다. 초·중학생이 손수 만들어서 가슴에 달기도 하고 관청이나 항공회사도 참여했다.

　효고의과대학 사사야마(ささやま)의료센터의 카타야마 사토루(片山覚) 원장에 따르면 감염증에는 3가지 요소가 있다고 한다. ▲바이러스의 감염 ▲불안의 감염 ▲불안이나 공포가 근원이 된, 차별이나 중상의 감염 등이다. 인간의 심리에는 「보이지 않는 것에 대한 불안」을 「보이는 것에 대한 불안」으로 대체해 버리는 특징이 있어, 직업이나 살고 있는 장소에 대한 차별이나 중상으로 연결되어 버린다고 한다.

　가타야마 원장은 "코로나 재난을 겪는 지금이 어떤 의미에서 100년에 한 번 올 기회"라고 말한다. "이 곤란한 상황을, 아이들의 좋은 배움의 장소로 바꿀 수도 있다."는 것이다.

한국에서도 역시 코로나 감염자에게 싸늘한 시선을 던지는 경우
가 많다. 환자가 나온 집에 저주의 글을 붙이는 아파트도 있었다. 정부
가 나서서 "차별하지 말라."고 호소하지만 피부에 와 닿을 리 없다.

　말도 많고 탈도 많은 한국의 그 많은 시민단체는 뭘 하고 있을
까? 정치권은 '차별금지법'을 입법하면서 이런 수많은 피해자에 대한
차별은 아예 안중에 없는 것일까? 가타야마 원장의 "이 곤란한 상황
을, 아이들의 좋은 배움의 장소로 바꿀 수도 있다."는 말이 비수처럼
가슴을 찌른다.

고향납세

2021. 01. 03.

"2일 오전 11시의 긴자 거리는 한산했으나 각 지방에서 운영하는 안테나숍에는 손님이 줄을 이었다. 오키나와 현 우라소에(浦添) 시로 귀성할 예정이었으나 포기했다는 아다치(足立)구의 야마자토 마사미(山里昌美, 50) 씨는 고향의 대표적 정월 음식이라는 소키소바(ソーキソバ)를 구입했다. 그녀는 '마지막 귀성은 2019년 오봉(お盆) 때였다. 제사에 못 간 것이 슬펐다.'라고 말했다."

교도통신이 전한 일본 도쿄의 새해 아침 모습이다. 도쿄에 있을 때 다른 언론사 특파원 선배가 나를 어느 식당으로 데리고 갔다. 고깃집이었는데 여느 식당과 다른 분위기였다. 고기도 맛있었지만, 손님들의 대화가 도쿄 표준어와는 조금 달랐다. 선배가 말했다.

"이 식당은 모든 자재며 재료가 니가타 산(産)이야."

고기는 물론 가게의 모든 비품까지 '메이드 인 니가타'라는 것이었다. 이른바 요즘 말하는 안테나숍이었다.

안테나숍은 일반적으로 제조업체들이 자사 제품에 대한 소비자들의 평가를 알아내거나 다른 경쟁 회사 제품에 대한 정보를 입수하기

도쿄의 후쿠오카 하카타 안테나숍

위하여 운영하는 유통망을 말한다. 공중의 전파를 잡아내는 안테나와 같은 기능을 하고 있다는 데서 붙인 이름이다. 일본 대도시엔 각 지방 자치단체가 운영하는 특산물 안테나숍이 많다. 특산물의 왕국 일본 지자체들이 대도시 소비자들에게 지역과 특산물을 홍보하는 것이다.

우리나라도 많은 기관과 지자체들이 안테나숍을 운영하고 있다. 하지만 이름만 '안테나숍'일 뿐, 소비자 모니터링이나 지역 홍보 목적이 아닌 경우가 많다. 가끔 눈에 띄지만 단순한 지역 상품 판매장에 지나지 않는 경우가 대부분이다. 하긴 설악산 관광상품점에서 천안 호두과자나 제주도 돌하르방을 볼 수 있었던 것도 그리 오래전 일이 아니었다.

몇 년 전 하카타에서 '동북지역 상품전'을 하기에 들어가 봤더니 동북 대지진으로 큰 피해를 본 지역 특산품을 팔고 있었다. 여러 특산물 중에 눈에 띈 것이 쌀이었다. 방사능 오염 가능성을 의심받던 지역의 농부들이 힘겹게 농사를 지어 "이것 봐라."는 자신감으로 내놓은 상품이었다. 2kg 백미를 사서 나중에 한국에 돌아와 밥을 지었다. 좋은 쌀이었고 맛있었다.

일본은 지역별 특성과 개성을 잘 살려 나가는 나라이다. 이를 위

한 지방자치단체들의 노력도 각별하다. 지방마다 특색이 있는 여러 축제(마쓰리, 祭り)도 그렇고 철도여행의 낭만인 도시락(에키벤, 駅弁)에도 그 지방만의 정취가 가득하다. 4월 10일을 '에키벤의 날'로 정할 정도다. 이 같은 지역사랑은 세금으로도 이어진다. '고향납세'라는 제도가 그것이다.

'고향 납세'란 주민세를 원하는 지방을 지정해 각종 세금을 미리 납부하는 제도이다. 물론 그 금액만큼 그다음 해 주민세를 공제해준다. 또한 지방자치단체가 이에 대한 보답으로 감사의 선물을 보내준다. 선물은 대부분 그 지역 특산물인 경우가 많다. 언젠가 아이들 집에 갔더니 어느 지방의 특산 카레가 많이 있었다. '고향납세' 사은 선물이었다. 그 전해에는 쇠고기를 받았다고 했다. 흠! 참치회 주는 곳은 없을까?

90세 여사원

2020. 12. 29.

90세 여사원이 회사를 활보하며 손자뻘의 동료 사원들과 인사를 나눈다. 영화의 한 장면이 아니다. 기네스가 28일 일본 오사카 니시 구의 나사 제조회사 산코인더스트리 주식회사 총무부에 근무하는 90세의 정사원 다마키 야스코(玉置泰子) 씨를 '세계 최고령 총무부원'으로 인정했다. 다마키 씨는 1930년 5월 15일생. 1956년 4월 1일 산코인더스트리의 전신인 삼흥징나주식회사에 입사했다. 64년 근속이다.

다마키 씨는 상업고등학교를 졸업했다. 숫자에 밝아 64년에 걸쳐 총무부에 재직하며 주로 경리나 서무를 담당했다. 그는 일찍 돌아가신 아버지와 몸이 약하신 어머니를 대신해 생활비와 형제 학비를 벌어야 했다. 3형제를 모두 독립시키는 일이 우선이어서 결혼은 생각하지 않았다. 그는 "줄곧 형제를 돌보며 일과 결혼한 것과 같은 삶을 살았다."고 말했다.

고령에도 일하는 이유는 '일하는 것을 좋아서'라고 답한다. "일에 대해 많이 생각할수록 일은 점점 쉬워지게 마련이다. 그게 재미있어서 나도 모르게 몰입하게 된다. 지금까지 단 한 번도 일을 그만두고 싶은 생각은 없었다."고 다마키 씨는 말했다. 일 외의 취미는 하이쿠와 요가. 매일 아침 5시 반에 일어나 요가를 30분 정도 하는 것으로 하루를 시작한다.

64년 회사생활을 돌아보면, 산도 있고 계곡도 있고 가슴 아픈 기억도 있었다. 40세에 처음 과장이 되었을 때는 부하에게 해고를 통보하며 괴로워했다. 1997년 사내 IT화가 시작됐다. 그때 이미 67세였지만 두근거리는 가슴을 진정시키며 PC 사용법을 익혔다. 70세까지 사내 동료와 스키를 즐겼다. SNS 사용법도 배웠고 지금은 서무 업무 외에 신입사원 연수도 담당하고 있다.

저출산 고령화에 의한 노동력 인구의 감소와 평균수명 연장으로 고령자 취업에 관심이 높아가고 있다. 일본은 내년 4월부터 70세까지의 취업 기회 확보를 의무로 하는 '고령자 고용안정법'도 시행된다.

일본 내각의 2014년 의식 조사에서 "일할 수 있는 나이"를 묻는 설문에 응답자의 28.9%가 "70세까지"라고 답했다. "75세까지"도 7.1%였다. 현재 일본의 정년은 대개 65세다.

한국도 일본과 같은 초고령화 시대에 진입했다. 하지만 이에 대한 대비는 별로 눈에 띄지 않는다. 되레 '명예퇴직 칼바람' 운운하는 정반대의 우울한 기사들만 눈에 띌 뿐이다. 중·장년층 일자리를 줄인다고 청년실업이 해결될까? 노인들 단기 아르바이트 자리 만들어 취업률이 높아졌다고 자화자찬하는 정부를 보며 국민은 우울하다.

90세의 정사원
다마키 야스코(玉置泰子) 씨

오마의 참치 잡이

2020. 12. 19.

차라리 없었으면 좋았을 2020년도 두 주일을 남겨뒀다. 회사 송년회를 어제 마쳤다. 조금 이른 감이 있지만 크리스마스가 주말과 겹쳤고, 그보다 올해 한 해를 서둘러 마감하고 싶은 마음도 있었다. 다음 주부터는 2주 연속 주말 3일 연휴, 마음 같아선 조용한 산이라도 가서 며칠 머물고 싶지만, 코로나 시국에 나들이는 어지간한 큰 결심 없이는 어렵다.

어제 송년회 장소는 참치 횟집이었다. 늘 느끼는 것이지만 서울에서 맛있는 장어와 생선회를 먹기는 무척 힘들다. 생선의 경우 특히 참치가 그렇다. 금가루까지 뿌린 비싼 참치를 먹으며 문득 보신(戊辰)전쟁과 아오모리의 오마(大間) 바닷가를 떠올렸다. 참치 회에 웬 전쟁 이야기? 그럴 만한 이유가 있다.

삿초(薩長)동맹과 막부(幕府)파의 대결이던 1868~1869년 보신전쟁에서 아이즈(會津)는 커다란 상처를 입는다. 3,000여 명이 전사했고 여성 200명은 최후의 거점이던 쓰루가((鶴ヶ城)성에서 자결을 택했다. 어린 소년들이던 백호대(白虎隊) 역시 성이 함락되자 이이모리(飯盛)산에서 스스로 목숨을 버렸다. 하지만 승자들의 전후 처리는 더욱 혹독했다.

전후 처리를 담당했던 조슈번(長州藩)은 공식 기록에는 없지만 숨진 아이즈 병사들의 시체를 반년 간 매장하지 못하도록 했다는 이야기도 전해진다. 그리고 아이즈의 사무라이며 백성들 대부분을 아오모리의 시모키타(下北)반도로 강제 이주하게 한다. 가족을 포함해 1만 7,000명이 옮겨간 곳은 3만석 규모의 토나미(斗南)번이었다.

일본 본토 최북방의 황무지였고 차가운 바닷바람이 모든 것을 얼어붙게 만드는 극한의 추운 지방이었다. 황무지 개척 과정에서 많은 이들이 추위와 굶주림으로 숨졌다. 그리고 이주 2년이 되던 해, 폐번치현(廢藩置縣)으로 토나미(斗南)번은 아오모리 현으로 흡수된다. 생존을 위해 황무지와 싸우던 아이즈의 이주민들은 모두 하루아침에 실업자로 전락했다.

아오모리의 오마(大間)는 일본의 한 TV가 장기간 방영한 '참치에 인생을 건 사나이들(マグロに賭けた男たち)'의 무대이다. 작은 배에 의지해 참치를 외줄낚시로 건져 올리는 사나이들의 삶을 담았다. 오마(大間)는 일본 최고의 참치 잡이 전초기지. 매년 10월 무렵부터 다음 해 1월까지 이들은 차가운 겨울 바다를 헤치며 참치와 처절한 승부를 펼친다. 이곳에 아이즈 토나미번 자료관이 자리한다.

이들이 어획한 참치는 어부들이 흘린 피눈물만큼 비싼 값에 팔린다. 올해 1월 5일 도쿄 도요스(豊洲) 시장에 열린 새해 첫 참치 경매에서 276kg짜리 참치 한 마리가 1억 9,000만 엔(약 20억 원)에 낙찰됐다. 이 참치 역시 오마(大間)에서 잡은 것이었다. 참치 회를 먹으며 마음속으로 아이즈에 건배한다.

오마(大間)의 참치 잡이

총리공관의 유령

2020. 12. 16.

스가 요시히데 일본 총리가 취임 3개월이 다 되도록 뚜렷한 이유 없이 총리 공저(관저)에 입주하지 않고 있다. 15일 요미우리신문에 따르면 스가 총리는 지난 9월 16일 일본의 제99대 총리로 취임한 뒤에도 총리관저 내 총리 거주지(공저·公邸)로 거처를 옮기지 않은 채 차량으로 약 3분 거리의 중의원 의원 숙소에서 출퇴근한다.

이런 가운데 일각에선 '귀신이 나온다.'는 소문 때문에 스가 총리가 공저 입주를 주저하고 있는 게 아니냐는 관측마저 나오고 있다. 일본 총리 공저에 유령이 출몰한다는 소문은 오래전부터 널리 알려진 사실이다. 2013년엔 아베 총리가 공저에 입주하지 않는 이유에 대해 국회에서 공식 질문할 정도였다. 이때 내각 입장에서 "질문 내용에 대해 알고 있지 않다."고 답변을 한 이가 스가 당시 관방장관이었다.

스가 관방장관은 추후 기자회견 자리에서 "이런저런 소문이 있는 것은 사실이고 얼마 전 국무위원들이 그곳에서 간담회를 가졌을 때도 그런 얘기가 나왔던 것은 사실"이라고 밝히기도 했다.

아베 총리는 2013년 7월 30일 자민당 간부를 공저로 초청해 가진 회식에서 공저로 이사하지 않는 이유를 묻는 질문에 농담 삼아 "귀신 나와서 싫어요."라고 답했다고 한다. 호사가들은 아베 총리가 허물

없는 사이인 자민당 관계자들을 앞에 두고 그만 본심이 드러났을 가
능성도 없지 않다고 수군거리기도 했다.

일본 총리 공저는 종종 테러의 무대가 됐다. 1932년 5.15사건 때
이누카이 쓰요시 총리가, 1936년 2.26사건 때는 오카다 게이스케 총리
의 처남 등이 사살되는 등 피투성이 역사를 가진 곳이기도 하다. 그 탓인
지 역대 총리와 그 가족, 비서들 사이에 목격담과 공포체험이 적지 않다.

하타 쓰토무 전 총리의 퍼스트레이디로서 구 공저에 거주한 하타
야스코 여사는 1996년에 출판한 저서에서 기묘한 경험담을 털어놓았
다. 그는 "공저 입주 전 예비조사 단계에서 오한이 들며 뭔가 가슴을
짓눌릴 것 같은 이상한 분위기를 느꼈다."고 적었다. 또 "자신만이 아
니라 호소카와 총리의 부인 가요코 여사는 자녀들과 동거하지 않아
침실을 하나만 쓰고 나머지 방에는 향을 피우고 있었다. 예비조사를
하러 왔을 때 아직 잔향이 자욱했던 것이 인상적이었다."고 밝혔다.
또 모리 전 총리는 "침대에서 자고 있는데 여러 군화 발소리가
다가오더니 문 앞에 딱 멈췄다. 당황해서 벌떡 일어나 '거기 누구냐?'
라고 외치며 문을 열었지만, 아무도 없었다. 곧바로 비서관에게 연락
을 취했지만 누가 공저로 들어왔다는 흔적은 찾을 수 없었다. 그제야

총리공관의 유령 소동을 보도한
일본 TV 화면

등골이 오싹해졌다."고 말하기도 했다.

거의 매일 대형사건으로 세인의 입에 오르내리는 청와대와 유령이
화제가 되는 일본 총리 공저. 예전에 한 일본 친구가 내게 이렇게 말했다.
"한국 정치는 다이내믹해서 좋다. 일본 정치는 고인 물 같아
재미가 없다."
그저 웃고 넘겼는데 지금 들으면 짜증이 날 것 같다.

진주만 공습

2020. 12. 08.

대학생들과 함께 일주일간 하와이에 간 적이 있다. 그곳에 남은 이승만 대통령의 발자취를 탐사하는 여행이었다. 일정 중 틈을 내 진주만을 찾았다. 1941년 진주만 공습으로 가장 큰 피해를 본 애리조나 호가 침몰한 지점에 기념관이 세워져 있었다.

기록마다 차이가 있지만, 진주만 공습으로 미군은 침몰함선 7척, 파손함선 11척, 전투기 188대 파괴, 155대 파손이라는 큰 피해를 봤다. 단 하루 동안의 공격으로 3,581명의 군인과 민간인이 사망했고 1,247명이 부상했다.

그 중에서도 가장 큰 인명피해를 입은 것은 애리조나 호. 애리조나 호에서만 1,177명의 수병과 승조원이 사망했다. 애리조나 호 침몰 후 배에 남아 있던 기름은 현재도 매일 9리터 정도가 새어 나오고 있다. 수면 위로 떠오르는 이 기름을 미국인들은 Black Tears, '검은 눈물'이라고 부른다.

미국 시간 12월 7일, 우리 시간 12월 8일은 야마모토 이소로쿠 (山本五十六) 제독의 일본 연합함대가 하와이 오하우 섬의 진주만을 공격한 날이다. 8일자 도쿄신문에서 인상적인 칼럼을 만나게 됐다.

"1941년 12월 8일 미·일 개전일. 개전을 알리는 임시 뉴스가 교내에 전해졌다. 교수는 복도로 뛰어나가 만세를 불렀다고 한다. 길게 이어지던 미·영과의 긴장. 당시 국민은 답답함과 폐색감 속에 있었고, 진주만 공격은 그 먹구름을 날려버릴 것처럼 받아들여졌다. 미국과 영국이라는 대국에 도전하는 통쾌함도 있었다고 한다.(中略)

11년 후인 1952년에 건립된 히로시마의 원폭 희생자 위령비. 비문은 '편안히 잠드십시오./잘못은 되풀이하지 않겠습니다.'이다. 그 글을 쓴 이가 12월 8일 '만세'를 외쳤던 그 교수라고 한다. 당시 히로시마대학 교수인 사이카 다다요시 씨. 그도 피폭되었다."

그리고 글은 이렇게 마무리됐다.

"그날, 지금 생각하면 이길 리 없는 미·일 전쟁의 개전에 국민의 대부분이 흥분했다. 기억해야 할 전쟁의 잘못. 그것은 군과 정부에 의한 것이지만 감정에 흔들린 국민의 '만세'를 거기서 제외할 이유도 또 없다. 반복해선 안 된다."

히로시마 원폭 희생자 위령비

기록의 나라

2020. 11. 27.

코로나19 감염 사태에 주변에서 흔한 일상이 된 마스크나 광고지 등의 물건들을 소중히 모은다. 이른바 '코로나 시대'의 사회 모습을 기록해 후세에 남기는 노력이다. 일본 교도통신은 26일 이와 같은 노력이 일본 각지의 박물관에서 퍼지고 있다고 보도했다.

그리고 그 배경에는 약 100년 전 스페인 독감이 유행했던 시대의 생활을 전하는 자료가 거의 남아 있지 않은 것에 대한 반성이 있다고 소개했다. 동일본 대지진 이후, 수많은 '지진재해 유산'을 수집해 온 경험도 활용됐다. 수집한 자료 중에는 축제 취소를 전하는 광고지나 테이크아웃 쿠폰, '아베노 마스크'라고 불렸던 정부가 배포한 천 마스크 등등이 포함됐다. 역병 퇴치 요괴 아마비에(アマビエ)의 신작 달마나 현지의 양조장이 급히 제작한 소독용 알코올이 든 술병도 있다.

홋카이도 우라호로쵸의 박물관이 모은 '자료'는, 평상시의 생활에서 무심코 손에 들고 있는 것들이 대부분이다. 지난 2월부터 주민들에게 제공을 당부해 약 200점이 모였다고 한다. 수집을 담당하는 한 학예사의 말이 인상적이다.

"하루하루의 움직임이 역사가 된다. 버려지기 전에 가능한 한 많이 모으고 싶다."

그는 "향후 이 시대를 돌아볼 때, 물건이 있으면 객관적으로 검증할 수 있다."고 덧붙였다.

오사카 부 스이타 시립박물관은 보건소가 전해준 가운이나 페이스실드, 약국에서 마스크를 사려는 사람들의 행렬을 담은 사진도 수집했다. 이곳의 학예사 고즈키메 켄지 씨는 "무슨 일이 일어나고 있었는지를 남겨, 미래세대에 지금의 시대를 이해하는 수단을 제공하고 싶다."고 말했다.

일본 국회 도서관은 신형 코로나 관련 정보를 취급한 행정기관 등의 웹사이트 데이터를 보존하고, 와세다대 연극박물관은 극장과 극단에 연기나 취소된 공연 팸플릿과 대본 등을 제공해 달라고 요청하기도 했다.

야마나 시 현립 박물관 학예과장 모리하라 아키히로 씨는 "스페인 독감의 시민 차원의 기록이 남아 있었다면, 오늘날 코로나 사태에서 대책의 실마리를 주었을지도 모른다."고 말했다. 그는 "재해나 역병은 반복해 일어나지만, 의외로 금방 잊혀졌다. 전시나 특집으로 지금의 시대를 되돌아볼 기회를 만들고 싶다."고 말했다.

이들이 당장 코로나 기획전을 열 계획은 없다. 그러나 "100년 후, 200년 후, 혹은 더 먼 장래의 사람들이 분석할 수 있도록. 지금은 여러 가지를 남겨두는 일이 필요하다."고 말한다. 기록의 중요성을 아는 나라, 역사를 존중하고 내일을 준비하는 일본인이다.

'코로나 시대'의 사회 모습을 기록해
후세에 남기기 위해 노력하는 일본

빈센트 권

에자키 상이 오늘 페이스북에 시마바라(島原)의 해물덮밥(海鮮丼)을 소개했다. 시마바라. 수십 년 전 전혀 사전 지식 없이 찾은 그곳은 조용한 시골 마을이었다. 별로 볼거리가 없었다. 나중에야 그곳이 슬픈 사연이 있는, 유서 깊은 마을이라는 것을 알았다. 이래서 여행은 공부가 필요하다. 철저한 예습과 복습이. 결국 아는 만큼 보는 것이 여행이다.

나가사키 현 시마바라는 1637년 발발한 시마바라의 난의 무대다. 기근과 혹독한 세금, 천주교인 탄압에 시달리던 시마바라 아마쿠사 지방 주민 약 3만 7,000명이 폭동을 일으켰다. 놀랍게도 반군의 지휘자는 당시 16세였던 마스다 시로토키사다. 통칭 아마쿠사 시로(天草四郎)였다.

시마바라는 천주교 신자 다이묘 아리마 하루노부(有馬晴信)의 영지였기 때문에 주민 거의 전원이 열성적인 천주교 신자였다. 봉기 세력은 시마바라 성을 공격하고, 이어 도미오카 성을 포위하여 함락 직전까지 가기도 했다

그러나 막부 토벌군이 도착하자 시마바라 반도 해안가의 폐성이던 하라 성을 복구해 농성을 펼치다 1938년 2월 28일 성이 함락되면서 최후를 맞았다.

3만 7,000명의 봉기군이며 가족들이 모두 처형당했다. 이때 처형된 이들 중에 조선 최초의 천주교 신자가 있었다. '빈센트 카운(權) 토레스', 즉 '빈센트 권'이다. 일본의 '205인 순교복자 명단'에 이 이름이 있다. 조선인이다. 이 기록대로라면 우리가 교과서에서 배운 조선 최초의 천주교 신자로 1784년 세례를 받은 이승훈보다 200년 가까이 앞서 세례를 받았다는 얘기다.

임진왜란 당시 의병장 권극평(權克平)의 조카뻘 되는 12세의 권씨 아이가 왜장 고니시 유키나가(小西行長)에게 잡혔다. 아이는 대마도에 있던 고니시 유키나가의 누이동생 집에 보내졌는데 비밀리에 조선에 종군했던 스페인 신부 세스페데스가 본토로 데려가 아마쿠사의 코레지오 신학원에 입학시켰다.

신학교에 입학해 선교사 수업은 받고 세례를 받은 빈센트 권은 시마바라에서 머물다가 하라 성이 함락되자 막부 군에 체포되고 옥중에서 수사로 임명된다. 그리고 얼마 되지 않아 나가사키(長崎) 니시자카(西坂) 언덕에서 화형을 당한다. 그때 나이 46세였다.

지원군을 기다리며
바다를 바라보는 시마바라 반군 형상.
지원군은 끝내 오지 않았다.

트럼프? 바이든?

2020. 11. 03.

250m 기지거리 사격이었다. M1소총 가늠좌 너머의 검은 표적이 흐릿했다. 함박눈이 내리고 있었다. 남한산성 문무대 사격장. 대학교 신입생이면 무조건 받아야 하는 열흘간의 입영 훈련을 받고 있었다. 사격을 마치고 감적호 인원까지 철수하자 대위 계급장을 철모에 붙인 사격 교관이 우리를 불러 모았다. 그리고 침통한 표정으로 말했다.

"여러분. 오늘 미국에서 지미 카터가 대통령에 당선됐다. 우리 안보 상황이 더욱 불안하게 됐다.…"

교관은 카터의 당선으로 미군이 철수할 수도 있으며, 그럴 경우 북한의 도발 가능성이 높다는 등의 이야기를 30분이 넘게 늘어놓았다. 대학 1학년이었던 나도 카터의 당선이 박정희 정권에 반갑지 않을 것이라는 생각은 갖고 있었다. 40여 년 전 일이다.

그리고 오늘 많은 국민이 미국의 대선 결과에 대해 마치 우리 일처럼 촉각을 곤두세우고 있다. 그때와 달라진 것은 바이든과 트럼프 양측을 지지하는 세력이 그 수가 크게 늘었고 서로 원수처럼 반목하고 있다는 것이다. '만약 문재인 정권이 아니었다면 어땠을까?' 하는 생각도 든다.

일본 도쿠가와 막부 말기, 재정을 책임졌던 오구리 타다마사(小

栗忠順)라는 인물이 있었다. 페리 제독의 흑선(黑船)을 목격한 막부는 해군 강화를 위해 조선소를 세워 군함을 건조해야 할 필요를 느낀다. 하지만 많은 이들이 재정 문제를 내세워 이를 반대한다. 이때 누구보다 열악한 재정 형편을 잘 알았을 오구리 타다마사가 이렇게 말한다.

"막부는 유한하지만 일본이라는 나라는 무한하다. 막부가 하는 일이 장기적으로 일본을 위한 것이라면 이는 도쿠가와 가의 명예이자 국익이다."

5년짜리 정권이 동문회 하듯이 국가 대사를 결정하는 나라. 그래서 40년 전이나 오늘이나 바다 건너 남의 나라 대통령 선거에 목을 매는 것 아닌지?

역사란 무엇인가?

2020. 10. 28.

시진핑의 '항미원조' 발언으로 나라 안팎이 며칠 시끄러웠다. 중국의 눈치를 보느라 제대로 항의조차 안 했다는 비판이 이어졌고, 외교부 장관이 미약하나마 중국에 유감 표시를 했다는 게 뒤늦게 알려져 화제가 된다. 정말 중국의 오늘은 청나라 말기, 한국은 조선 말기와 같은 모습이다. 이대로 가면 언제 나라가 망해도 놀라지 않을 정도가 됐다.

대학에 입학해 처음 읽은 책이 E. H. Carr의 '역사란 무엇인가? What Is History?'였다.

세월이 내 기억 속에서 책 내용을 거의 지웠다. 하지만 "역사의 연구는 원인의 연구"라는 주장은 기억할 수 있다. Carr는 "역사적 사건은 단일 원인이 아니라 복합적인 원인이 있는 경우가 많으며 그 여러 원인 중에서 가장 결정적이고 궁극적인 원인을 찾아내는 것이 이른바 역사가의 '해석'"이라고 말한다. Carr는 우연의 존재를 부인하지 않지만, 역사의 불가피성과 필연을 중시한다. 우연이 역사를 바꿀 수는 있지만 큰 틀에서의 역사를 바꾸지는 않는다는 것이다.

요즘은 어떤지 모르지만 불행하게도 우리 세대 역사는 암기과목

'언덕 위의 구름'의 작가
시바 료타로를 다룬 문예춘추 표지

이었다. 역사적 사건의 인과관계는 철저히 무시되고 사람 이름과 발생 연도 따위를 외우면 됐다. 역사적 사실(史實)에 대한 토론은 아예 없었다. 6.25 전쟁에 대한 우리의 상식도 그렇다. 그러니 남침인지 북침인지 헷갈리는 이들이 갈수록 많아지는 것은 아닐까?

나는 오늘날 한국의 비극은, 한국이 일본과 달리 '시바 료타로' 같은 작가를 갖지 못했던 때문이라고 생각한다. 역사적 사실을 근거로 현대적인 해석을 더한 시바 료타로의 역사소설은 일본 국민에게 역사의 불가피성을 깨우쳐줬다. 여러 원인 중에서 가장 결정적인 원인을 찾아내는 '해석'의 능력을 길러줬다.

책상 위의 낡은 '언덕 위의 구름(坂の上の雲)' 표지를 보며 '시바 료타로가 아니면 오늘 우리가 기억하는 사카모토 료마가 존재했을까?' 하는 의문이 문득 들었다.

첫사랑은 아련해야 한다
실제로 아련하다

그리고 그 무대는
반드시 겨울이어야 한다

"반갑습니다.
라이온 킹입니다"

2023. 02. 04.

문화부에서 근무하던 입사 동기가 내 자리에 와서 일본 책을 내밀며 물었다.

"이 책 저자 이름이 뭐냐?"

성은 이케다(池田)인데 남은 두 글자 이름이 문제였다. 흔한 이름이 아니어서 "나도 모르겠는데…"라고 대답했다. 동기 녀석은 "일본에서 오래 지낸 놈이 그것도 모르냐?"며 한심하다는 듯이 나를 바라봤다.

아니다. 그야말로 일본을 모르는 소리다. 흔한 성씨는 문제가 없다. 하지만 희성(稀性)이면 뭐라고 읽는지 알기 어렵고 특히 이름은 저마다 읽는 방식이 제각각이다. 그래서 일본에선 명함을 건네며 "○○○이라고 읽습니다."라고 소개하는 풍경이 흔하다. 아예 명함이나 신문 지면에 작은 가타카나로 발음을 표기하는 경우가 많다.

같은 한자 표기라도 내 개성대로 읽겠다는데 누가 뭐라 하겠는가?

그런데 요즘 그 정도가 너무 심한 모양이다. 급기야는 일본 법무성 법제심의회가 호적법 개정 요강안(要綱案)을 마련했다. 요강안에 따르면 이름에 가타카나로 요미카타(読み方), 즉 읽는 법을 명기하도록 했다. 그리고 이름에 사용하는 글자는 일반적인 것으로 인정되는 읽는 법에 따르지 않으면 안 된다는 규칙을 담았다.

자녀의 이름은 부모의 마음을 담은 표현이다. 저마다 다른 작명과 그 이름을 읽는 방법에 대해 정부가 가이드라인을 만들겠다는 것이다. '자식 이름 내 뜻대로 짓겠다는데 이래도 되나?'하는 생각이 들지만, 실제 예를 보니 정부가 나설 만도 하다는 생각이 든다.

일본에는 '도쿈(DQN) 네임' 또는 '기라기라 네임(キラキラネーム)'이라는 표현이 있다. 도쿈(DQN)은 무개념·양아치를 뜻하는 은어다. 그리고 '기라기라'는 우리말로 하면 '반짝반짝'이라는 의미다. 즉 '개념 없이 지은 이름'이나 '튀는 이름'을 말한다. 그런데 이런 이름들이 너무 성행하는데 문제가 있는 모양이다.

예를 들어 '菊池 虎王'라는 이름의 경우 보통 '기쿠치 타라오'라고 발음한다. 그런데 이 이름의 주인공이 명함을 건네며 "처음 뵙겠습니다. '기쿠치 라이온 킹'이라고 합니다."라고 한다면 기분이 어떨까? 虎王, 호랑이의 왕이라고 한자 이름을 짓고 호칭은 '라이온 킹'이라고 부르는 것이다. 그밖에 바다 해(海)를 적고 '마린'이라고 하거나 '光宙'를 "'피카츄'라고 불러주세요."라고 한다니 정도가 심각하다.

이거보다 더한 사례도 있었다.

1993년 8월 11일, 도쿄도 아키시마 시 사무소에 한 남자아이의 출생신고가 접수됐다. 그런데 아이 이름은 아쿠마(惡魔), 즉 악마였

キラキラネームランキング 1位～10位		
1位 昊空 (そら)	6位 七音 (どれみ)	
2位 心愛 (ここあ)	7位 夢希 (ないき)	
3位 希空 (のあ)	8位 愛保 (らぶほ)	
4位 希星 (きらら)	9位 姫星 (きてぃ)	
5位 姫奈 (ぴいな)	10位 匠音 (しょーん)	
※リクルーティングスタジオ(株)調べ		

튀는 이름 순위

다. 악(惡)이나 마(魔) 모두 상용한자여서 시 측은 일단 접수하고 법무성에 문의했다. 법무성이 "아이의 복지를 해칠 우려가 있다."고 답변해 시는 결국 친권 남용을 이유로 출생신고 수리를 거부했다.

그러자 아이의 부모가 도쿄 가정재판소에 불복 신청을 했다. 소송 끝에 이들 부모는 발음이 같은 아쿠마(阿久魔)라고 고쳐 출생신고를 제출했지만, 당연히 대답은 "NO!" 결국 부모가 아쿠(亜駆)라는 이름으로 고쳐 출생신고를 마칠 수 있었다. 하지만 이 아이는 오랫동안 '아쿠마 짱(悪魔ちゃん)'이라는 별칭에 시달려야 했다.

후일담도 비극이다.

'아쿠마 짱' 출생 후 부모는 경영하던 음식점이 문을 닫으면서 이혼을 한다. 양육권은 아버지에게 넘어갔지만 1996년 이 아버지는 각성제 단속법 위반으로 체포되어 실형이 선고됐다. '아쿠마 짱'은 아동보호시설에 입소했다. 2014년 10월, 부친이 이번엔 절도죄로 구속됐다. 아쿠마 짱은 아버지의 출소 후에도 고아원에서 생활했으며 결국 성과 이름을 모두 바꿨다고 한다. 도대체 그 부모는 왜 법정 다툼까지 불사하며 아이를 '악마'로 부르고 싶었을까? 경우는 조금 다르지만 삼국지의 위나라 조조(曹操)를 숭배해 아들 이름을 조조의 자(字)인 맹덕(孟德)이라고 지은 일본인도 있었다.

결국 이 같은 일들은 한자에 음훈(音訓)이라는 복수의 읽기를 고집한 일본어의 특성 때문이다. 일본 정부가 이름 읽는 방법에 대해 가이드라인을 만든다지만 과연 잘 될지는 의문이다. 그 기준을 어디에 두느냐가 우선 모호하다.

게다가 "내가 내 아들딸 이름 이렇게 부르겠다는데 정부가 왜 간섭이냐?"라고 따지면 난처할 수밖에 없다. 일본 정부, 고민 많겠다.

신문제국의 소멸

2022. 01. 30

서울올림픽 다음 해인 1989년, 난 열심히 '신문제국의 흥망'이란 책을 읽었다. 원제목은 '미디어의 흥망.' 요미우리신문 기자 출신 스기야마 다카오(杉山隆男)가 1986년 펴낸 책이었다. 납 활자가 사라지는 신문사. 신문 제작에 컴퓨터를 이용하는 CTS 방식의 제작기술 혁신을 놓고 일본의 대형 신문사들이 벌이는 생존 경쟁을 그리고 있었다. 졸병 기자인 내가 그 책을 읽어야 했던 이유가 있었다. 얼마 뒤 한국 신문 최초의 CTS 도입 프로젝트에 참가해야 했기 때문이다. 그리고 3년 뒤 나는 대학 시절부터 익숙했던 납 활자들을 내 손으로 사라지게 했다. CTS 도입의 목적은 제작경비 절감과 인원 감축이었다. 신문사 경영진 입장에선 '언제 어떻게 도입하느냐?'가 건곤일척의 승부처였다.

그리고 30여 년이 지난 2023년 새해 벽두에 야후재팬에서 다소 충격적인 기사를 읽었다. 필자는 가메마츠 타로(龜松太郎) 간사이대학 종합정보학부 특임교수. 도쿄대 법대를 나와 잠시 아사히신문 기자를 경험한 인물이다. 그는 기고에서 '일본에서 15년 뒤면 일간지가 사라질 수 있다.'고 지적했다. 30년 전 내가 직접 뛰어들었던 '신문제국의 흥망'이 아니라 아예 '신문제국의 소멸'이라는 것이다.

그는 일본 신문의 발행부수가 15년 후에 제로가 되는 속도로 급속하게 감소하고 있다고 지적했다. 일본신문협회가 지난해 연말 발표한 자료에 따르면 일본 신문의 총 발행부수는 3,000만 부 아래로 크게 떨어져 2,800만 부까지 떨어진 것으로 나타났다. 스포츠지를 제외한 일간지의 총 발행부수는 전년에 비해 196만여 부(6.4%) 감소한 2,869만 4,915부였다. 10년 전인 2012년 약 4,372만 부였으니 10년 만에 3분의 2 이하 규모로 급락한 것이다. 특히 최근 5년간 1,000만 부가 감소했다. 매년 평균 200만 부씩 줄어드니 이 속도라면 15년 뒤 종이신문은 일본에서 사라진다는 것이다.

좀 더 구체적으로 살펴보면 최근 5년간의 부수 감소는 2017~2018년 194만 부, 2018~2019년 195만 부, 2019~2020년 242만 부, 2020~2021년 180만 부, 2021~22년 196만 부가 감소했다. 코로나19 확산이 시작된 2020년에 특히 감소가 커 242만 부가 사라졌다. 2021년은 감소세가 조금 둔화했지만 2022년이 되면서 다시 급감하고 있다. 어느 정도 짐작은 하고 있었지만, 감소세가 생각 이상으로 가파르다. 여기에 더해 종이신문을 읽는 사람은 주로 노인층이라는 점도 문제다. 세월을 돌이킬 수 없듯이 반전의 기회 역시 없을 듯하다.

일본의 한 신문 관계자는 "신문을 읽는 것이 습관화된 사람이 어느 정도 있기 때문에 제로가 되지는 않겠지만 일본 일간지 전체가 100만~500만 부 정도로 줄어들 것"이라고 예측하기도 했다. 그는 또 이렇게 말했다.

"신문은 디지털과 달리 검색이 안 된다. 궁금한 뉴스를 찾을 수 없다. 크고 읽기 쉬운 측면도 있지만 휴대하기 어렵다. 정보의 정리도 번거롭다. 제작비가 비싸고 배달 비용 역시 비싸다. 어차피 신문이 버티는 것은 불가능하다."

내 생각에도 신문 부수가 계속 줄면 대규모 구조조정이나 도산

둘 중 하나를 선택해야 하는 신문사가 머지않아 나올 것 같다.

　한국은 어떨까?
　조작 시비가 잦은 한국신문협회 자료 아닌 다른 것을 보자. 월간 '신문과 방송' 2022년 9월호에 실린 내용이다. 2001년도 제지업계 총생산량의 17%가 신문용지였다. 2017년까지 10%대에 머물다가 2022년엔 4.6%로 줄어들었다. 70% 이상의 감소다. 신문은 반드시 신문용지에 인쇄한다. 한국 신문의 발행부수 감소를 대략 짐작할 수 있다. 가메마츠 타로 교수는 신문사가 생존을 위해 과감한 DX(디지털 트랜스포메이션)을 택해야 한다고 지적했다. DX가 기업 대부분의 과제이지만 보수적인 신문업계가 이 말에 얼마나 귀 기울일지는 의문이다.
　아들이 어렸을 때 가장 먼저 익힌 漢字가 내가 일하는 신문사의 제호였다. 그곳에서 일해서 집 사고 아이를 키웠다. 나만 아닌 우리 사회와 국민을 위해 일한다는 긍지도 있었다. 그런 신문이 사라진다? 또는 형편없이 작아진다? 차라리 꿈이었으면 좋겠다.

최근 5년간
1,000만 부가 감소한
일본 신문들

귀성

2022. 12. 29.

한국인에겐 낯선 풍경이지만 일본의 대표적 세밑 풍경은 귀성 행렬이다. 1945년 태평양전쟁에서 패전한 뒤 미 군정이 시작되면서 일본은 음력을 버렸다. 따라서 1월 1일이 '설날'이다. 우리식 음력 '설날'은 그저 평일일 뿐이다. 대부분의 일본 회사들이 이번 주 화요일이나 수요일에 종무식을 마쳤다. 일본 방송들은 귀성길 고속도로 체증이며 붐비는 공항 라운지 모습을 앞 다퉈 보도하고 있다. 약 20일 뒤 우리 한국의 모습을 미리 보는 듯한 느낌이 든다. 떠나온 고향이며 그곳에 계신 노부모를 그리는 마음 역시 어느 곳이나 같다.

일본 귀성 보도를 읽다가 크게 마음을 다쳤다.
'부모와 떨어져 사는 사람이 부모님과 만날 수 있는 남은 횟수' 계산법을 어느 보도에서 소개하고 있었다. 마음이 쓸쓸해졌다. 나는 설날이 되어도 갈 곳이라곤 어머니를 모신 파주 보광사 영각전밖엔 없다.
새삼 너무 일찍 세상을 등지신 어머니에 대한 그리움이 마음속에 차오른다. 맞다. 부모란 그 존재만으로도 한없이 위안이 되는 그런 분들이다. 마음을 다잡고 계산법을 살펴봤다. 계산법의 기본 조건은 흔히 추석과 설 등 1년에 두 차례 부모를 만나는 것으로 상정했다.

계산 공식은 간단하다. 평균수명에서 부모의 현재 나이를 빼고 2를 곱한다. 그 값이 부모와 만날 수 있는 횟수가 된다. 예를 들어 2022년 한국인의 평균수명은 83.5세다. 여성이 86.5세이고 남성은 80.5세다. 여기에 아버지의 나이가 75세라고 하면 (80.5-75)×2=11, 즉 앞으로 아버지를 만날 수 있는 횟수는 11번이라는 계산이다.

　물론 그동안 많은 일이 일어날 수 있으니 더 만날 수도 덜 만날 수도 있다. 하지만 '언젠가의 이별'을 앞둔 만남의 횟수를 수치화하니 날카로운 창에 가슴을 찔린 듯한 느낌이 든다. 나도 내 아이의 아버지이니까.

　평균수명 얘기가 나왔으니 일본의 경우를 보자.

　일본은 5년마다 후생노동성이 전국 도도부현별 '생명표'를 발표한다. 올해 발표한 자료는 2020년을 기준으로 한 것으로 일본인의 평균수명은 남성 81.49, 여성은 87.60세이다. 남녀 각각 우리나라보다 1년 정도 오래 사는 것으로 나타났다. 그런데 지역별 평균수명에서 희비가 교차한다. 이번 발표에 따르면 여성은 오카야마, 남성은 시가가 평균수명이 가장 길었다. 여성의 경우 오카야마가 88.29세로 1위, 2위는 시가 88.26세, 3위 교토는 88.25세였다. 남성은 1위 시가가 82.73세, 2위의 나가노는 82.68세, 3위의 나라는 82.40세였다.

　문제는 가장 평균수명이 짧은 지방이다. 꼴찌는 겨울이면 설국이 되는 아오모리 현이었다. 남녀 모두 일본 지방 중 가장 짧아 남성이 79.27세, 여성이 86.33세였다. 남성은 1위 시가에 비해 3.46세, 여성은 1위 오카야마에 비해 1.96세 짧았다. 게다가 아오모리는 1975년부터 10회 연속, 여성은 2000년부터 5회 연속 최하위를 기록했다. 앞서 얘기한 공식대로라면 아오모리의 부모를 만날 수 있는 횟수는 시가나 오카야마 부모를 만날 수 있는 횟수보다 1~2회 적다. 아오모리가 고향인 사람들에겐 슬픈 일이 아닐 수 없다.

당신이 부모를 만날 수 있는 횟수는?

　　대도시인 도쿄나 오사카도 중간 정도의 성적인데 자연이 살아있는 아오모리가 왜 평균수명이 짧은 것일까? 현지 신문은 높은 흡연율과 과한 음주를 원인으로 들었다. 게다가 성인의 하루 평균 보행 수가 전국 평균 이하이며 40대 이상의 비만 비율도 높다고 지적했다. 지자체가 염분 섭취 억제 등 식생활 개선을 유도하고 여러 방법을 강구하지만 큰 효과는 없는 모양이다. 많은 노력으로 평균수명이 조금 늘었는데 그러는 동안 일본 전국의 평균수명도 늘어났다. 결국 '제자리'다. 개인의 몸에 익숙한 생활습관이 지자체가 나선다고 크게 바뀔 것이란 기대 자체가 무리다.

　　단 하나, 현지 보도 중에 눈에 확 들어오는 게 있었다. 아오모리현 현청 계단에 이런 표어가 붙어 있단다. '뱃살 삼겹살, 계단 이용하면 이겹살!' 산뜻하다. 만약 기자가 됐다면 좋은 편집자가 됐을 것 같다.

아코의 47인

2022. 12. 18.

평생 영화 '사운드 오브 뮤직'이나 '나 홀로 집에(Home Alone)'를 몇 번이나 봤을까? 공중파 TV밖에 없던 시절, 추석이며 설 연휴 때마다 이들 영화는 빼놓을 수 없는 안방극장 단골손님이었다. 다른 볼거리가 없던 시절이니 이미 몇 차례 봤어도 다시 볼 수밖에 없었다.

그런데 일본은 명절이 아니더라도 자주 접하게 되는 '볼거리'가 있다. '추신구라(忠臣藏)'다. '볼거리'라고 표현한 이유는 '추신구라'가 영화나 소설만이 아니라 가부키며 드라마 등으로 다양하게 등장하고 내용 또한 끝없이 새로워지기 때문이다.

'추신구라'의 내용에 대해선 일본에 관심이 없는 이들도 대충은 알 것이다. 도쿠가와 막부 시절 지금의 효고 현 아코 시에 있던 아코번(赤穗藩) 영주 아사노 나가노리(浅野長矩)가 막부의 중신이었던 기라 요시나카(吉良義央)의 횡포를 못 참고 쇼군이 있는 에도성 전중(殿中)에서 칼부림을 벌인다. 쇼군이 있는 에도성에서 칼을 세 치 이상 칼집에서 빼는 것은 금기였다.

그 죄로 아사노 나가노리는 할복하고 영지는 몰수된다. 그러자 아코번의 가신 47명이 가로(家老)인 오이시 쿠라노스케(大石內藏助)를 중심으로 뭉쳐, 억울하게 죽어간 주군의 복수를 하고 모두 자결한다. 역사에 겐로쿠 아코 사건(元禄赤穂事件)으로 기록된 실화다.

영화 '추신구라'의 클라이맥스는 47명 가신들이 무장을 한 채 비장한 표정으로 원수인 기라의 거처로 행진하는 장면이다. 함박눈이 내리고 있었다. 에도의 시민들은 그들의 행진을 저마다 생각이 많은 얼굴로 지켜보고 있었다. 그날이 겐로쿠(元禄) 15년인 1702년 음력 12월 14일. 320년 전의 일이다.

그런데 이들 47명의 넋을 기리는 축제가 1903년 시작되어 올해로 119회째를 맞는다고 교도통신이 보도했다. 행사 이름은 아코의사제(赤穂義士祭). 아코번이 있던 아코 시는 12월 14일 전후 1주일을 '추신구라 위크'로 정하고 기간 중 다채로운 행사를 펼친다.

아코 시의 지방신문에 따르면 아코의사제(赤穂義士祭)는 아코 시내 초등학생 밴드의 퍼레이드를 시작으로 아코 번주의 산킨코타이(참근교대, 参勤交代)를 묘사한 다이묘 행렬, 47인의 가신으로 분장한 이들의 거사 실행을 위한 행렬이 등장한다. 그리고 원수 기라의 목을 베는 등 추신구라의 7개 명장면을 차례차례 재현한다. 47인이 잠든 카가쿠지(花岳寺)에도 참배 행렬이 이어지고 장엄한 추모 법회도 열린다. 아코 시 출신으로 다른 지방에 거주하는 30대 남성은 "올해 태어난 아이에게 축제를 보여주려고 일부러 고향을 찾았다."고 말했다.

아코 시의 아코의사제 행렬

그런데 12월 14일의 47인을 기리는 행사가 아코만은 아니다. 거의 일본 전국에서 그들을 추모하는 행사가 열린다. 니가타의 시바타(新発田) 시는 47인 중 한 명인 호리베 야스베(堀部安兵衛)의 고향. 이곳도 12월 14일이면 그를 추모하는 법회와 아코 의사로 분장한 소년 소녀의 퍼레이드 등이 펼쳐진다. 여기만이 아니다. 이들이 거사를 결행한 지금의 도쿄는 물론 일본 전국에서 12월 14일이면 이들을 추모하는 다양한 행사들이 벌어진다. 심지어 아코와는 너무 먼 홋카이도에는 47인의 묘소의 흙을 각각 담아와 이를 모시고 추모하는 사찰도 있다.

'추신구라'의 아코 의사 47인이 세상에 던지는 메시지는 '충의(忠義)'다. 하지만 과연 그것이 다일까? 쇼군이라는 국가에 대한 큰 충성과 번주에 대한 작은 충성이 양립할 수 없는 상황에서 이들은 작은 충성과 의리를 택했다. 그리고 그 한구석엔 지방 관료에서 하루아침에 사회 밑바닥으로 추락한 분노와 울분 역시 있었을 것이다.

'평생직장'이라는 일본 특유의 고용 시스템이 무너지고 있는 지금의 일본 사회. 그런 가운데 12월 14일이면 일본 전국에서 행해지는 아코 의사 추모행렬은 어떻게 받아들여야 할까? 이걸 명확히 해석하기엔 내 '일본 공부'가 너무 부족하다.

戰

2022. 12. 12.

12일 교토 기요미즈데라에 마련된 가로 1.3m, 세로 1.5m의 백색 화지(和紙)에 커다란 붓으로 '戰'자가 쓰였다. 일본의 2022년 세태를 단한 글자로 나타내는 '올해의 한자'였다. 일본한자능력검정협회가 11월 1일부터 12월 5일까지 전 국민을 대상으로 응모를 결집한 결과이다. 1995년부터 '올해의 한자'를 발표한 이래 올해까지 28회 동안 '戰'이 선정된 것은 두 번째다. 2001년에도 일본 국민은 '戰'을 꼽았다. 그해는 미국에서 9.11테러가 발생했고 '테러와의 전쟁' 선포로 세계가 떠들썩하던 때였다.

올해 '올해의 한자'는 일본 전국으로부터 22만 3,768명이 응모했다. '戰'이 1만 804표로 1위였고 2위는 1만 616표의 '安'이었다. 이어 3위는 '樂', 4위는 '高', 5위는 '爭'이었다. 일본한자능력검정협회는 국민들이 1위로 '戰'을 꼽은 것에 대해 지난 2월 시작한 러시아의 우크라이나 침공과 북한의 잇따른 미사일 발사, 거기에 더해 카타르 월드컵에서의 일본 축구대표팀의 선전 등을 예로 들며 "여러 싸움이 있었고 좋은 의미에서든 나쁜 의미에서든 사람들의 마음에 남는 '싸움의 2022년'이었다."고 풀이했다.

1위 '戰'과 5의 '爭'은 비슷한 맥락으로 보면 될 것 같다. 그리고 188표 차이로 1위를 놓친 2위 '安'과 4위 '高'는 요즘 일본 경제 사정을 의미한다는 점에서 일맥상통한다. 엔저와 치솟는 물가에 신음하는 국민의 고통과 간절한 희망이 담겨져 있다. 3위 '樂'은 코로나19에 따른 행동 제한이 완화되면서 여행이나 이벤트 등을 즐기는 사람들이 많아진 이유라고 일본한자능력검정협회는 해석했다. Top 5 중에 그나마 유일하게 희망적이고 밝은 한자이다. 나머지 6위에서 10위는 '命', '悲', '新', '変', '和'의 순이었다.

이날 휘호를 마친 기요미즈데라 모리 관주는 "乱이 뽑히지 않을까 해서 손바닥에 써가며 연습하고 있었다. 내년만큼은 전쟁이 끝나 모두가 편안한 나날을 보낼 수 있게 됐으면 좋겠다."고 덕담을 했다.

그런데 매년 행사를 주관하는 모리 관주도 예측하지 못한 '올해의 한자'를 전혀 의외인 회사에서 정확하게 적중했다. 주차장 예약 앱을 운영하는 회사다. 이 회사는 공식발표 5일 전인 7일 자신들이 고객을 상대로 설문조사를 한 결과를 발표했다. 그 조사 결과는 1위 '戰', 2위 '高', 3위 '爭', 4위 '安', 5위 '乱'…순서는 조금 다르지만 1위에서 5위까지 단 하나만 달랐다.

홈페이지에 들어가 살펴보니 'akippa주식회사'라는 이름의 이 회

기요미즈데라 모리 관주가
올해의 한자 '戰'을 쓰고
바라보고 있다.

사는 주차장 예약 앱 'akippa'를 운영하는 회사다. 이 회사가 하는 일은 쉽게 말하면 주차장 공유 중개다. 회원으로 가입하면 월정주차장 미계약 구획이나 개인 주택, 차고, 공터, 상업 시설 등 비어 있는 장소를 시간대여 주차장으로 스마트폰에서 손쉽게 대여할 수 있다. 결제는 운전자가 웹 또는 앱에서 사전 예약·사전 결제해 이용할 수 있다. 일본 전국에 상시 3만 5,000건 이상 예약할 수 있는 주차장을 확보하고 있고 회원 수가 누계 300만 명에 이른다. 우리나라에도 비슷한 회사가 있는데 규모를 확실히는 모르겠다.

어쨌든 이 회사의 '올해의 한자' 조사에 참여한 회원은 유효 응답 수가 1,460명에 불과하다. 자유롭게 저마다 생각하는 한 글자를 선택하는데 22만 명이 참가한 결과와 1,460명이 참가한 결과가 거의 똑같다는 것은 무엇을 얘기하는 것일까? 그만큼 우크라이나 전쟁이며 엔저, 고물가, '사무라이 블루'의 월드컵 선전이 일본 국민들에게 폭넓은 공감대를 갖고 있다는 얘기일 것이다.

한국에서 '올해의 한자'를 뽑는다면 어떨까? 진보와 보수로 나뉘고 계층마다 갈라진 한국 사회에서 거국적 공감대가 있기는 할지 의심스럽다.

올해의 한자

2022. 10. 31.

일본에서 겨울을 알리는 전령(傳令)은 '코가라시(木枯し)'이다. 입동을 맞을 즈음 북쪽에서 부는 강하고 차가운 바람이다. "코가라시 1호가 불어 왔다."는 뉴스가 나오면 그해 겨울이 시작됐다는 것을 의미한다. 대부분 11월 초순이다.

그리고 세밑을 알리는 전령도 있다. 올해의 한자(今年の漢字)를 공모한다는 보도이다. 이 뉴스가 나오면 "아! 올해도 이제 다 저물었구나." 하는 생각을 하게 된다. 일본 사람들이 그렇다는 게 아니다. 내가 그렇게 느낀다는 얘기다.

일본 신문들이 오늘 일제히 11월 1일부터 '올해의 한자'를 공모한다고 보도했다. 보도 내용은 이렇다.

"일본 한자능력검정협회는 오는 11월 1일부터 2022년 세태를 한 자로 나타내는 '올해의 한자'를 모집한다. 12월 5일까지. 응모 수 최다가 된 글자를 올해의 한자로 해 정해 12월 12일 기요미즈데라(교토시)에서 발표한다. 특설 사이트나 엽서로 접수한다. 서점이나 도서관 등에 설치한 응모함에서도 응모할 수 있다. 1명이 복수 응모도 가능하지만 같은 한자는 1표만 유효표로 간주한다."

'올해의 한자' 발표는 일본의 대표적인 연말 이벤트이지만 역사는 비교적 짧다. 1995년부터 시작됐다. 공익재단법인 일본한자능력검정협회가 매년 그해를 상징할 수 있는 한자(漢字) 단 한 글자를 전국적으로 공모해 그 중 가장 많은 사람이 선택한 한자 한 글자를 '올해의 한자'로 선정한다. 그리고 12월 12일 전국에 생중계되는 가운데 기요미즈데라의 관주(貫主. 한국 표현으론 주지)가 커다란 화지(和紙)에 붓으로 적어 발표한다. 그해 일본의 세태를 반영하는 하나의 지표로 사용되고 있다.

이렇듯 전 국민의 화제가 되다 보니 일본 매스컴들이 이를 놓칠 리가 없다. 발표를 앞두고 TV의 일부 뉴스 프로그램이나 와이드 쇼 등에서 '올해의 한자'를 예상한다거나 연예인이나 저명인사에 대해 "당신의 '올해의 한자'는 무엇이냐?"고 인터뷰를 하는 모습을 자주 볼 수 있다. 또한 같은 한자문화권 나라들도 뒤를 따라 중국은 2005년부터, 타이완은 2008년부터 방식이나 호칭은 다르지만 '올해의 한자'를 선정하기 시작했다. 싱가포르와 말레이시아는 2011년부터 시작한 지각생들이다.

역대 '오늘의 한자'를 살펴보니 첫해인 1995년은 진(震)이었다. 고베 대지진이 발생하고 지하철 사린가스 사건과 금융기관의 도산 등으로 인한 사회불안을 반영한 글자였다. 그리고 작년은 금(金)이었다. 도쿄올림픽에서 일본 선수들의 금메달 러시와 코로나19 유행에 따른

역대 일본 오늘의 한자

지원금 지급, 새 500엔 동전의 발행 등이 반영됐다.

그런데 작년까지의 27년 동안 금(金)은 모두 4번이나 선정됐다. 2000년과 2012년, 2016년, 2021년이다. 각기 선정된 이유는 다르지만 2000년의 경우는 선정 이유에 시드니올림픽 금메달, 2,000엔 지폐 탄생과 함께 김대중-김정일의 첫 남북정상회담이 꼽혔다.

일본인들에게 '올해의 한자'는 무엇일지 12월 12일이 기다려진다.

그런데 우리 한국인들에게 '올해의 한자'는 어떤 한자일까? 정권이 바뀌고 물가는 급등하고 또 엊그제는 정말 이게 우리나라에서 일어난 일인지 의심되는 이태원 참사까지 벌어졌다. 이래저래 가슴 답답한 연말, 만약 내가 고른다면 '압(壓)'을 선택할 것 같다. 우울한 연말의 시작인가?

짜장면

2022. 12. 01.

짜장면은 어린 시절 쉽게 다가서기 힘든 음식이었다. 중국집 메뉴 중 가장 저렴했지만 넉넉하지 않은 살림엔 쉽게 접할 수 없는 '사치'였다. 중학교 졸업식 날 참석한 어머니가 내 손을 이끌고 간 곳도 중국집이었고 메뉴는 당연히 짜장면이었다. 그리고 어머니는 늘 그랬듯이 "나는 배가 고프지 않다."며 내 몫의 짜장면 한 그릇만 주문하셨다. 그 시절엔 우리 어머니뿐만 아니었다. GOD도 노래했다. "어머니는 짜장면이 싫다고 하셨어."라고. 요즘도 가끔 짜장면을 먹을 때면 어머니와 마주 앉았던 그 중국집 모습이 선명하게 떠오른다.

춥고 배고팠던 논산 훈련소 시절, 가장 먹고 싶었던 음식도 짜장면이었다. 나는 26연대 출신이다. 야외 교육을 받고 돌아올 때면 훈련소 정문 근처 중국집에서 흘러나오는 고소한 짜장 냄새가 훈련병의 허기진 배를 더 자극했다. 그 후로 짜장면이 가장 먹고 싶었던 것은 1989년부터 몇 년간의 도쿄에서였다. 당시 도쿄의 중화요리점에는 짜장면이 없었다. 우연히 교포가 하는 짜장면집이 있다고 해서 찾아갔는데 맛도 가격도 기대 이하였다. 몇 년 전 중국 베이징 고급 레스토랑에서 먹은 오리지널 작장면(炸醬麵) 역시 그랬다.

일본급식서비스협회(日本給食サービス協会)라는 곳이 있다. 각

급 학교의 급식에 대한 위생 및 영양에 대한 정보 제공부터 급식 종사자 양성까지 다양한 활동을 하는 공익사단법인이다. 이 단체가 매년 '마음에 남는 급식의 추억(心に残る給食の思い出)'을 주제로 작문 콩쿠르를 여는데 오늘 그 결과를 발표했다.

호기심에 단체의 홈페이지를 찾아가 봤다. 2013년 시작해 올해로 9회째를 맞는데 올해 대상 작품을 보니 제목이 '추억의 짜장면'이었다. 짜장면이 초등학교의 급식이라고? 초등학교 급식에서 짜장면을 검색해보니 역시 달랐다. 한국 짜장면이 아니라 중국 작장면에 가까웠다.

이렇게 만난 일본 초등학생의 글 '마음에 남는 급식의 추억'을 읽었다. 초등학교 6학년 학생의 글이라기엔 상당히 깔끔하고 표현력도 뛰어나기에 소개한다. 도쿄도 후추 시립 후추제2초등학교 6학년 남자 어린이 테라다 슌의 '추억의 짜장면'이란 글이다. 각 급 학교나 군부대까지 부실 급식이 문제가 되고, 걸핏하면 학교 비정규직 노동자들의 파업으로 급식 비상사태가 빈번한 우리 한국 학생들은 과연 학교급식에 대해 어떤 추억을 가지고 있을까?

"쨍그랑."

저질렀다. 모두의 차가운 시선이 레이저 광선처럼 교실 중심에 집중된다. 조금 전까지 상가처럼 어수선했던 교실은 마치 거짓말이었던 것처럼 조용해졌다. 급식을 받고 내 자리로 돌아오는 길에 친구의 책상에 발이 걸려 넘어져 급식 쟁반을 떨어트린 것이다.

질철질척.

손에 뭐가 묻었다. 아무래도 짜장면 소스가 달라붙은 것 같다. 게다가 옷에는 깨진 접시에서 흘러내린 수프가 스며들기 시작했다, 곤란했다. 휴.

그래도 왠지 모르게 당장은 고개를 들고 싶지 않았다. 고개를 들면 나를 더러운 물건 대하듯 하거나 불쌍한 눈초리에 애써 외면하거나 멀리서 반쯤은 재미있다는 표정으로 웃고 있을 친구들의 모습이 눈에 선했기 때문이다.

그때, "야 테라다(寺田), 괜찮아? 옷 더러워졌으니까 갈아입고 와. 깨진 접시를 치운다든가, 급식 튄 것 등은 어떻게든 해결할 테니까."

내 생각과 달리, 친구들은 내가 흘린 급식의 뒷정리를 해주겠다고 한다. 그뿐만 아니라 방금 옷이 더러워진 내 기분까지 배려해주다니 얼마나 좋은 친구들인가. 나도 모르게 눈물을 흘리고 말았다. 하지만 스스로 해야 한다. 내가 저지른 일을 남에게 맡기면 뭔가 이상한 기분이 들기 때문에 서둘러 옷을 갈아입고 친구와 함께 흘린 급식의 뒤처리를 했다.

급식은 새로 받을 수 있었다. 하지만 친구들에 대한 미안함으로 가득 차 평소의 급식과는 맛이 달랐다. 급식을 다 먹은 뒤 급식 정리를 함께 한 친구가 말했다.

"같이 사과하러 가자."

나는 접시가 깨진 건 내 실수니까 "내가 사과하러 가는 게 좋아."라고 말했다. 내가 벌인 일인데, 같이 사과하러 가려고 해주는 그 마음이 너무 기뻤다.

    그날부터 짜장면이 나오면 그날 친구들에게 도움을 받을 수 있던 나 자신이 생각난다. 한 입 급식을 입에 넣는 것만으로 미안함과 친구의 도움을 받은 그 따뜻함을 생각하기 때문이다. 이런 생각이 드는 것은 많은 친구와 함께 생활하고 급식을 먹고 있기 때문이다.

    학교생활만의 귀중한 체험이다. 남은 반년의 학교생활, 초등학교 마지막인 우리 반에는 위기에 도움이 되는 다정한 친구들이 많이 있다. 덕분에 하루하루가 즐겁다. 그때 있었던 일이 있으니까…. 내게 짜장면은 누군가 위기일 때, 이번에는 내가 도와줘야겠다는 마음을 갖게 해주는 추억의 급식이다.

일본 학교 급식으로 나온
짜장면

다루마 에키

2022. 11. 28.

간이역(簡易驛)은 그리움을 딛고 서 있다. 고야산에서 와카야마로 돌아오던 어느 겨울날의 완행열차. 간혹 만나는 간이역엔 역무원 대신 그리움이 우두커니 서 있었다. 그리고 작은 대합실 빈 의자에도 그리움이 앉아 있었다. 텅 빈 플랫폼에도, 인기척 없는 벤치에도 어딘가를 향한 시선이 느껴지는 곳, 그런 곳이 간이역이다. 무작정 떠난 여행이라면 열차에서 내리고 싶은 곳. 그리고 그 좁은 대합실에 앉아 언제 올지 모를 누군가를 하염없이 기다리고 싶은 곳이기도 하다.

　간이역은 대부분 인구 감소나 다른 이유로 노선 폐지를 앞둔 시골 마을에 있다. 이용객이 적고 역무원은 아예 없다. 하차하는 승객들의 승차권은 열차 운전사가 플랫폼에 나가 직접 회수한다. 역사(驛舍)도 당연히 초라하다. 일본에선 그나마 제대로 지은 건물이 아니라 화물열차 한 칸을 바퀴를 떼고 역사로 사용하는 경우도 있다. 이른바 다루마 에키(だるま驛)다. 다루마(だるま)는 달마대사의 '달마'를 뜻하지만 '오뚝이'라는 의미도 갖고 있다.

　어린 시절 '무궁화 꽃이 피었습니다' 놀이의 원전은 일본이다. '다루마 상이 넘어졌다(だるまさんが轉んだ)', 즉 '오뚝이가 넘어졌다'가 한국에서 '무궁화 꽃이 피었습니다'가 됐다. 놀이 방식도 똑같다.

그런데 웬 오뚜이 역? '다루마 에키'는 일명 화차역(貨車駅)이라고
도 부른다. 화물열차를 바퀴 등을 분리하고 짐받이 부분만 플랫폼 옆에 놓
고 역사로 사용한다. 넘어져도 일어나는 오뚜이는 손발이 없다. 이런 다루
마역이 일본 전국에 29개 정도가 있고 그 중 18개가 홋카이도에 있다.

다루마 역은 아이러니하게도 수송수단의 발달로 탄생했다. 일본
국철이 분할 민영화된 것이 1987년 4월. 트럭에게 화물 운송의 주역
자리를 물려준 화물열차는 경영 합리화로 큰 변혁에 직면했다. 그 합
리화의 하나가 화물열차의 '1인 운전화'였다.

그동안 화물열차에는 맨 끝에 차장차(車掌車)가 연결돼 차장이
승무했다. 하지만 경영 합리화로 1985년 차장차가 폐지됐다. 게다가
컨테이너의 보급으로 유개차 등 화차도 필요 없게 됐다. 지붕이 있어
비바람을 막을 수 있고 차체가 튼튼해 창고로서의 이용 가치가 높은
화물열차와 차장차는 이렇게 '다루마 역'이 됐다.

화물열차로서 오랫동안 일본의 물류 산업을 지탱하다가 제2의
인생으로 역사(驛舍)의 임무를 수행하는 다루마 역들이 점차 사라지
고 있다고 오늘 JB Press(Japan Business Press)가 전했다. 심각한 적
자에 시달리는 일본 지방 철도 사정과도 무관하지 않고, 인구 감소가
급속히 진행되는 일본 시골의 과소화(過疎化) 역시 큰 원인 중 하나다.

다루마 에키

그래도 안타깝다. 도시에서 일을 마치고 귀가하는 아버지를 마중 나온 아이들과 그 아버지의 손에 들린 과자 봉지의 기분 좋은 흔들림이 있던 아주 작은 역, 그 그리운 추억이 사라지는 것이다.

역(驛)은 언제나 추억이 묻어나는 곳이다. 늘 떠나고 또 늘 돌아오는 자리. 사람들은 기다란 의자에 앉아 손 나누며 작별을 하고 개찰구를 나서며 한 번 뒤를 돌아본다. 흔드는 손엔 정이 가득 담겨 있다. 그렇게 떠나온 역으로 다시 돌아갈 수 없다면 그 그리움은 어디에 묻어야 할까?

미야자키 하야오

2022. 10. 30.

엄마와 함께 시골의 허름한 집으로 이사를 온 사츠키(サツキ)와 메이(メイ) 남매가 토토로와 고양이 버스(バス) 등 특별한 존재들과 만나 특별한 추억을 쌓는다. 미야자키 하야오(宮崎駿) 감독의 애니메이션 '이웃집 토토로(となりのトトロ)' 얘기다. 이 미야자키 하야오(宮崎駿) 감독이 자신의 저서 '토토로가 사는 집'에서 소개한 도쿄 아사가야(阿佐ヶ谷)의 서양관의 주인이었던 콘도 에이(近藤英) 씨가 지난 27일에 향년 98세로 사망했다고 도쿄신문이 오늘 전했다.

미야자키 하야오 감독이 이 양옥(洋屋)과 만난 것은 30여 년 전. 일터 인근 주택지를 산책하던 그는 장미와 정원수에 묻힌 듯, 한적하게 서 있는 붉은 지붕과 흰 창틀의 단층 양옥과 만난다. 미야자키 감독은 이 책에서 인상을 "보물…, 그렇게 표현하는 것이 가장 적합하다. … 우리 어린 시절의 풍경 그 자체였다."라고 적고 있다. 자신이 '이웃집 토토로'에서 그린 토토로가 사는 집의 이미지와 너무 흡사했다는 것이다. 그래서 그는 이 집이 2009년 화재로 소실되자 복원에 앞장섰다.

그런데 오늘은 미야자키 하야오 감독의 날인가?
교도통신을 살펴보니 그에 관한 기사가 또 있었다. 1997년 10월

이웃집 토토로

30일이 미야자키 하야오 감독의 애니메이션 '모노노케히메'의 관객이 1,200만 명을 돌파한 날이라는 것이다. 일본 국내 배급 수입에서 E·T를 제치고 당시 신기록을 수립한 이 작품은 한국에선 2003년 '원령공주'로 소개된 작품이다. 누적 관객 1,300만을 기록한 '모노노케히메'는 이후 '타이타닉'에 밀렸지만 미야자키 하야오 감독은 2001년 '센과 이치로의 행방불명'으로 다시 흥행 1위에 복귀한다.

한국인들 누구나 작품 이름만 들어도 "아, 그 영화"할 정도로 미야자키 하야오 감독은 독보적인 존재이다. '하울의 움직이는 성(ハウルの動く城)', '바람의 계곡 나우시카(風の谷のナウシカ)', '마녀 배달부 키키(魔女の宅急便)', '천공의 라퓨타(天空の城ラピュタ)', '붉은 돼지(紅の豚)', '바람이 분다(風立ちぬ)' 등 눈에 익은 작품들이 미야자키 감독의 스튜디오 지브리 작품들이다. 그리고 11월 1일엔 아이치현 나가쿠테(長久手) 시에 지브리 파크가 문을 연다. 미야자키 감독의 모든 애니메이션의 장면을 재현하는 이곳엔 '이웃집 토토로'의 사츠키와 메이가 사는 집과 전원 풍경도 재현한단다.

KOTRA 나고야무역관은 지브리 파크가 첫해 100만 명의 내방객을 예상하고 있다고 전했다. 올해 3개 구역을 먼저 공개하고, 2023년에 2곳을 추가로 오픈할 계획인데 전면 개방할 경우 연간 방문객 수

약 180만 명, 경제파급 효과는 480억 엔으로 예상했다.

KOTRA는 "일본 콘텐츠를 대표하는 지브리의 콘텐츠를 통해 아이치 현은 상당한 경제적 효과를 누릴 것으로 보인다."고 예상했다 또 "사람들의 마음을 끄는 콘텐츠들을 어떠한 방법으로 활용할 수 있는지, 기존 지역의 명소와 어떻게 결합할 수 있는지 그 일본의 사례를 통해 참고하는 것도 좋은 방법일 것"이라고 덧붙였다.

문화는 힘이다.

IMF 시절 전 국민이 나서서 금 모으기 운동을 벌였다. 341만 명이 국가 부도를 막겠다고 아기 돌 반지며 결혼반지까지 선뜻 내놔 227톤의 금을 모았다. 전 세계가 "대단한 한국인들"이라고 칭송했다.

하지만 아시는지? 금 모으기로 만든 돈보다 그해 개봉한 영화 '타이타닉'으로 할리우드가 한국에서 챙긴 돈이 훨씬 많다는 것을. 군에 입대하는 BTS를 보며 여러 생각이 드는 것도 이 때문이다. 도대체 한국인에게 공정이란 무엇인가?

살고 싶은 도시

2023. 02. 24

선배에게 오랜만에 안부 전화를 했다.

이런저런 이야기를 마치고 "언제 술 한 잔 합시다." 했더니 "그래, 서울 나가면 연락할게." 한다. '응? 이 선배 집이 반포 아니었나?' "어디 지방 가셨어요?" 물으니 "나 용문 온 지 1년 넘었어."라는 대답이 돌아왔다.

서울 용문동이 아니고 용문사 은행나무가 유명한 그 용문이란다. 그러고 보니 이 선배, 은퇴하면 지방에서 살고 싶다고 몇 번 말했던 기억이 났다. 통화를 마치고 생각했다. 나는 살고 싶은 곳이 있었나? 어릴 적 떠나와 고향에 대한 향수가 옅은 나로선 콕 집어 '그곳에 살고 싶다.' 하고 떠오르는 곳이 없다. 가고 싶은 곳은 많다. 하지만 가고 싶은 곳과 살고 싶은 곳은 다르다. 그것도 아주 많이 다르다.

일본에 '생활가이드닷컴(生活ガイド.com)'이란 회사가 있다. 매년 설문을 통해 일본 전국에서 '살고 싶은 도시(住みたい街)'를 조사해 그 순위를 발표한다. 이 회사가 회원 2만 878명을 대상으로 한 '2022년 살고 싶은 도시' 조사에서 가나가와 현 요코하마(横浜) 시가 10년 연속 1위를 차지했다. 이 회사만이 아니다. 일본 최대의 부동산 종합 포털사이트 SUUMO의 2023년 조사도 요코하마가 1위였다.

1859년 개항된 요코하마는 도쿄에서 약 30km 거리다. 그래서 나는 요코하마를 인천과 비슷한 곳이라고 생각한다. 차이나타운이 유명한 것도 닮았다. 그런데 확연히 다른 점이 있다. 우리 국민 다수가 인천이 '살고 싶은 도시'라고 선택하지 않을 것 같다는 사실이다.

30년 전만 해도 요코하마는 낡은 항만과 낙후한 시설의 조선소가 있던 보잘것없는 도시였다. 그런 요코하마를 '살고 싶은 도시'로 만든 것이 1983년 시작한 항만 재개발사업 '미나토미라이21(港未來21)'이었다. '미나토미라이21'은 미나토(港口)와 미라이(未來)를 합한 말이다. 여기에 21을 더해 '21세기 미래도시 요코하마' 건설을 목표로 삼았다.

대대적인 매립과 조선소·부두의 이전·재배치가 이뤄졌다. 개항 도시의 역사성을 보존하면서도 업무, 쇼핑, 공연, 갤러리, 엔터테인먼트가 공존하는 신도시가 만들어졌다. 여기에 닛산자동차며 미쓰이 등 기업들이 들어와 일자리와 인구, 공원 등이 조화를 이루는 '일하고 즐기고 쉬는' 삼박자를 갖춘 도시로 거듭났다.

'생활가이드닷컴'이 분석한 요코하마 인구 분포는 10대 1%, 20대 30%, 30대 36%, 40대 18%, 50대 10%, 60대 4%, 기타 2%다. 다른 도시에 비해 확실히 젊다. '생활가이드닷컴'은 "요코하마 미나토미라이 지구는 근대적 고층 빌딩과 붉은 벽돌 창고 등 복고풍 거리가 어우러진 지역으로 여러 번 가도 색다른 재미를 느낄 수 있다."며 "그 외

역사와 자연이 어우러진
요코하마

에도 자연을 잘 보존한 도시공원이 일본에서 두 번째로 많아 주거환경으로도 매력적"이라고 소개했다. "또 JR·사철·지하철이 전국에 연결되어 출퇴근에도 편리하다."고 덧붙였다. 일본 사람들이 생각하는 이상적인 주거환경이 어떤 것인지 대략 짐작할 수 있는 대목이다.

그러면 나머지 2위와 3위 도시는 어디일까?

2위는 '가고 싶은 곳' 1위인 홋카이도 삿포로(札幌)였다. '사시사철 자연을 즐길 수 있는 거리'라는 평이었다. 그리고 3위는 한국과 가까운 후쿠오카 현 후쿠오카(福岡). 잘 정리된 거리와 모츠나베(もつ鍋), 멘타이코(명란, 明太子) 등 음식이 매력적이라고 소개했다. 4위는 아이치 현 나고야(名古屋). 자동차 산업이 번성한 도시이지만 기타 교통망과 잘 조화된 점이 장점으로 꼽혔다. 이어 도쿄 도(都) 세타가야(世田谷)구가 5위, 미나토(港)구가 7위, 오사카 부 오사카(大阪)시가 6위였다. 한국인들이 자주 찾는 교토(京都)시는 8위에 이름을 올렸다. '역사와 편의성이 조화된 거리'라는 설명이다.

홋카이도

2022. 10. 23.

삿포로(札幌)에서 특급열차로 아사히카와(旭川)로 달린다. 아사히카와는 한국에도 잘 알려진 미우라 아야코(三浦綾子)의 소설 '빙점(氷點)'의 무대. 혹 시간이 된다면 선술집에 들러도 좋다. 북국(北國)에서 마시는 소주는 가슴을 따스하게 덥혀준다. 그리고 후라노선(富良野線) 기차에 오른다. 아직 디젤 기차가 운행하는 후라노선은 어느 정거장에서 내려도 좋다. 비에이(美瑛), 후라노(富良野) 어디에서도 때 묻지 않은 자연과 풍광을 만날 수 있다.

　홋카이도(北海道)는 일본 사람에게도 가고 싶은 곳이다. 일본 지인에게 내가 홋카이도를 두 번 다녀왔다고 하니까 그는 눈이 휘둥그레지며 부러워했다. 정작 일본인인 자신은 단 한 번 가봤다고 했다. 그러면서 "여유가 생기면 꼭 다시 가보고 싶다."고 덧붙였다. 홋카이도에 대한 동경(憧憬)이 이 친구만은 아닌 모양이다. 최근 일본 '브랜드 종합연구소'가 일본인들을 대상으로 '도도부현(都道府県) 매력도 랭킹 2022'를 조사해 발표했다. 우리의 도(道)에 해당하는 일본의 '도도부현(都道府県)'은 47곳이다.

　매년 발표하는 이 '도도부현 매력도' 랭킹에서 홋카이도는 14년

훗카이도의 절경

연속 1등이다. 아니 14번 조사에서 모두 1등을 했다. 일본인들이 누
구나 꿈꾸는 지방이란 뜻이다. 아직 가보지 않은 일본 지방이 많은 나
역시 '동감'한다. 부동(不動)의 1위가 있으니 사람들의 관심은 꼴찌가
어딘가에 몰린다. 올해는 사가 현(佐賀県)이었다. 작년엔 이바라키 현
(茨城県)이 최하위인 47위, 사가 현(佐賀県)이 46위였는데 올해 서로
자리바꿈을 했다. 우리 아이들이 사는 후쿠오카 현(福岡県)은 7위, 내
가 좋아하는 나가사키 현(長崎県)은 9위로 상위권이었다.

　어떤 방법으로 조사를 했는지 찾아봤다. '브랜드종합연구소'에
따르면 일본 전국에서 3만 4,768명이 유효 응답을 했다고 한다. 고작
1,000명을 표본으로 대통령이며 정당 지지율을 따지는 우리 동네랑
아주 다르다. '각 지자체에 대해 어느 정도 매력을 느끼십니까?'라고
묻고 '매우 매력적' 100점, '약간 매력적' 50점, '어느 쪽도 아니다' '별
로 매력을 느끼지 않는다' '전혀 매력적이지 않다'는 0점으로 점수를
매겨 이들을 가중 평균해 산출했다고 한다.
　그런데 역시 인간은 순위에 민감한 모양이다. 최하위권 지방은
순위가 발표될 때마다 불편한 심기를 참지 못한다. 마이니치신문은
올해 꼴찌를 한 사가 현의 야마구치 마사요시(山口祥義) 지사가 "특
별히 의식하지 않는다."라고 냉정한 척했지만 "사가만큼 멋진 곳은 없

다.”라고 강조했다고 전했다. 2020년 최하위였던 도치기 현(栃木県)은 지사(知事)가 조사 회사를 찾아가 조사 방법 재검토를 요청했다. 또 작년 44위였던 군마 현의 야마모토 잇타(山本一太) 지사는 '법적 조치 검토'까지 언급하며 반발하기도 했다.

　숫자와 순위는 마력이 있다. 사람들에게 막연한 신뢰감을 준다. 그래서 항상 기자들의 눈을 사로잡는 기삿거리가 된다. 한국에 우후죽순처럼 많이 생긴 여론조사 회사들도 이 숫자에 대한 막연한 신뢰를 먹고 사는 사람들이다.

　하지만 방법을 달리하면 진실과 다른 결과를 만들 수 있다는 위험도 상존(尙存)한다. 사가(佐賀)가 꼴등이라고? 몇 번 가봤지만 좋은 곳이던데? 게다가 지난 9월엔 다케오 온천과 나가사키를 잇는 니시규슈신칸센(西九州新幹線)도 개통했는데….

안토니오 이노키

2022. 10. 01.

안토니오 이노키(アントニオ猪木)는 낯설지 않은 이름이다. 프로레슬링이 인기를 끌던 1970년대, 일본만이 아니라 한국이며 전 세계에서 이름을 떨치던 선수다. 특히 1976년 6월엔 일본 부도칸(武道館)에서 미국의 프로복서 무하마드 알리와 한판 대결을 벌여 세계의 이목을 모았다. 그리고 1989년 참의원에 당선돼 정치인으로서도 많은 활약을 한다. 그런 이노키가 오늘 세상을 떠났다. 향년 79세.

이노키는 1943년 가나가와 현 요코하마 시에서 태어났다. 그리고 중학교 2학년이던 13세에 가족들과 브라질로 이민을 떠난다. 별다른 생계 수단을 미리 마련했던 이민은 아니었던 것 같다. 그의 가족은 브라질의 농장에서 고된 육체노동으로 생계를 이어야 했다. 3년의 농장 생활을 정리하고 상파울루로 옮긴 이노키는 그곳 청과물시장에서 일하다 운명의 만남을 갖는다. 자신의 인생을 송두리째 바꿔준 사람. 바로 역도산이었다.

1960년 3월 일본 프로레슬링의 큰 산이던 역도산은 원정경기를 위해 브라질을 방문했다. 이때 역도산의 후원자이던 상파울루 청과시장 조합장이 역도산에게 "우리 청과시장에 멋진 몸을 가진 청년이 있는데 만나보는 게 어떻겠느냐?"고 권했다. 역도산과 이노키의 운명의 만남이었다. 역도산은 이노키를 근육이나 골격을 주의 깊게 관찰한 뒤 "좋아! 일본으로 가자."라고 입문을 허가한다. 이노키는 역도산에 '스카우트'되는 형식으로 가족을 남겨두고 일본으로 단신 귀국했다.

도쿄 닌교초(人形町)에 있던 역도산의 도장에서의 생활은 고난의 연속이었다. 거의 같은 날 입문하고 데뷔도 같이한 요미우리 자이언츠 투수 출신의 자이언트 바바(ジャイアント馬場)가 승리를 거듭하며 각광 받는 동안 이노키는 역도산의 주변에서 3년 반이나 허드렛일을 하며 힘든 수행 생활을 해야 했다.

그의 데뷔전 상대는 당시 오오키 킨타로(大木金太郎)라는 이름으로 일본에서 활동하던 김일(金一)이었다. 이노키는 패배와 밑바닥 생활로 투혼을 길렀고 자신만의 독자적인 경기 스타일을 창조해냈다.

TV로 중계되는 레슬링 경기에 전 국민이 환호하던 시절, '박치기왕' 김일은 꼬마들에겐 '우리 시대의 영웅'이었다. 거의 패배가 확실한 경기에서 필살기인 박치기로 상대를 쓰러트려 승부를 뒤집는 모습에 국민은 열광했다. 그런 김일이 말년 세인들의 무관심 속에서 병마에 시달릴 때 이노키는 자주 김일을 찾아 병원비를 내주는 등 의리와 우정을 지키기도 했다.

한국과 일본의 한 시대를 화려하게 장식한 안토니오 이노키가 세상을 떠났다. 어쩌면 그는 지금 먼저 떠난 김일과 반갑게 만나고 있지 않을까?

김일과 안토니오 이노키

엔조 공양

2022.09.12.

댓글 때문에 상처받고 심지어 극단적 선택을 하는 사람이 적지 않다. 나 역시 내가 쓴 기사에 달린 많은 비난의 댓글이며 악플에 속상하고 화가 난 적도 많다. 하지만 어쩌랴? "나와 생각이 다른 사람들이니 어쩔 수 없다."고 나 스스로 타이르는 수밖에. 한국의 댓글 문화는, 세계 1위인 인터넷 속도와 반대로 세계에서 가장 저급한 수준일 것이라는 게 내 생각이다.

한국에 대해 잘 알고 한국을 사랑하는 어느 일본인 교수에게 칼럼 연재를 부탁한 적이 있다. 한국에서 오래 교수 생활을 하며 많은 글을 썼던 그는 내게 이렇게 말했다. "좋은 기회이지만 사양하겠습니다. 한국인들의 댓글이 너무 무서워요."라고. 이런 국민 수준으로 민주주의를 한다는 우리나라는 정말 신비로운 나라가 아닐 수 없다.

정도는 달라도 일본 역시 비슷한 고민을 하는 사람들이 적지 않은 것 같다. 일본 니가타 현 츠바메(燕) 시에 고쿠조지(國上寺)라는 절이 있다. 709년 창건했다니 천년을 훌쩍 넘은 고찰이다. 이 절이 4년 전인 2018년부터 '엔조 공양(炎上供養)'이란 행사를 시작했다. 일본에서는 악성 댓글이 쇄도하는 현상을 일컬어 '엔조(炎上)'라고 부른다.

고쿠조지의 엔조 공양은 SNS나 인터넷 게시판에 게시된 비판과 악플에 마음의 상처를 입은 사람들을 위한 행사다. 문제가 된 게시물을 절의 사이트에 보내면 절은 그것을 종이에 인쇄해 나데기(撫木)라고 불리는 나무패에 감아 태운다. 사찰에 따르면 지금까지 500여 건을 무료로 공양했다. 젊은 사람이 많이 의뢰한다고 한다.

　　일본에서 과거 공양의 대상은 사진이나 인형 등 고인이 된 가족이나 친지를 장송하는 의례였다. 하지만 이젠 스마트폰이나 컴퓨터를 통해 적은 개인의 생각까지 공양하는 시대가 됐다. 그래서인지 일본의 어느 단체는 9월 4일을 '공양의 날'로 정하자는 운동까지 벌이고 있다. 공양의 일본 발음은 '쿠요~(くよう)'다. 발음이 같은 숫자 9와 4에서 착안했을 것이다.

　　정말 일본에 공식적으로 '공양의 날'이 제정될지는 모르겠다. 하지만 정작 처방이 급한 것은 우리나라가 아닐까? 나 아니면 다 옳지 않고, 나와 생각이 다르면 무조건 배척하는 한국인들. 막연한 분노가 항상 거리를 둥둥 떠다니는 이 나라는 과연 무엇을 먼저 공양해야 할까?

엔조 공양

서점이 사라졌다

2022. 07. 07.

일본에서 서점에 들렀다. 내가 찾는 책이 없었다. 점원에게 물어보니 컴퓨터로 조회하더니 인근 서점에 딱 한 권이 남았다고 했다. 살 의향이 있으면 전화 예약을 하고 그 점포에 가서 사라고 했다. 주변엔 다른 서점도 없었다. 책이 있다는 서점 위치를 검색해보니 $28km$ 거리였다. 서울에서 안양까지의 거리 정도다. 희귀본도 아닌데 $28km$? 결국 포기하고 한국에 돌아와 인터넷 주문을 통해 구매했다.

이 경험이 특별한 것이 아니라는 것을 오늘 아사히신문을 보고 알았다. '서점 제로 지자체'가 늘고 있다는 것이다. 보도에 따르면 일본 전국 1,896개 지자체·행정구 중 420곳이 지역 내에 서점이 한 곳도 없다. 20% 이상을 차지한다. 그리고 이 수치는 4년 전에 비해 10% 이상 늘어났다는 것이다. 서점 조사회사 아르미디어에 따르면 5월 현재 일본 전국 서점 수는 1만 2,526곳으로 2000년 2만 1,654곳에서 40% 이상 줄었다.

스마트폰 대중화로 대중들의 '활자 이탈'이 서점 감소의 큰 원인일 것이다. 지하철 출근길 풍경을 생각하면 된다. 그 외에도 매상의 60~70%를 차지하던 잡지의 시장 규모가 10년 동안 꾸준히 감소한 것도 한 요인이라고 아르미디어는 꼽았다. 게다가 아마존 등 인터넷 서점의 활성화도 한몫 했고 서점 대형화에 따른 동네서점 소멸도 '서

고쇼인 수첩

점 제로'의 큰 원인 중 하나일 것이다.

서점 감소에 대해 '문화 거점의 쇠퇴'라고 걱정하는 목소리도 높은 모양이다. 그리고 실제로 서점 돕기 캠페인도 시작됐다. 이른바 '고쇼인 프로젝트(御書印プロジェクト)'다. 서점을 돌면서 전용 수첩에 서점 고유의 스탬프를 찍는 것이다. 2020년 46개 서점으로 시작해 지금은 전국 364개 서점이 참가하고 있단다. 배포한 고쇼인 수첩은 1만 7,000권이 넘는다.

시대 구분을 '스마트폰 이전(BS)'과 '스마트폰 이후(AS)'로 해도 무리는 아닐 것 같다. 손바닥 안에서 세상을 보게 되면서 활자는 급속히 우리 곁을 떠나고 있다. 그래도 '이대로 좋을까?'라는 생각이 들곤 한다. 일본의 한 작가는 이렇게 말한다.

"서점은 종이책과의 마음 설레는 만남의 장소이며 지식과 교양을 기르는 문화 거점이다. IT 시대에 감소는 피할 수 없지만, 어떻게든 남겨두고 간직할 필요가 있다."

튀르키예와 터키탕

2022. 06. 11.

터키의 국호가 터키(Turkey)에서 튀르키예(Turkiye)로 변경됐다. 이 달 초 UN이 터키의 국호 변경 신청을 승인했다. 영어권에서 '터키'는 '칠면조' 외에 '바보', '끔찍한 실패'라는 의미도 있단다. 상대방을 질책할 때 "왜 그랬어? 너 터키냐?"라고 말하기도 한단다. 국호를 바꾸겠다고 나설 만하다는 생각이 든다. 새 국호 '튀르키예'에서 '튀르크'는 '강하다'라는 뜻을 담고 있다는 설명이다.

우리 민중국어사전에서 '터키'를 검색하면 관련 단어로 '터키탕' 이 나온다. 지금은 거의 쓰지 않는 표현이지만 '안마방'이나 '퇴폐 사우나'의 원조라고나 할까? 6.25 전쟁 참전국이고 '형제의 나라'라는 터키의 국호가 한국에서 왜 불법업소의 이름으로 전락했을까? 1990년대까지 성업했던 '터키탕'은 일본 '토루코(トルコ, 터키의 일본식 표기)탕'에서 비롯됐다.

자료에 따르면 일본에서 '토루코탕'이 등장한 것은 1951년 4월이다. 은밀하게 퍼져나가다 1958년 매춘방지법이 시행되면서 본격적으로 일본 사회에 확산했다. 성매매가 원칙적으로 금지된 상황에서 단속을 피하기 위한 발길들이 '토루코탕'으로 몰린 것이다. 70년대 고

'터키탕'에서 이름을 바꾼
'소프란도'

도 성장기에 발맞춰 일본의 '토루코탕'은 전성기를 맞는다. 고급 호텔
들도 너도나도 설비를 갖추고 영업에 나섰다.

　이런 '터키탕'을 요즘 일본에선 찾아볼 수 없다. 자국의 국호가
퇴폐업소에 쓰인다는 것에 대해 터키가 공식 항의를 했다는 얘기도
있고 고이케 유리코(小池百合子) 도쿄도지사가 터키 유학생의 항의
를 듣고 후생성에 건의했다는 말도 있다. 고이케 지사는 이집트 카이
로대학교 사회학과를 졸업했다. 어쨌든 일본에서 '토루코탕'이란 이름
은 사라지고, '소프란도'라는 이름이 대신하게 된다. 비누(Soap)와 나
라(Land)가 결합한 단어다.
　어쨌든 터키 아니 '튀르키예'가 더 이상 국호 문제로 조롱당할 일
은 없을 듯하다. 하지만 국호 변경을 강하게 추진한 에르도안 대통령
의 속내에 대해 우려의 시선도 존재한다. 개헌을 통해 내년 여름 3선
에 도전하는 그가 국내 우파의 지지를 노려 서둘러 국호 변경을 강행
했다는 시각이다. 정부에 비판적 언론사를 폐쇄하고 SNS 규제를 강화
하는 에르도안의 행보가 우리 기억에서 낯설지 않다.
　앞서 영어 'Turkey'에 '끔찍한 실패'라는 의미가 있다고 했던가?

에르도안 대통령에게 한국 근대사를 한 번 읽어보길 권하고 싶다. 아니 한국사가 아니더라도 장기집권의 종말은 어느 역사에서든 쉽게 찾을 수 있을 것이다. 국호를 '튀르키예'로 바꿔도 역사의 교훈에서 배우지 못하면 뼈저리게 '터키', 끔찍한 실패를 경험할 수 있다. 그 실패의 끝을 목격했기에 더 안타깝다.

민식이법

2022. 04. 17.

지난해 6월 28일 오후 3시 반경, 하교 중이던 일본 치바 현 야치마타 (八街)시의 조요(朝陽)초등학교 학생 5명을 트럭이 덮쳤다. 현장에서 2명이 숨졌고 3명이 중상을 입었다. 당시 60세였던 트럭 운전자는 검사 결과 알코올이 검출됐다. 경찰은 음주 상태에서 깜빡 졸다가 사고를 낸 것으로 판단했다. 현장은 초등학생들이 이용하는 통학로이지만 보도가 없고 신호기도 설치되어 있지 않았다.

스가 요시히데 당시 총리는 사고가 나자 긴급 각료회의를 열고 전국 통학로 1만 8,000여 곳의 긴급점검을 지시했다. 점검 결과 약 7만 6,000곳의 위험한 장소가 확인됐다. 지자체 등이 대책 마련에 나섰다. 여기까지는 일상적인 흐름이다. 그런데 눈에 띄는 점이 있었다. 각급 학교 등 교육 현장에서 아이의 관점에서 위험한 장소를 찾는 노력이 확산하고 있다는 점이다.

마이니치신문이 오늘 야치마타 시 니슈(二州)초등학교의 활동을 소개했다. 이 학교에서는 4학년 학생이 스마트폰을 활용하여 안전 맵을 만드는 활동을 시작했다. 그룹으로 나뉘어 보호자나 교원과 함께 통학로를 점검한다. '위험하다.'고 느낀 장소는 스마트폰으로 촬영해 전용 앱에서 관리한다. 주의할 점을 메모를 곁들여서 학교에 게시하기도 한다.

야치마타 시는 올해 봄부터 안전 맵 만들기를 전 초등학교에 확산할 방침이다. 또 나가노 현 이나(伊那) 시는 중학생들이 발품을 팔아 위험한 장소를 스스로 체크하고, 개선책을 당국에 건의하기도 했다. 아이들이 눈높이로 안전을 점검한다. 그래서 어른들이 미처 모르고 넘어갈 수 있는 교통 사각지대를 찾아 사고를 방지한다는 것이다.

2019년 시행된 '민식이 법'은 논란이 많았다. 불법 주·정차 때문에 시야가 가려진 상황에서 갑자기 튀어나온 아이를 쳐도 무조건 운전자 과실로 보는 것은 무리라는 비판이 많았다. 또 과실 범죄를 고의범 수준으로 형량을 지나치게 무겁게 정한 것은 형벌 비례성의 원칙·과잉 금지의 원칙에 어긋난다는 목소리도 있었다. 오늘 일본 학생들이며 당국의 차분한 대처가 돋보이는 이유이다.

일본 통학로의 교통 표지판

누군가의 별이 되어

기차가 어둠을 헤치고 은하수를 건너서
우주 정거장에 햇빛이 쏟아지네
행복 찾는 나그네의 눈동자는 불타오르고
엄마 잃은 소년의 가슴엔 그리움이 솟아오르네
힘차게 달려라 은하철도 999.

마쓰모토 레이지(松本零士)의 만화와 애니메이션 '은하철도 999'는 미야자와 겐지(宮沢賢治, 1896~1933년)의 동화 '은하철도의 밤(銀河鐵道の夜)'에서 영감을 얻은 세계적인 히트작이다. 난 아직도 이 노래를 기억하고 부를 수 있다.

'은하철도의 밤'의 주인공은 병든 어머니를 모시고 단둘이 사는 소년 조반니. 그는 고기잡이를 나섰다가 돌아오지 않는 아버지 때문에 친구들에게 늘 놀림을 당한다. 은하수 축제의 날, 자신을 놀리는 친구들 때문에 슬픔에 잠겨 있던 조반니는 신비로운 기차에 올라탄다. 배가 침몰해 구명보트도 못 타고 '신의 어디엔가 간다.'는 청년들도 열차를 탔지만, 도중에 내린다. 남을 밀어젖히고 보트를 타는 것보다 하늘의 부름을 받는 것이 더 행복하다는 말을 남긴다.

슬픈 동화를 쓴 미야자와 겐지는 앞날을 보는 혜안이 있었던 것일까? 그의 고향인 이와테 현은 11년 전 오늘인 2011년 3월 11일 동북 대지진과 쓰나미로 엄청난 상처를 입었다. 그리고 오늘 도쿄신문은 참사 11주년을 맞아 아이 등 84명이 사망한 일본 동북부 미야기 현 이시노마키 시의 구 오카와 초등학교 교정 벽에 '은하철도의 밤' 그림이 그려져 있다고 소개했다.

동북 대지진 9년 전 학생들이 그린 은하철도의 밤 벽화는 쓰나미에 의해 일부가 손상됐지만 슬픔과 교훈을 전하는 기념물로 아직도 남아 있다고 한다. 쓰나미에 딸을 잃은 아버지는 "아이들이 별이 되어 우리를 지켜보고 있다. 이곳은 생명을 생각하는 장소다."라고 말했다고 신문은 전했다. 견딜 수 없는 아픔을 참고 살아갈 수 있는 것은 우리 가슴 속에 저마다의 별이 있기 때문이다. 그 별은 오늘도 말한다. "자! 힘내자!"라고.

구 오카와 초등학교 교정 벽의
'은하철도의 밤' 그림

오겡끼데스까?

2021. 12. 23.

첫사랑은 친구 동생이었다. 같은 동네에서 자랐다. 늘 지켜보며 자랐지만 정작 둘만의 시간은 얼마 없었다. '사랑한다.'나 '좋아한다.' 따위의 말도 없었다. 하지만 어느 추운 겨울날 군에 입대하는 나를 입영 부대 앞까지 전송해주던 그 뒷모습은 지금도 그릴 듯 선명하다. 맞다. 첫사랑은 아련해야 한다. 실제로 아련하다. 그리고 그 무대는 꼭 겨울이어야 한다.

1998년 10월 일본 대중문화가 개방됐다. 일본 영화 '카게무샤'와 '우나기', 기타노 다케시의 '하나비' 등이 들어왔지만 흥행에서 참패했다. 그리고 그 이듬해인 1999년 이와이 슌지 감독의 '러브레터'가 들어와 대히트를 기록했다. 100만이 넘는 관객이 흰 설원에서 외치는 나카야마 미호의 '오겡끼데스까'에 가슴을 촉촉이 적셨다. 그땐 스키장 곳곳에서 '오겡끼데스까'라는 외침을 쉽게 들을 수 있었다.

나 역시 그랬다. 알리 맥그로우와 라이언 오닐이 열연한 할리우드 영화 '러브스토리'의 가슴 아픈 사랑과 귀에 맴돌던 'Snow Floric'의 멜로디는 "또 한 번의 겨울, 당신은 잘 지내고 있나요?(もう一度の 冬' あなたは元気ですか？)"라는 나카야마 미호의 우수에 젖은 목소리와 홋카이도 오타루의 설경으로 대체됐다. 아! 그러고 보니 '러브스

오겡끼데스까?

'토리'도 '러브레터'도 모두 배경이 겨울이다.

40대 이상의 마음을 적셨던 '러브레터'가 새해 1월 다시 한국에서 상영된다는 소식이다. 영화 속에는 나카야마 미호가 남자 주인공이 반납한 책의 도서카드 속 자신의 초상화를 발견하는 장면이 나온다. 그 책은 마르셀 프루스트의 '잃어버린 시간을 찾아서(À la Recherche du Temps Perdu)'였다. 다시 만나는 나카야마 미호에게 물어야 한다. "잘 지내나요? 저는 잘 지내요!(お元気ですか 私は元気です!)"

47인? 46인?

2021. 12. 13.

319년 전인 1702년 12월 14일 밤, 에도(江戸)에는 눈이 내리고 있었다. 하얀 눈을 밟으며 중무장한 47명의 낭사(浪士, 떠돌이 무사)가 다시는 못 올 길을 행군하고 있었다. 그들의 눈은 결의에 빛나고 있었다. 이날을 위해 1년여 굴욕의 날들을 보냈다. 그리고 그들은 한 저택에 돌입해 주군의 복수를 하고 원수의 목을 벤 뒤 큰 목소리를 가치도키(勝鬨, 승리할 때 외치는 함성-에잇, 에잇, 오!)를 외친다. 잘 아실 것이다. '아코 사건(赤穂 事件)' 또는 '마츠의 낭하사건(松の廊下事件)'이라 불리는 '추신구라(忠臣蔵)'의 한 장면이다.

'추신구라(忠臣蔵)'는 실화인 '아코 사건(赤穂 事件)'을 소재로

'추신구라'을 묘사한 그림

가부키와 인형극인 분라쿠(文楽)로 처음 만들어졌다. 그 이후 많은 소설과 드라마, 영화 등으로 끝없이 재생산됐다. 흔히 일본의 정신을 이야기할 때 '추신구라(忠臣蔵)'의 47명 낭사들을 예(例)로 든다. 그만큼 일본인의 공감과 사랑을 받고 있다. 베르디의 오페라가 1년 365일 내내 전 세계 어디에선가 공연되고 있듯이 추신구라(忠臣蔵) 역시 연극으로, 드라마로, 영화로 1년 내내 일본의 무대에 올려지고 있다.

그런데 여기서 불꽃 토론이 벌어진 일이 있다. 아니. 진행 중이다. '아코 낭사는 몇 명인가?'라는 논쟁이다. 초점이 된 사람은 테라사카 기치에몬(寺坂吉右衛門). 우리로 말하면 상민인 아시가루(足軽)의 신분으로 유일하게 47인 낭사 명단에 이름을 올렸다.

그런데 나머지 46명은 할복으로 죽음을 맞았지만, 이 사람만 살아남아 83세로 천수를 누렸다. "도주했다."는 주장도 있었지만 이에 대해 이들의 우두머리로부터 밀명을 받고 이탈했다는 것이 '47인 낭사'에 대한 정설이었다.

그런데 "테라사카는 자신의 뜻으로 도망했으므로 의사 이름에 올릴 가치가 없다."고 주장하는 연구자가 나타났다. 그러자 이들 '47인 낭사'의 출신지인 아코 시(효고 현 남부의 소도시)가 덥석 '46인 낭사'설(說)을 수용했다. 하지만 반발이 확산하자 시장이 시의회에 출석해 "시로서는 '47의사(義士)를 지지하지만, 사실(史實)은 연구자의 영역에서 논의돼야 한다."고 답변하는 소동까지 벌어졌다.

얼핏 조선 초기 '사육신(死六臣)' 논란이 연상되지만, 가문의 영욕(榮辱)과는 관련 없는 학구적 논란이다. 그리고 이 논란은 현재 진행형이다. 우리가 역사를 대하는 자세와는 많이 다르다.

천 개의 바람이 되어

2021. 12. 07.

고야산(高野山)으로 가는 길은 크게 두 가지다. 오사카를 거치거나 와카야마를 경유한다. 와카야마를 택했다. 제법 춥던 몇 년 전 새해 첫날, 혼자 완행열차를 탔다. 열차에서 내려 로프웨이를 타고 정상에 오르니 불국토가 펼쳐졌다. 함박눈이 내리고 있었다.

수많은 부도(浮屠) 사이를 걸으며 몇 번이고 반복해 들은 노래가 '천 개의 바람이 되어(千の風になって)'였다. 일본 테너 아키카와 마사후미(秋川雅史)의 노래로 기억한다. 그날 하루만 이 노래를 수십 번 듣고 또 들었다.

작가가 불분명한 영시(英詩) 'Do not stand at my grave and weep.'를 일본어로 옮기고 곡을 붙인 이는 아라이만(新井満, 본명 아라이 미츠루)이다. 그가 지난 3일 세상을 떠난 것을 오늘 홋카이도신문 칼럼을 보고 알았다. 향년 75세. 숱한 사람의 가슴을 적셨던 작가이자 작곡가, 사진작가이며 가수이기도 했던 천재는 지금 천 개의 바람이 되어 그가 살던 홋카이도의 겨울 하늘을 날고 있을 것이다.

1998년 나가노 동계올림픽 개막식 이미지 감독을 맡았던 아라이만은 홋카이도의 자연 속에서 살았다. 집 근처엔 오누마(大沼) 호수가 있었다. 2001년 아내를 암으로 잃은 고향 친구를 위로하기 위해 '천 개의 바람이 되어' 시를 번역하고 작곡에 손수 노래까지 불렀다. CD 에 담은 노래를 친구나 이웃에 나눠준 것이 커다란 반향을 일으켰다. 그리고 급기야 2003년 아사히신문 '천성인어'가 이 노래를 다뤄 전국 적인 화제가 됐다.

아라이만은 생을 마감하기 직전까지 활발한 활동을 했다고 홋카 이도신문은 전했다. 현지 음악제를 프로듀싱하거나 교가를 작사·작 곡하는 등 지역과 함께 살았다. 2015년엔 동북 대지진의 쓰나미를 겪 은 이와테 현 리쿠젠타카타 시의 '기적의 소나무(奇跡の一本松)'를 소 재로 한 그림책 '희망의 나무(希望の木)'를 출판하기도 했다. 75년의 생을 마감한 아라이만은 그의 노랫말처럼 "밤에는 별이 되어 우리를 지켜볼 것 같다."

기적의 소나무(奇跡の一本松)

군고구마와 쥬산리

2021. 11. 08.

서울의 대표적 겨울 풍경은 무엇일까?

내가 중학교 때 배운 영어교재 'Modern English'에서 한 외국인은 거리에서 파는 구수한 군밤 냄새를 겨울 풍물로 꼽았다. 거기에 하나를 더한다면 군고구마가 아닐까? 리어카에 올려놓은 드럼통 밑에 장작을 태워 구운 고구마는 지금도 잊지 못할 추억 속의 간식이다. 편의점에서도 군고구마를 파는 세상이 됐지만 아무렴 어릴 적 이불 뒤집어쓰고 호호 불며 먹던 그 맛에 비할까? 하지만 군고구마를 맛본 것은 기억이 가물가물할 정도로 오래전이다. 언제였던가? 맞다. 한국 아닌 일본 나라(奈良)에서였다.

늦가을에 혼자 교토를 거쳐 나라에 간 적이 있다. 고후쿠지(興福寺)를 거쳐 도다이지(東大寺)로 향하는 길에 군고구마 노점 행상이 있었다. 마침 점심을 거른 터라 한 끼 간단히 해결할 욕심에 하나를 샀는데 이럴 수가? 한국의 일반적인 고구마의 두 배는 되는 엄청난 크기였다. "이걸 혼자 다 못 먹을 텐데?"라는 걱정을 덜어준 것은 뜻밖에 사슴이었다. 벤치에 앉아 지도를 살피다가 기척에 돌아보니 사슴 두 마리가 거의 절반 이상을 먹어 치운 뒤였다. 관광객이 주는 먹이만으론 부족했을까?

고구마는 일본어로 사쓰마이모(サツマイモ)라고 한다. 한국어 '고구마'는 대마도 방언인 '고코이모(こうこいも)'의 변형이라는 것이 학계의 추측이다. 그런데 일본에서 이 고구마를 '쥬산리(十三里)'라고 부르기도 한다.

'13리'라니 뭔 소리일까? 에도시대 고구마 명산지인 사이타마 현 가와고에(川越) 시에 '十三里'라는 군고구마 가게가 있었다고 한다. '十三里'라는 가게 이름은 이 집에서 파는 고구마를 "밤(9리)보다 (4리)맛있는 13리[栗(九里)より(四里)うまい十三里]라고 자랑했기 때문이라고 한다. 밤(栗)은 일본어로 '구리(くり)'라고 읽는다.

고구마보다는 감자를 훨씬 즐기지만 그렇다고 '밤보다 맛있는' 고구마가 싫다는 것은 아니다. 집 책장에 늘어서 있는 일본 소주 대부분이 사쓰마이모, 고구마로 만든 소주들이다. 아이들이 사는 곳이 후쿠오카와 '사쓰마'인 가고시마의 중간쯤이니 당연히 고구마 소주가 종류별로 다양하다. 가능하면 '한 잔'은 일주일 중 금요일 하루로 절주(節酒)하고 있지만, 이번 주말엔 25도 고구마 소주를 마셔야겠다. 입동도 지난 초겨울 문턱. 뒹구는 낙엽을 안주 삼아.

일본에서 이 고구마를
'쥬산리(十三里)'라고
부르기도 한다

만화가 만든
세계적 피아니스트

2021. 10. 25.

번전(反田)은 논을 밭으로 만든다는 의미다. 최근 이 反田을 성(性)으로 쓰는 소리타 쿄헤이(反田恭平)가 코로나19로 우울한 일본 열도에 큰 기쁨을 선물했다. 바르샤바에서 열린 쇼팽국제피아노콩쿠르에서 올해 27세인 쿄헤이는 공동수상 2위를 차지했다. 쇼팽국제피아노콩쿠르는 차이코프스키국제콩쿠르, 퀸엘리자베스국제콩쿠르와 함께 세계 3대 콩쿠르 중 하나이다.

아주 특이한 이력을 가진 청년이었다. 전형적인 일본의 문화 코드들이 만들어낸 사람이라는 느낌을 받았다. 쿄헤이는 이번 쇼팽콩쿠르에 앞서 연주 실력만큼 체력도 필요하다는 생각했다. 대회 2년 전부터 근육 트레이닝을 시작해 몸매를 가꿨다. 머리 모양도 '사무라이' 느낌이 나도록 연출했다. 어릴 적 꿈은 축구선수였다고 한다. 하지만 초등학교 5학년 때 경기 중 손목이 골절됐다. 손목을 접골할 때의 통증이 트라우마가 되어 결국 축구선수의 꿈을 접었다. 그래도 일본 프로축구 J리그 감바 오사카의 서포터임을 자랑스럽게 얘기한다.

쿄헤이의 성장 과정엔 일본 만화와 드라마가 등장한다. 한국에도 널리 알려진 '노다메 칸타빌레'다. 축구를 그만둔 초등학교 6학년 때 어머니 권유로 접한 '노다메 칸타빌레'를 시청하며 그는 드라마에 나

소리타 쿄헤이

오는 교향곡이며 여러 음악 작품에 눈을 뜬다. 드라마가 음악 입문의 계기가 된 것이다. 그리고 중학교 때는 주변의 권유로 만화 '피아노의 숲'을 만난다. 만화를 읽은 쿄헤이는 만화 속 주인공들이 연주하는 작품의 악보를 사서 직접 연주하기 시작한다. 그는 훗날 "나는 '피아노의 숲'과 함께 자라 온 것 같은 느낌이 든다."고 말했다.

어릴 적부터 음악에 귀가 열려 있었다고 하지만 만화와 드라마를 통해 음악에 관심을 가지고 스스로 악보를 구해 연주를 익힌다는 것은 흔한 일은 아니다. 고교 3학년까지 자신이 좋아하는 쇼팽이나 리스트 등의 곡만 연주했다. 그 탓에 일본음악콩쿠르 출전을 위해 특별 교습을 받아 다른 작곡가의 곡을 익혔다고 한다. 이런 그를 대학 은사는 "피아노라기보다는 음악 그 자체를 온몸으로 즐기던 학생"이라고 기억했다.

IMF 시절 박세리에게 위안을 받은 국민 중에 "내 자식도⋯." 하는 마음에 대책 없이 아들, 딸을 골프장으로 내몬 부모가 많다. 또 '제2의 김연아'를 꿈꾸며 재능과 관계없이 차가운 빙판에 딸의 등을 떠민 부모 역시 적지 않을 것이다. 일본도 혹시 '제2의 쿄헤이'를 꿈꾸며 피아노 교습 열풍이 부는 것은 아닐까? 아이가 즐거워하고 재능을 보인다면 굳이 뭐라고 할 일은 아니지만….

　　사족 : 反田. 이걸 '반전'이라고 읽으면 안 된다. '번전'이다. 논을 밭으로 만든다는 의미다. 같은 의미의 '反畓'도 '반답'이 아닌 '번답'으로 읽어야 한다. 우리 또래가 신문사 입사 시험을 치를 당시 상식 문제로 출제되었을 법하다.

집중호우

2021. 08. 26.

12호 태풍 '오마이스'가 몰고 온 비바람에 부산과 경남 일대에 피해가 적지 않은 모양이다. 집중호우에 음력 보름과 그믐 무렵의 밀물이 가장 높은 대조기(大潮期)까지 겹쳐 곳곳이 침수됐다고 방송이 전한다. 우리가 흔히 쓰는 '집중호우'라는 표현은 '메이드 인 재팬'이다. 하지만 일제강점기 때 용어가 아니고 1953년 8월 일본 신문이 사용하기 시작했다.

1953년 8월 15일, 일본 홋카이도·도호쿠 지방으로부터 남하한 전선이 긴키 지방에 정체해 교토 부 남부를 중심으로 번개를 수반하는 호우가 내리기 시작했다. 교토 와츠카쵸(和束町)에는 1시간 100㎜, 총 강우량 400㎜ 이상에 이르는 기록적인 폭우가 내렸고 심야에는 이데쵸(井手町)에 있던 다이쇼지(大正池) 제방이 무너져 토석류가 시가지를 덮쳤다. 이 호우로 사망·실종 336명, 중상 1,366명, 가옥 피해 5,000동 이상의 큰 상처를 입었다. 비는 극히 국지적이었다. 20㎞ 떨어진 교토 시내에는 65㎜ 강우량에 불과했다. 이 폭우에 대한 신문 제목이 '집중호우'였다. 지금 우리가 흔히 쓰는 '집중호우'라는 표현의 시작이다.

'미나미야마시로 수해(南山城水害)'라고 불리는 이 '집중호우'에

다마가와(玉川)에 있던 6톤 무게의 바위가 물의 힘으로 500m를 굴러
왔다. 이 돌은 지금도 이데쵸(井手町) JR다마미즈(玉水)역 동쪽에 보
관돼 있다. 이 바위를 관리하는 사람은 수해 당시 18세였던 미야모토
토시유키(宮本敏雪, 86) 씨다. 아사히신문에 따르면 미야모토 씨는
10여 년 전부터 바위 관리와 함께 각 급 학교에 자신의 체험을 전하고
관련 연극을 감수하는 활동을 하고 있다. 4년 전 공사로 바위가 철거
될 위기에 놓이자 앞장서서 보존을 호소하기도 했다.

　아무리 방비를 철저히 해도 자연재해를 완전히 극복하기는 어렵다.
자연 앞에선 한없이 초라한 것이 인간이란 존재이기 때문에. 단지 그 재해
를 기억하고 되풀이하지 않으려는 마음가짐만은 잊지 않아야 할 것 같다.

JR다마미즈(玉水)역
인근에 보존된
6톤 바위

에마

2021. 08. 19.

코로나 탓에 절집을 찾은 지도 오래다. 부처님이야 코로나바이러스와 관계가 없겠지만 그곳에서 생활하는 스님들에게는 민폐가 될 수 있다는 생각에 쉽게 발길이 내키질 않는다. 절에 가면 먼저 대웅전을 찾아 삼배(三拜)를 드리고 지장전(地藏展)에서 오랜 시간을 보낸다. 10년 전 돌아가신 어머니를 아직 마음속에서 보내드리지 못했기 때문이다. 효도를 다하지 못한 아픔은 평생 안고 살아야 하는 한(恨)이다.

부처님께 절을 하며 나 자신을 위해 기원한 적은 한 번도 없다. 불교는 깨달음의 종교. 절대자가 아닌 부처님께 무슨 민원을 한단 말인가? 하지만 어머니가 병을 얻고, 또 아들이며 손자들이 생기면서 절을 찾으면 나도 모르게 부처님을 귀찮게 해드리게 됐다. 그것도 한국의 부처님만 아닌 일본의 부처님에게까지. 하지만 자식의 도리, 부모의 마음이니 부처님도 너그러이 이해하실 거라 믿는다.

어제 아침 아사히신문에서 일본에 비를 멈추게 해달라는 '지우(止雨)' 의식이 있다는 기사를 읽었다. 기우제야 익숙한 말이지만 '지우제라고?' 나라 시대부터 일본 조정이 나라 현 '니우카와카미(丹生川上) 신사'에서 '기우제(雨乞い)'와 '지우제(止雨)'라는 기원 의식을 거행했다는 것이다. '니우카와카미(丹生川上) 신사'는 '천하를 위해 단비를 내리고 장마를 멈추는' 신이 섬겨지던 곳이란다. 흥미로운 것은 이들 의식에서 비를 내리게 해달라는 기우제에는 흑마, 비를 멈추게 해달라는 지우제에는 백마를 봉납했다고 한다.

그리고 이 의식이 일본의 신사나 절에서 흔히 볼 수 있는 에마(絵馬)의 기원이 되었다. 에마는 신사나 사찰에서 기원할 때, 혹은 기원한 바람이 이루어져 감사를 전할 때 봉납하는 그림이 그려진 나무판이다. 일본의 역대 천황들은 뭔가 기원을 할 때 살아있는 말을 신마(神馬)로 삼아 신사에 봉납했다. 그러다 헤이안 시대부터 진짜 말을 대신해 말의 그림을 그린 나무판을 봉납하게 된다. 이것이 요즘 볼 수 있는 에마(絵馬)다. 나 역시 일본의 몇 곳에 소원을 담은 에마를 걸어놓았다. 사랑하는 이들을 위해.

아사히신문에 따르면 헤이안 시대 전기까지 정사에 기록된 말의 봉납은 흑마가 22회, 백마가 20회라고 한다. 기우제 못지않게 장마를 멈추게 해달라는 기원도 많았다는 얘기다. 기우제가 대부분이던 우리나라와 달리 일본은 너무 많이 내리는 비에 고생이 심했던 모양이다. 일본을 괴롭히던 폭우가 한반도로 올라왔다가 다시 남으로 내려간다는 예보다.

폭우 전선이 한국에 와도 걱정, 일본에 가도 근심! 가지가 많지도 않은 나무에 무슨 바람이 이렇게 많이 부는가?

에마

무궁화

2021. 07. 14.

에자키 상 집 앞에 하마보우(ハマボウ)가 활짝 피었단다. 11일 페이스북에 올린 사진을 보다가 익숙한 느낌의 꽃이 있었는데 바로 그 '하마보우'였다.

"아! 이것 무궁화네. 노란 무궁화!"

반가웠다. 검색해보니 하마보우는 한자(漢字)로 황근(黃槿)이라고 표기했다. 따뜻한 지방의 해안가에서 서식하며 우리나라에선 환경부 지정 멸종위기 야생식물 Ⅱ급 식물이었다.

황근(黃槿)이란 글자 그대로 노란 꽃이 피는 무궁화다. 한자 근(槿)은 무궁화를 뜻한다. 박근혜(朴槿惠) 전 대통령과 동생 박근령(朴槿妗)의 이름 중 근(槿) 역시 무궁화를 의미한다. 황근은 제주도 서귀포 성산 일출봉 옆 식산봉(食山峰)이라는 작은 분화구가 우리나라 유일의 자생지라고 한다. 남해안이 황근이 자랄 수 있는 북쪽 한계선이니 그보다 아래 지방인 이사하야(諫早)의 에자키 상 집 앞에서 만개할 수 있었을 것이다.

국화(國花)로 공식 지정한 것은 아니지만 무궁화는 우리나라 나라꽃. 일본어로는 무쿠게(ムクゲ)라고 쓴다. 하지만 아쉽게도 국내에는 자생지가 없는 수입나무라는 것이 학계의 정설이다. 종명(種名)에 중동

의 시리아를 뜻하는 'syriacus'가 들어 있어 시리아를 포함한 중동이 원산지라는 설이 유력하고 중국 남부지방이 원산지라는 주장도 있다.

무궁화가 어쨌든 오래전부터 우리 땅에서 서식한 것은 맞지만 황근은 우리나라에 자생하는 토종 무궁화로 관심을 끌고 있다고 한다. 에자키 상이 잘 돌봐주길 바란다.

1988년 서울올림픽 개막식 선수단 입장 때 일본 선수단은 모두 손에 무궁화를 들고 입장했다. 일장기(日章旗)에 대한 한국인들의 반감을 의식한 점도 있었지만, 주최국인 이웃 나라에 대한 존중과 우정의 표시였다. 일장기와 무궁화를 흔들며 일본 선수단이 입장했을 때 경기장의 한국 관중들은 뜨거운 박수를 보냈다.

정말 어려운 갖가지 고난을 헤치고 도쿄올림픽이 곧 개막된다. 한일 양국의 갈등은 돌파구가 없어 보이지만 이번 올림픽을 계기로 뭔가 새로운 변화가 있기를 바란다. 어제 아닌 내일을 준비하는 벗으로.

노란 무궁화

다카하시 치쿠잔의
아리랑

2021. 06. 22.

일본 드라마 '심야식당' 중에 음식점을 돌며 기타 연주와 노래로 생계를 유지하는 중년 남성이 나온다. 어렴풋이 기억하지만 아마 한국에도 그런 이들이 있었을 것이다. 이들을 일본말로는 '가도즈케(門付け)'라고 부른다. '풍각쟁이' 또는 '걸립(乞粒)'이라고 표현하면 이해가 빠를 것 같다. 이들 중 샤미센(三味線)을 들고 전국을 떠돌다 구걸을 위한 연주를 예술로 승화시킨 일본인이 있다. 다카하시 치쿠잔(高橋竹山, 1910~1998)이다.

아오모리(靑森)시에서 가까운 히가시쓰가루(東津輕)의 농가에서 태어났다. 세 살 때 홍역으로 반실명(半失明) 상태가 되었다. 또래들의 놀림에 학교는 단 이틀밖에 다닐 수 없었다고 한다. 생계를 위해 어려운 샤미센 연주를 배웠다. 그리고 긴 유랑생활이 시작됐다. 치쿠잔을 모델로 한 기타지마 사부로(北島三郞)의 '풍설 속 여행'은 당시 그의 모습을 이렇게 묘사한다.

찢어진 홑겹 옷에 샤미센을 안으면
아서라 아서라며 눈이 내리네

울보 열여섯 살 짧은 손가락에
입김 불어넣으며 넘어왔네

장애인에 대한 전시(戰時) 일본의 시선은 차가웠다. "너희들은 나라의 도움이 되지 않는 비국민(非國民)"이라며 지독하게 괴롭힘을 가했다. 경찰의 방해로 구걸도 제대로 할 수 없었다. 탈진해서 홋카이도 지역을 방황할 때 그에게 따스한 손길을 내민 것은 탄광에서 일하던 조선인 노동자들이었다. 조선인 마을에서 지내며 조선 민요 '아리랑'을 배웠고 퉁소와 샤미센으로 연주했다.

치쿠잔은 훗날 그때의 이야기를 연주회 등에서 자주 했다고 한다. 감사의 마음을 담은 한국 공연을 하기도 했다. 마이니치신문은 "학대받는 사람의 슬픔과 분노를 깊게 알고 그것을 샤미센의 채에 담았다."고 표현했다.

치쿠잔은 오키나와를 방문했을 때, 태평양전쟁에서 큰 피해를 본 주민의 깊은 상처를 접하고 연주회에서 몇 분 동안이나 말을 하지 못했다고 한다. 아픔을 겪은 사람이 남의 아픔을 헤아릴 수 있는 법. 그가 연주하는 '아리랑'이 듣고 싶어졌다.

다카하시 치쿠잔

신군 이가고에

2021. 05. 28.

텐쇼(天正) 10년(1582년) 혼노지(本能寺)의 변으로 오다 노부나가가 아케치 미쓰히데(明智光秀)에게 살해됐을 때 도쿠가와 이에야스는 사카이를 관광 중이었다. 수행 인원은 불과 수십 명. 이이모리(飯盛) 산에서 누구보다 빨리 노부나가의 죽음을 알게 된 이에야스는 아케치 의 군대를 피해 서둘러 오카자키 성(현재 아이치 현 오카자키 시)으 로 돌아가야 했다. 이때 그가 택한 도주로가 교토 부와 시가 현을 경유 해서 미에 현 이가((伊賀) 시를 넘는 루트였다. 이른바 '신군 이가고에 (神君 伊賀越え)'라고 부르는 경로다.

　'신군 이가고에'는 일본 전국시대의 역사적 전환점이 된 사건이 라 드라마나 영화, 소설 등에서 많이 다루고 있다. 그런데 오늘 산케이 신문 조간을 읽다가 이 사건에 대해 새로운 주장을 소개한 기사를 발 견했다.

　제목은 "진실은 '야마토고에'인가? 이에야스 '이가고에'의 진상 (本当は「大和越え」か　家康の伊賀越え真相)"

　내용을 살펴보니 나라 현의 역사작가 우에지마 히데토모(上島秀 友, 66) 씨가 이에야스의 도주로가 이가(伊賀)가 아닌 야마토(大和) 였을 것이라는 주장을 소개한 것이었다.

그간 통설이었던 '이가고에(伊賀越え)'는 이가(伊賀)라는 닌자 집단과 관련돼 세간의 흥미를 더했는데 이에 대해 반박하는 주장을 내세운 것이다. "그래도 종합일간지에서 이 정도 주장을 이렇게 상세히 소개할까?"하는 생각이 들었다. 이에야스가 어느 길로 몸을 피한 것이 그리 중대한 문제인가?

　　반포대교 건너 강남을 가든 성수대교 건너 강남을 가든 결과적으로 달라질 것은 없었다. 대체 뭐가 문제라는 말인가? 어쨌든 살아남았는데. 그런데 다른 신문들을 살펴보니 아사히, 요미우리, 마이니치, 도쿄신문 모두 마치 큰일이라도 난 듯 우에지마(上島) 씨의 주장을 소개하고 있었다.

　　역시 일본인가? 사실(史實)을 끝없이 되짚어보며 "왜냐?"고 물어본다. 게다가 무한한 상상력을 동원해 끈질기게 재해석하고 재평가한다.

　　한국에선 드문 일이다. 오늘 일본 조간들을 보며 우리 뒷모습에 대해 많은 생각을 한다. 내겐 보이지 않는 내 뒷모습이 진정한 나 자신의 모습이란 생각을 다시 한다.

도쿠가와 이에야스

문고본

2021. 04. 22.

사무실 내 책상에 열 권 정도의 책이 있다. 원로 교수님이 공부하라고 주신 고대 일본사 연구서가 있고 강인덕 초대 통일부장관이 주신 북한 관련 서적, 그리고 출판사에서 신간 안내를 당부하며 보내온 책들도 있다. 인터넷에 뺏긴 책의 공간은 늘 내게 아련한 그리움의 여백이다. '언제 이 책들을 읽어야지.' 하면서도 쉽게 책장을 펼치지 못한다.

광화문에서 30년 가까이 직장생활을 했다. 대학을 마친 뒤 대부분 세월을 광화문에서 보낸 셈이다. 광화문이 좋은 점은 대형 서점들이 몰려 있다는 것이다. 교보문고와 영풍문고, 지금은 없어진 반디앤루니스는 언제나 들러 책 구경을 하며 지적 산책을 할 수 있어 좋았다. 읽고 싶은 책과의 만남은 오랜 벗과의 조우(遭遇)만큼이나 반갑다.

나라도 가정도 가난했던 시절엔 이런 대형서점이 없었다. 동네나 학교 앞 작은 책방을 뒤져서 겨우 지적 허기를 채우던 것이 그리 오래 전 일이 아니다. 어렵던 시절 책값 부담을 덜어주던 것이 문고본이었다. 호주머니가 가볍던 대학 시절, 문고본은 내게 무척이나 고마운 존재였다. 친구의 생일선물로도 주고받기 딱 적당했다.

동양에서 문고본은 1927년 일본의 이와나미 문고(岩波文庫)가

문고본

시작했다. 고전 보급을 목적으로 처음 발간했고, 패전 뒤엔 많은 출판
사에서 문고본을 간행했다. 그들이 대부분 A6판(105x148mm)으로
책을 만들어 같은 크기의 서적 자체를 문고본으로 통칭해 부르기도
한다. 전후 어렵던 경제 상황에서 문고본은 많은 일본인에게 정신적
자양분이 되었을 것이다.

그런데 일본의 대형 출판사인 고단샤가 소설 등 문고본의 필름
포장을 시작했다고 아사히신문이 최근 보도했다. 고단샤는 필름 포장
에 대해 "소비세를 포함한 총액 표시에 대응하기 위해서"라고 설명했
다. 선뜻 납득이 가지 않는 해명이다. 아사히신문은 "서서 읽기를 통
한 책과의 만남 기회가 줄어든다."는 독자의 안타까운 목소리도 소개
했다. 나 역시 그렇다. 아주 강하게 동감한다.

오싱

2021. 04. 08.

한 여성으로부터 편지가 왔다. 사연에 마음이 흔들렸다. 메이지 시대. 가난한 집에서 태어난 소녀는 7살 때 쌀 한 가마니에 팔려 제재소에서 식모살이한다. 그러다 주인에게 억울한 도둑 누명을 쓴 소녀는 제재소에서 도망쳐 나온다. 미싱을 배워 근근이 생계를 꾸렸다. 반평생 모진 고생을 했다. 사연을 읽은 작가는 이를 소재로 드라마를 쓰고 싶다고 방송사에 달려갔다. 하지만 방송사의 반응은 "어둡다." "너무 평범하다."였다. 단념할 수 없어 3년이 지난 뒤 다시 방송사에 드라마로 만들자고 제안했다. 어렵게 승낙이 떨어졌다. 온갖 곡절 끝에 겨우 햇빛을 본 이 드라마가 일본만 아니라 전 세계에서 히트한 '오싱'이다.

'오싱'을 쓴 극작가는 하시다 스가코(橋田壽賀子). 1925년 일제 치하 서울에서 태어난 그는 아홉 살 때 귀국해 오사카에서 성장했다. 일본여자대학 국어과 졸업 후 다시 와세다대 국문학과에 입학했다가 연극에 매료돼 예술과로 전과했다. 1949년 쇼치쿠(松竹) 영화사에 첫 여성 각본가로 입사한 뒤 드라마 시나리오 작가로 두각을 나타냈다.

하시다가 집필한 '오싱'은 1983년 4월 4일부터 1984년 3월 31일까지 NHK 연속TV소설로 방영돼 커다란 파문을 일으켰다. 최고시청률 62.9%를 기록했고, 세계 68국에 수출됐다. 한국에서도 1985년 영화로 만들어졌다.

버블 붕괴 전까지의 1980년대는 일본이 경제적으로 급성장하던 시기였다. 이런 시기에 가난한 소작농의 딸로 태어나 남의 집에서 식모살이하던 여자아이가 메이지 시대에서 다이쇼, 쇼와 시대를 거치며 겪는 인생의 부침(浮沈)은 일본인들의 가슴에 깊은 인상을 남겼다. 평생을 잘 사는 것만을 목표로 삼아왔던 오싱이 말년에 회의를 느끼는 과정도 남의 이야기로만 느껴지진 않았을 것이다.

이런 '국민 드라마'를 쓴 하시다 씨가 최근 별세했다. 7일 도쿄신문은 이런 글로 하시다 씨를 배웅했다.

"(그녀의) 홈드라마가 특별했다. 가족 간의 평범한 대화를 통해 시대와 사람의 생각의 변화를 크게 묘사한다. 우리가 매료된 하시다 씨의 마술일 것이다. 일본에서 1인 가구는 이미 30%를 넘고 있다. 생각하면 온 가족이 한 대의 TV 앞에 모이는 일도 줄어들었다. 떠들썩한 홈드라마를 대하기 어려운 시대에 그 사람은 붓을 놓았다."

'오싱'의 작가
하시다 스가코

벗나무 아래로 모이자

2021. 03. 23.

후쿠오카에 벚꽃이 만개했다고 한다.

　교도통신은 22일 후쿠오카 기상대가 후쿠오카 시 벚꽃 표본 목이 만개했다고 발표했다며 올 시즌 일본 전국에서 가장 빠른 '만개 선언'이라고 전했다. 또 도쿄신문은 23일 지면에서 '요우코우(陽光, ようこう)'이라는 벚꽃 이야기로 봄을 맞이했다. 벚꽃만큼 일본 문화에 영향을 준 식물이 또 있을까? 만발한 꽃의 아름다움, 그리고 시들고 지는 모습은 일본인의 사생관이며 철학을 상징하는 수많은 문학적 모티브를 이루고 있다.

　앞서 말한 '요우코우'라는 벚꽃은 수많은 일본의 벚꽃 종류 중에도 특이한 사연을 담고 있다. 다카오카 마사아키(高岡正明) 씨는 시코쿠 에히메 현의 산간에 있는 작은 마을 학교에서 16~19세 학생들에게 농업을 가르치고 있었다. 태평양전쟁이 일어나자 제자들은 차례차례로 일본군으로 소집됐다. 교정에는 커다란 벚나무가 있었다. 다카오카 씨는 입대하는 학생들에게 "다시 이 벚나무 아래로 모이자."라고 격려했다.

　그러나 전쟁은 처참했다. 전쟁이 끝날 무렵까지 돌아온 학생은 절반도 되지 않았다. 제자들의 전사 소식이 전해질 때마다 그는 벚나무를 올려다보았다. 왜 자신은 살아남고 젊은 제자들은 죽어야 했는지 안타까워했다. 그러다가 마침내 하나의 생각에 이르게 된다. 더위도 추위도 견디고 지구상 어디서나 꽃을 피울 수 있는 벚꽃을 만들자는 것이었다. 이것은 다카오카 씨 나름의 전쟁에서 잃은 제자들에 대한 추모였다.

여러 차례 실패를 거듭하고 체념할 뻔한 적도 있었다. 그만큼 생명력 강한 벚꽃을 만들기는 어려운 일이었다. 그러나 힘들 때마다 떠오른 것이 벚꽃나무 아래에서 만나자는 제자들과의 다짐이었다. 30년에 걸쳐 200종이 넘는 벚꽃 교배 실험을 했다. 그리고 마침내 유효한 교배 조합을 발견하게 된다.

태양의 빛을 상징하는 '요우코우'는 두 종의 교배로 탄생했다. 덥고 건조한 기후에서도 생육하는 한 품종과 바람이 휘몰아치는 추운 땅에서도 견딜 수 있는 한 품종을 교배했다.

다카오카 씨는 제2차 세계대전이 벌어진 지역, 그리고 한국과 중국, 필리핀 등 제자들과 똑같은 젊은이들이 싸운 나라에 요우코우 씨앗을 선물했다. 그리고 다카오카 씨가 사망한 뒤에는 아들이 그 뜻을 이어받아 10여 개국에 요우코우 벚꽃 모종을 기부하고 있다. 한 교사의 제자들에 대한 추모와 평화에 대한 열망이 밝은 연분홍색 꽃잎에 담겨 옛 전쟁터에서 활짝 피어나고 있다.

요우코우

사쿠라지마

2021. 03. 04.

소년은 엄마와 할아버지, 할머니와 함께 산다. 남동생과 아빠는 저기 먼 곳에서 따로 산다. 엄마와 아빠의 불화가 이산가족을 만들었다. 소년의 소원은 가족들이 다시 함께 사는 것이다. 그러려면 집에서 빤히 보이는 저 화산이 폭발해야 한다. 화산이 폭발하면 이곳에선 살 수 없으니 아빠와 동생이 있는 곳으로 이사할 수 있다. 그래서 소년은 매일 화산이 폭발하게 해달라고 기도한다.

"기차가 서로 스쳐 지나갈 때 소원을 빌면 기적이 일어난대."

친구들의 말이었다, 새로 생긴 고속열차가 각각 반대편에서 달려오다가 서로 마주치는 순간에 소원을 빌면 '기적'이 일어난다는 것이다. 화산이 폭발하기 위해서, 가족들이 다시 모여 살기 위해서 소년과 친구들은 기차가 마주치는 장소로 모험 여행을 떠난다.

2011년 말 개봉한 고레에다 히로카즈 감독의 영화 '진짜로 일어날지도 몰라 기적(I Wish, 奇跡, 2011)'의 내용이다.

영화는 2011년 3월 개통된 규슈신칸센 고속열차를 알리기 위해 만들어졌다. 하지만 제작진은 단순히 신칸센을 홍보하는 영화가 아닌, 누구나 접할 수 있고 사람들에게 감동을 전할 수 있는 작품을 만들고자 노력했다. 규슈신칸센은 후쿠오카 하카타역에서 가고시마 가고시

분화하는 사쿠라지마 화산

마중앙역까지의 가고시마중앙선 철도를 달린다. 내겐 너무 익숙하고 정겨운 노선이다.

고레에다 감독은 사실감 극대화를 위해서 가고시마의 사쿠라지마 화산을 로케이션 촬영지로 선택했다. 로케이션 촬영은 카메라 설치도 힘들고 다른 어려움도 많지만 집들 사이사이로 날리는 화산재의 장면을 그대로 잡을 수 있고 그것은 영화의 흐름으로는 꼭 필요했기 때문에 촬영을 강행했다고 한다. 고레에다 감독의 증조부가 가고시마 사람이었다.

소년이 사는 2층에서 사쿠라지마 화산을 볼 수 있는 집의 구조는 증조할아버지의 전통떡집을 재현한 것이라고 한다. 가끔 불을 뿜어 한국인도 낯설지 않은 사쿠라지마 화산을 지난 2018년 7월에 가봤다. NHK 대하드라마 '세고돈(西郷どん)'이 방영 중이던 때였다. 생각 없이 버스를 외면하고 걸어서 섬을 돌면서 무척 고생했다. 인도와 차도 모두 화산재 투성이였다. 온통 회색 인간이 되어 호텔로 돌아왔다.

지난 2월 마지막 날인 28일 오전 10시 정각, 사쿠라지마 화산이 분화했다. 마침 동풍이 불어 다량의 화산재가 인구 60만 명의 가고시마 시 쪽으로 날아왔다. 시가지가 일시적으로 화이트 아웃 상태가 되었다고 한다. 생각해보니 거리 곳곳에 화산재 수거 봉투가 놓여 있던 모습이 기억난다. 자연재해를 끌어안고 화산과 함께 사는 사람들, 메이지유신의 봉화를 올렸던 사쓰마의 강인함은 여기서 출발한 것인가?

읽어야 쓴다

2021. 01. 27.

대학에서 맡았던 강의 중 '미디어 작문'이란 과목이 있었다. 처음 학과장에게 '미디어 작문'을 맡아달라는 말을 듣고 "그거 무슨 과목입니까?"라고 물었다. 대답은 간단했다. 기사 쓰는 방법을 가르치라는 것이었다.

기사 쓰는 법? 나만이 아니라 기자 출신 중에서 기사 쓰는 법을 앉아서 배운 이들은 없을 것이다. 요즘은 어떤지 모르겠지만 신문사 입사 시험은 대개 국어, 영어, 상식, 작문 등 네 과목이었다. 수천 명 지원자 중 많아야 10명이 채 안 되는 인원을 뽑으니 합격자의 작문 실력은 어느 정도 수준이 됐을 것이었다.

배운 적 없는 '미디어 작문'을 강의하자니 당연히 교재는 없었다. 몇 가지 실용서 비슷한 것이 있었지만 살펴보니 태권도를 책으로 배우라는 것이나 마찬가지였다. 그래서 한 학기 강의 내내 틈만 나면 책 읽으라고 권했다. 무슨 책이든 좋으니까 무조건 읽으라고 노래를 불렀다.

글씨기와 말하기는 출금(出金)이다. 독서는 반대로 예금(預金)이다. 잔고가 없으면 출금이 안 된다. 독서라는 예금이 없으면 글쓰기라는 출금은 당연히 될 수 없다. 독서를 많이 할수록 나만의 내재율(內在律)이 생긴다. 그 내재율이 내 글의 호흡이 된다.

요즘 출퇴근 때 전철의 풍경은 모두 '핸드폰 몰입' 상태. 예전처럼 책을 읽거나 하다못해 종이신문을 읽는 사람도 찾기 힘들다. 지난해 OECD 주요 국가와 노벨상 수상 국가의 월간 독서량을 비교한 자료가 나왔다. 한국은 0.8권으로 세계 최하위권인 166위를 차지했다. 미국이 6.6권, 일본 6.1권, 프랑스는 5.9권이었다. 그리고 이 나라들은 노벨상 수상자 또한 각각 329명, 63명, 26명을 배출했다. 독서량과 노벨상 수상자가 비례한다면 너무 지나친 해석일까?

27일자 마이니치신문 여록(余錄)을 관심 깊게 읽었다. 코로나 재앙으로 강요당한 집콕이 활자를 좋아하지 않는 사람도 새삼스레 독서의 즐거움을 상기시킨 듯하다는 것. 일본 출판과학연구소에 따르면 작년 종이와 전자출판을 합친 책의 판매 금액이 전년을 4.8%나 웃돌았다고 한다. 실제로 증가한 것은 전자출판이지만, 대폭 하향세를 이어가던 종이 출판물도 감소폭이 1.0%까지 축소됐다고 한다. 각 급 학교의 휴교로 학습 참고서나 아동서적이 잘 팔린 이유도 있지만, 문예서나 비즈니스 서적 등도 매출이 늘었다니 다행이다.

독서는 말하기와 글쓰기를 위한 투자만은 아니다. 경험하지 못한 세상에 대한 이해와 상상력은 독서가 주는 큰 선물 중 하나이다. 상상력은 없는 것을 있는 것으로, 불가능한 것을 현실로 바꿔주는 마법이다. 인류는 결핍과 상상력으로 발달해왔다.

읽어야 쓴다

일본 패망 하루 전

2021. 01. 15.

2016년 광복 71주년을 앞두고 '일본 패망 하루 전'이 개봉됐다. 1967년 발표한 영화 '일본의 가장 긴 하루(日本のいちばん長い日)'를 반세기 만에 리메이크한 작품이었다. 1967년 원작은 거장 오카모토 기하치(岡本喜八) 감독이, 이번 작품은 하라다 마사토(原田眞人) 감독이 지휘했다.

한국 관객의 반응은 엇갈렸다. "일본의 과거는 용서받을 수 없다고 생각하지만 일본인들도 그 시대 어쩔 수 없는 국가의 희생양이 아닐까?"라는 반응이 있었고 "군국주의를 희석한 영화"라는 비판도 있었다.

영화의 원작은 한도 카즈토시(半藤一利)의 '일본에서 가장 길었던 하루'이다. 한도 카즈토시는 1930년 도쿄에서 출생했다. 도쿄대학교 문학부를 졸업하고 문예춘추에 입사해 슈칸분순(週刊文春) 편집장 등을 역임했다. 1993 '소세키 선생님. 어쩌면(漱石先生ぞな'もし)'으로 12회 닛타 지로 문학상, 1998에 '노몬한의 여름(ノモンハンの夏)'으로 7회 야마모토 시치헤이 상, 2006에는 '쇼와사(昭和史)'로 마이니치 출판문화상 특별상을 받았다.

유난히 전쟁에 대한 저술이 많은 한도 카즈토시에게 전쟁은 어떤 기억일까? 그가 14세였던 1945년 3월 10일 도쿄 대공습으로 시가지는 무서운 화염에 휩싸였다.

1967년 발표한
'일본의 가장 긴 하루(日本のいちばん長い日)'

"소이탄이 미친 듯이 날뛰는 속을 도망쳐 구사일생으로 살았습니다. 공습이 가라앉은 후 잿더미 속에서 저 안에 있는 시신을 정리했어요. 방공호 안이 저렇게 찜통처럼 변하다니… 상상을 초월했어요. 찜통 속에서 엄청나게 많은 시체가 겹쳐져 있었어요. 그것을 치우다 보면, 맨 아래의 시체는 직접 지면에 접촉해 탄화하고 있었습니다. 너무 가벼웠습니다. 중학교 2학년인 제가 얼떨결에 쥐어버릴 정도였어요."

하지만 그는 끔찍한 자신의 공습 체험을 40대가 되기까지 입에 올리지 않았다. 스스로 기록에 나선 것은, 어느 퇴역 군인을 취재하며 명백한 거짓말을 들었기 때문이라고 한다. 퇴역 군인은 한도 씨의 질문에 "전쟁도 모르는 주제에 무슨 말을 하는 거냐?"라며 격분했다. 한도 씨는 "나도 소이탄을 맞으며 죽을 뻔했다."라며 응수했다. 그는 그때부터 퇴역 군인들의 거짓말의 이면에 숨어있는 진실을 찾아 나서게 된다.
'레이테만 해전', '소련이 만주를 침공한 여름', '진주만의 날', '머나먼 섬 과달카날' 등 여러 작품을 통해 그는 전쟁의 실체적 진실을 찾아 나섰다. 전쟁으로 쓰러진 사람들의 원통함과 역사의 어둠에 잠긴 광경을 세세한 필치로 그려나갔다. 그런 그를 매스컴은 '역사 탐정' 혹은 '쇼와의 이야기꾼'이라고 불렀다. 그 '쇼와의 이야기꾼'이 12일 노환으로 세상을 떠났다.

그는 생전에 한 인터뷰에서 이런 말을 남겼다.
"민주주의의 바로 옆에 파시즘이 있다. 그 점을 국민은 확실히 의식해야 한다."
일본만 아니라 오늘을 사는 한국인도 잘 기억해야 할 말이다.

엽서 명문 콩쿠르

2021. 01. 08.

"심부름으로 모은 용돈으로

양배추 씨앗을 샀어요.

밭일을 즐기시는 할아버지께 드렸습니다.

양배추가 커지면 타코야키에 넣자고 약속했습니다.

그런데 양배추를 도둑맞았어요.

할아버지는 '미안하다.'며 우울해하셨습니다.

부탁드립니다.

할아버지께 양배추를 돌려드리세요.

도둑놈이 양배추에게 쫓기는 꿈을 꾸게 해주세요."

6살 꼬마의 동심이 손에 잡힐 듯 느껴진다. 7일 아사히신문에 소개된 일본 사이타마(埼玉)현에 사는 우에키 마이(植木舞衣) 군의 작품이다. 제6회(2020년) '엽서 명문 콩쿠르(はがきの名文コンクール)'에서 일본우편대상(日本郵便大賞)을 받았다.

'엽서 명문 콩쿠르'는 지난 2015년 시작됐다.

대회 홈페이지는 취지를 이렇게 설명하고 있다.

"엽서는 메이지 이래 140년, 가장 익숙한 통신 수단이었습니다.

간편하고 저렴하게 문서를 보내어 그때그때의 용건이나 심정을 전하기에 적합했고, 보존을 통해 기록성도 높았기 때문입니다.

21세기에 접어들 무렵부터 휴대전화나 스마트폰, 태블릿 등 전자통신기기가 발달해 즉시성과 간편한 대화 기능으로 널리 보급되었습니다.

한편, 엽서 쓰는 습관은 사라지고 있습니다.

그러나 엄선한 말을 늘어놓은 단문으로 엮은 용건이나 심정, 기록성 등 엽서가 갖는 가치는 여전히 높습니다.

'엽서 명문 콩쿠르'는 엽서 쓰는 습관을 전국으로 확산하고, 일본어의 아름다움을 높이기 위한 운동입니다."

매년 열리는 이 콩쿠르의 주최는 엽서명문콩쿠르실행위원회. 일본우편주식회사와 나라(奈良)현 고쇼(御所) 시가 협력하고 문부과학성과 총무성, 아사히신문이 후원하고 있다.

왜 나라 현 고쇼 시가 등장하냐고? 한마디 소원을 꼭 이루어주는 신으로서 널리 알려진 나라 현 가츠라기산(葛城山)의 히토코토누시 신사(一言主神社)에 소원을 적어 붙이는 풍습에서 엽서 콩쿠르가 비롯됐다는 것이 일본 신문들의 설명이다.

'엽서 명문 콩쿠르'의 응모작

　　제6회 수상작품들을 읽어보니 일상의 소소한 감정을 담은 글들
이 눈에 들어와 마음이 따뜻해졌다. 몇 편을 소개한다.

"지금 갑자기 거실을 뛰쳐나와 2층 빈방에 무릎을 움켜쥐고
있습니다.
　원인이란 사소한 것이에요.
　아르바이트를 마치고 귀가하여 급하게 만든 저녁을 남편이 먹고
"양이 많네."라고 중얼거렸다……그뿐입니다.
　나도 일하고 있는데! 열심히 하고 있는데! 좋아할 줄 알았는데!
'~했는데'만 나오는 50살이에요.
'갱년기'라는 말로는 정리가 안 될 정도로 속이 막 갈기갈기 찢겨요.
　하느님, 어서 저를 어른으로 만들어 주세요.
　아, 내친김에 남편도 어른으로 해주세요!
　사노 유미코(佐野由美子, 50세, 미에 현)

유방암에 걸린 지 10년.
그날 손꼽아 셌던 10년은 짧다고 생각했다.
하지만 남편과 함께한 지난 10년은 넉넉한 인생이었다.
동일본대지진을 계기로
재해지 지원에 나서기로 결정한 남편과 함께
게센누마, 아소, 아사쿠라 등으로 이주해,
만나는 사람들로부터, 많은 소중한 것을 배웠다.
나는 이렇게 죽을 때까지 인생을 배우며 살아가고 싶다.
그 배움을, 사람으로부터 사람에게 이어가고 싶다.
그러기 위해서는 어디에라도 따라간다.
칸노지 미치코(感王寺 美智子, 60세, 후쿠오카 현)

신혼 초는 한 이불

코를 골면 아내는 코를 부드럽게 친다.

나중에 다른 이불에 엎드려

내가 코를 골면, 아내가 내 어깨를 친다.

다시 다른 침대에 엎드려

내가 호쾌하게 코를 골자 아내가 발끈해서 침대를 찼다.

이제 다른 방에 누우면

내가 아무리 코를 골아도, 아내는 내게 관심이 없기 때문에

나의 돌연사도 깨닫지 못할 것이다.

죽으면 코 고는 소리가 나지 않으니

무덤이라도 함께 해달라고 청한다.

미네타 야스히코(峯田泰彦, 67세, 도쿄도)

연하장

2021. 01. 06.

구마모토 현 마스코트 '구마몬(くまモン)'이 일본 전국에서 5,300장의 연하장을 받았다고 한다. 교도통신 보도이다. 구마몬은 곰을 뜻하는 구마(くま)와 사람을 뜻하는 몬(モン)의 합성어. 2010년 규슈 신칸센이 개통하자 관광객 유치를 위한 캠페인의 하나로 탄생했다.

구마몬은 전국적으로 인기를 끌면서 2011년 전국 마스코트 설문 조사에서 28만 표를 얻어 1위를 차지했다. 그해 구마모토 현이 구마몬을 통해 얻은 판매 수익이 28억 엔이었다는데 지금도 그 인기는 변함이 없는 것 같다. 참고로 구마몬은 수컷이며 생일은 규슈 신칸센 개통일인 3월 12일이다.

나도 올해 연하장(年賀狀)을 몇 장 받았다. 인쇄물은 2장이었고 나머지는 SNS를 통해 받은 것이 대부분이다. 하지만 일본은 조금 상황이 다른 것 같다. 지난 한 해의 감사한 마음과 새해 인사를 담는 연하장(年賀狀)이나 넨가 하가키(연하엽서, 年賀はがき)는 인터넷 시대에도 일본 사회에서 아직 소중한 소통의 수단이다.

일본 연하장의 역사는 헤이안 시대까지 거슬러 올라간다. 당시

연하장을 받고
즐거워하는 구마몬

직접 만나지 못하는 사람에게는 문서를 보내 인사를 하기 시작했는데, 그 문화가 이어지던 1871년, 우편 제도가 확립되기 시작하며 문서는 편지 형식으로 변화한다.

그리고 1873년 우체국이 엽서 형태의 연하장을 저렴하게 판매하면서 '새해 연하장=우체국 엽서'라는 문화로 정착되었다. 특이한 것은 미리 보내도 우체국에서 보관하고 있다가 1월 1일 소인을 찍어 새해 첫날 배달해준다는 것이다.

1949년부터는 연하엽서에 복권번호를 매겨 1월 중 추첨해서 상품을 주기도 한다. 로또처럼 큰 액수는 아니지만 주고받은 연하엽서에 "혹 당첨되지 않을까?" 하는 작은 설렘마저 선물한다. 물론 판촉활동의 일환이겠지만 정월의 풍경으로는 훈훈하다는 생각도 든다.

놀라운 것은 이 연하엽서를 평균적으로 1인당 25장정도 보낸다는 것. 작년에 연하장을 받았다면 올해 연하장을 보내는 것이 예의이고, 특히 윗사람한테서 받은 연하장은 답장하지 않으면 결례가 된다는 생각 때문이란다.

엽서에 적는 인사말은 "신년 축하드립니다(新年おめでとうございます)."나 "새해 복 많이 받으세요(あけましておめでとうござい

ま).”가 대부분이다. 그런데 여기서 주의할 점이 있다. 새해 인사를 전하는 연하장엔 슬프거나 불길한 일을 연상하게 하는 단어나 한자는 피한다. 작년을 뜻하는 교넨(去年)은 ‘去’가 이별을 연상할 수 있기 때문에 작년(昨年) 혹은 구년(旧年)을 사용한다. 이밖에 別, 離, 死, 負, 倒, 崩 등 부정적 의미를 담고 있는 한자는 피한다.

어쨌든 새롭게 맞은 새해, 모두 복 많이 받으시길.

토시코시소바

2020. 12. 27.

한국에선 '우동 한 그릇'으로 소개된 일본 동화를 대부분 기억할 것이다. 책으로 출판됐고 영화로도 만들어졌다. 연극으로 많은 무대에서 공연되기도 했다. '우동 한 그릇'의 원작은 1988년 구리 료헤이가 쓴 '가케소바 한 그릇(一杯のかけそば)'이다. '가케소바'가 한국에선 낯선 단어여서 '우동'으로 바꿨을 텐데 '우동'은 일본어로도 '우동'이다.

'가케소바 한 그릇'은 출판 후 입소문을 통해 인기를 얻자 마침내 교도통신이 기사로 다뤘다. 그리고 1988년 섣달 그믐날 FM도쿄의 '가는 해 오는 해'에서 낭독되어 많은 이들이 가슴을 적셨다. 그러자 이듬해인 1989년 2월 17일 중의원 예산위원회 심의에서 공명당의 오쿠보 나오히코 의원이 다케시타 노보루 총리에게 질의 도중 책 전문을 낭독해 일본 사회에 큰 감동을 선물했다.

섣달 그믐날 먹는 가케소바를 '토시코시소바(年越しそば)'라고 부른다. 유래에 대해 여러 주장이 있는데 그 중 하나가 후쿠오카와 관련된 것이다.

가마쿠라 시대에 하카타의 한 사찰에서 섣달 그믐날이면 가난한 사람들에게 '메밀떡(そば餅)'을 대접했다. 그러자 다음 해 메밀떡을 먹은 사람들의 형편이 좋아져 '메밀떡을 먹으면 좋은 일이 생긴다.'는 소문이 돌았다. 그래서 매년 그믐날 '메밀떡'을 먹게 되었고 그것이 지

금의 토시코시소바 풍습이 되었다는 것이다.

자료에 의하면 지금도 일본인의 약 60% 정도가 12월 31일 토시코시소바를 먹는다고 한다. 토시코시소바를 먹는 이유는 '국수처럼 가늘고 오래 살 수 있도록 장수를 바라고 또 국수처럼 가족의 인연도 가늘고 오래도록 이어지게 해달라.'는 의미가 담겼다. 지난해의 악운을 잘 끊어지는 메밀처럼 잘라낸다는 의미도 있다고 한다.

일본에서는 12월 31일을 '오오미소카(大晦日)'라고 부른다. 이날 밤에 잠을 자면 흰머리가 된다는 전설이 있다. 나도 어릴 적에 '오늘밤에 잠을 자면 눈썹이 하얗게 된다.'는 협박(?)을 어머니께 들은 적이 있다. 제야의 종도 타종하는데 우리와 달리 108번 타종한다. 불교에서 인간의 번뇌를 말하는 백팔번뇌에서 비롯됐을 것이다. 올해도 4일 남았다. 나도, 다른 모든 이들도 새해는 하루하루가 늘 새로운 날들이길….

토시코시소바

새해의 시작,
하츠모오데

2020. 12. 21.

코바야시 카오루(小林薫)가 주연을 맡은 일본 드라마 '심야식당'. 그 중 어느 회(回)인지 기억 못 하지만 요정 여주인이 1월 1일 아침 코바야시 카오루에게 새해 첫날 함께 신사 참배를 가자고 권하는 장면이 있다. 이른바 '하츠모오데(初詣, 初もうで)'이다. 일본에서는 새해 첫날이면 전국의 신사가 사람들로 북적인다. 새해 첫날 신사에 가서 한 해의 복을 기원하기 위해서다. 이를 '하츠모오데'라고 한다.

　하지만 이 풍습도 코로나19의 그늘을 벗어나지 못한 모양이다. 도쿄신문은 며칠 전 "코로나 확산을 막기 위해 하츠모오데의 분산 참배가 권장되고 있다."며 "새해의 혼잡을 피해 연말을 이용해 신사를 찾는 것이 바람직하다."고 보도하기도 했다. 페이스북을 보니 적지 않은 일본 친구들이 역시 '연내 하츠모오데(年內初詣)'를 하시고 있는 듯하다. 새해를 점치는 오미쿠지(おみくじ)에 모두 대길(大吉)이 나오시길 바란다.

　하츠모오데에 앞서 새전함에 돈을 던질 때 흔히 5엔 동전을 던진다. 5엔(五円)과 인연이라는 뜻의 고엔(ご縁)의 발음이 모두 '고엔(ごえん)'이어서 좋은 인연을 만나게 해달라는 기원을 담은 것이다. 그리고 앞서 말한 길흉을 점쳐보는 제비뽑기 '오미쿠지(おみくじ)'를 뽑아

1월 1일
신사를 찾는 사람들

새해 운수를 점친다. 점괘는 일반적으로 대길-중길-소길-길-흉-대흉의 순이다. 길(吉)이 아닌 흉(凶)이 나오면 지정된 장소에 매어놓으면 나쁜 운이 달아난다고 한다.

　일본에서 몇 번 새해를 맞았지만 하츠모오데를 가까이서 본 경험은 없다. 신사 앞에 늘어선 인파를 보면 쉽게 안으로 들어갈 엄두가 나지 않는 것이다. 일본의 또 하나의 1월 1일 풍경은 '후쿠부쿠로(ふくぶくろ)'라고 부르는 백화점들의 복주머니(福袋) 판매일 것이다. 그 안에 뭐가 들었는지 알 수가 없는 주머니를 사면서 행운을 바라는 기대감에 새벽부터 백화점 정문에 주부들의 긴 줄이 늘어서게 마련이다.

　언젠가 1월 1일 아침 삿포로역과 붙어 있는 다이마루 백화점 앞을 지나다가 주부들의 전속 질주 행렬을 보고 호기심에 따라 들어간 적도 있었다. 3,000엔부터 5,000엔, 1만 엔 등 수많은 복주머니가 행복한 상상을 선물했다. 그나저나 5명 이상 모이면 안 된다는 엄명이 내려진 올해 연말연시는 누구에게 "만나서 술 한 잔 하자."는 말도 꺼내기 어렵게 됐다. 이래저래 혼술, '히토리자케(ひとり酒)'인가.

한국도서전

2020. 12. 11.

일본에 갈 때마다 서점을 찾는다. '혹시 아사다 지로의 새로운 작품이 나왔을까?' 하는 기대감도 있고 한국에 관한 책도 두루 살펴보기 위해서다. 한국에 관한 책은 혐한 서적이 많이 눈에 띈다. 한국에서 화제가 되었던 무토 마사토시의 '문재인이라는 재앙(文在寅という災厄)'도 후쿠오카 츠타야(TSUTAYA)서점에서 구입했다. 그런데 '혐한'이 주류이던 일본 서점에 변화의 바람이 부는 모양이다.

교도통신이 오늘 "한류 드라마와 K-POP에 이어 'K-BOOK'이라고도 불리는 한국문학이 일본 전국 서점에서 페어가 열리는 등 주목을 받고 있다."고 보도했다. 이어 히로시마(広島)의 서점에서도 한국인과 재일 한국인의 작품을 모은 코너가 호평을 받고 있다고 소개했다. 원래는 1개월 한정 기획이었으나, 반응이 좋아 1년 반이나 계속되고 있다는 것이다. 소개 작품도 늘려 현재 90개 작품 이상이 전시되고 있단다.

보도에 따르면 JR히로시마역 앞에서 서점을 운영하는 '에디온 츠타야 가전'은 작년 여름에 한국 작품 코너를 신설했다. 여성에 대한 부당한 대우를 그린 소설 '82년생 김지영'이 일본에서도 히트하면서 한국문학에 대한 주목도가 올라갔기 때문이라고 설명한다.

담당 점원인 요시다 야스노리(吉田泰則) 씨는 "가슴이 뜨끔해지는 자극적인 표현이 매력적"이라고 말했다. 또 "일본문학에서 이처럼 페미니즘과 사회문제를 전면에 내놓는 작품은 적다. 소설도 수필도 신선하면서 일본문화와 비슷해 접근하기 쉽다."라고 말했다. 요시다 씨의 추천 작품은 노력해도 불행해지는 건 어째서인지 묻는 에세이 '하마터면 열심히 살 뻔했다.' 현대인의 고민은 일본도 한국도 마찬가지라는 것이 느껴져 공감했다고 이유를 설명했다.

'K-BOOK' 열풍엔 K팝 스타들의 활약도 빼놓을 수 없다. 하완의 에세이 '하마터면 열심히 살 뻔했다'는 동방신기 유노윤호가 읽은 책으로 알려지면서 유명해졌다. '82년생 김지영'은 소녀시대 멤버 수영, 레드벨벳 멤버 아이린, BTS 멤버 RM 등이 소개해 일본 한류 팬들의 이목을 끌었다. 하지만 이것이 다일까?

한국문학 번역가인 오카자키 요코 씨는 "한국 작품들이 일본인들에게 공감을 자아내는 이유는 영미권 작품보다 한국과 일본의 감각이 가깝기 때문"이라고 풀이했다. 또 "고령화, 저출산, 비혼 등 사회가 안고 있는 문제점들을 공유하고 있고 미적 감각, 유머까지 닮은 부분이 꽤 많기 때문"이라고 설명했다.

역사의 상처 때문에 '가깝고도 먼' 한국과 일본. 하지만 닮은 점도 많기에 서로의 문학에 공감하는 것은 아닐까?

일본 서점의
한국 도서전

은하철도의 밤

2020. 11. 29.

삼양라면이 7원이던 시절 엄마 심부름으로 구멍가게에 라면을 사러 갔다. 엄마는 10원짜리 지폐를 주셨다. 라면을 사고 거스름돈 3원을 받았다. 바로 집에 갔으면 좋았을 텐데 그만 만화의 유혹에 빠져버렸다. 라면을 든 채 거스름돈 3원을 들고 동네 만홧가게로 갔다. 만화 삼매경에 빠져있을 때 기다리다 못한 엄마가 만홧가게로 찾아오셨다. 호된 꾸지람을 듣고 그 뒤로는 평생 만홧가게를 찾지 않았다.

그렇다고 만화를 아예 안 본 것은 아니었다. 만홧가게에 안 갔을 뿐, 만화잡지가 눈에 띄면 즐겁게 읽었다. TV에서 상영되던 일본 만화영화를 더빙한 작품들은 우리 꼬마들에게는 늘 '본방사수'였다. 좀 더 성장한 학창 시절엔 일간스포츠가 연재하던 고우영(高羽榮)의 만화를 탐독하기도 했다.

일본 만화영화의 더빙판도 공중파에서 자주 방영됐다. 생각해보면 그 중 한국에서 가장 인기를 끌었던 것은 '은하철도999'가 아닐까 싶다. 나 역시 그 주제가를 아직 기억할 정도로 많은 사랑을 받았다. 최근 서점에서 일어나는 사건을 주제로 한 일본 드라마를 보다가 그 속에서 '봄과 수라(春と修羅)'라는 시집을 다룬 것을 보며 '미야자와

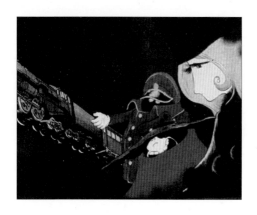

은하철도 999

겐지(宮沢賢治)'를 기억에서 소환했다.

　미야자와 겐지는 1896년 이와테 현 하나마키(花卷)에서 태어나 37세에 요절한 시인이자 동화작가이다. 그가 만년에 쓴 동화 '은하철도의 밤(銀河鐵道の夜)'이 '은하철도999'의 모티브가 된 작품이다. 외로운 소년 조반니가 친구 캄파넬라와 은하철도의 여행을 하는 이야기로 미야자와 겐지의 대표작으로 꼽힌다. 하지만 그의 죽음으로 동화는 미완성 상태로 남겨졌고 이를 마츠모토 레이지(松本 零士)가 만화로 옮긴 것이 '은하철도 999'다.

　문화심리학자 김정운 교수는 그의 책 '일본열광'에서 일본만화의 힘은 파괴에서 비롯됐다고 분석했다. 고정적인 네 컷 만화의 틀을 과감히 깨고 공간의 영역을 허물면서 창조와 표현의 공간을 넓혔다는 것이다. 수긍이 가는 대목이다.

　틀을 깬 무한한 창조의 공간에 요괴의 옷을 입혀 대성공을 거뒀던 미즈키 시게루(水木しげる)가 오늘 기일을 맞았다고 교도통신이

전한다. 그의 대표작 '게게게의 기타로(ゲゲゲの鬼太郎)'는 1960년대부터 2000년대에 이르기까지 장편 애니메이션만 다섯 차례 제작될 정도로 세대를 뛰어넘는 사랑을 받았다. 올해로 사후 5년을 맞아 그의 출신지 돗토리 현 사카이미나토 시 '미즈키 시게루 기념관' 정원에 헌화대가 만들어져 많은 이들의 추모의 발길이 이어지고 있다고 한다. '대단한 만화가'를 대하는 국민의 마음 역시 대단하다.

영화 '활주로'

2020. 11. 24.

"새벽은 나에게 잔혹하네. 아침이 되면 말단이기에."

힘든 직장생활을 경험한 사람이면 누구나 이 표현에 공감할 것이다. 어느 조직이든 막내는 어렵고 힘들다. 신문사의 수습 생활도 절대 간단치 않다.

중·고등학교 시절 집단 괴롭힘에 정신 질환에 시달리던 사내가 있었다. 마음에 깊은 상처를 간직한 채 와세다대학교 통신제를 졸업한 그는 아르바이트나 계약직 등 비정규직으로 일한다.

그러면서 단가(短歌)를 계속 썼다. 그간 창작한 단가들을 모아 가집(歌集) '활주로(滑走路)'를 내기로 하고 원고를 출판사에 보냈다. 그리곤 한 달 뒤에 스스로 목숨을 끊었다. 향년 32세. 일본의 가인(歌人) 하기하라 신이치로(萩原愼一郎)의 얘기다.

그리고 그 '활주로'를 원작으로 한 영화 '활주로(滑走路)'가 지난 20일 일본에서 개봉된 모양이다. 아사히신문은 23일 "그의 노래는 비정규 고용을 주제로 삼은 노래로 공감을 불러일으킨다. 그렇다고 해도, 같은 처지 사람들에게 향하는 시선은 어디까지나 따스하다."고 적었다.

이어 "코로나 사태의 수습은 예측조차 힘들고, 해고나 고용 금지의 폭풍이 그칠 조짐도 없다. '오늘이라는 날을 열심히 살아간다. 개미

일본 영화 '활주로'

든 나든.' 남겨진 295수의 영혼의 외침을 가슴에 새긴다."고 하기하라를 추모했다. 코로나19의 그늘은 일본 역시 비정규직이나 임시직 등 약자에게 더 가혹한가 보다.

일본도 여성, 편모 가정, 비정규직 사원, 중소기업 등 '약한 고리'부터 코로나19의 직격탄을 맞았다. 일본 총무성에 따르면 비정규직 일자리 감소폭은 올해 2분기 88만 명, 3분기 125만 명으로 시간이 흐를수록 커지고 있다.

한국은 어떨까?

일부 학자는 비정규직을 새로운 빈곤계층이라고 표현할 정도로 심각하다. 코로나19로 전 국민이 고통 받고 있지만 가장 큰 피해자는 비정규직이다. 저임금과 고용불안에 시달려온 비정규직이 코로나 사태로 인해 자포자기로 치닫고 있다. 평소 우리 주변에서 얼마나 많은 비정규직을 볼 수 있는가? 아파트 경비원, 편의점 아르바이트, 건물 경비원, 청소원 그리고 회사 내에도 비정규직은 얼마든지 있다.

대학의 경우를 보자. 내가 전공한 신문방송학의 경우 서울 소재한 사립대학 신문방송학과 졸업자 38명 가운데 취업한 사람은 25명. 아직 직업을 갖지 못한 사람도 8명이다. 3명은 개인 사업을 하고 있었으며, 2명은 취업 여부가 파악되지 않았다. 졸업자 가운데 정규직 취업자는 50%인 19명으로 나타났다.

영화 '활주로'가 한국에도 상영되었으면 좋겠다. 우리가 공감할 우리 이웃의 이야기이기 때문에.

홍백가합전

2020. 11. 17.

아무래도 지금은 그 열기가 덜해졌다고는 하지만 매년 12월 31일 저녁 생방송되는 NHK의 홍백가합전은 일본 전 국민의 관심사임은 분명하다. 시청률을 조사한 첫해인 1962년에 무려 80.4%. 이건 거의 전 국민이 시청했다는 얘기다. 이후에도 70~80%대를 유지하다가 1986년 들어 50%대로 주저앉았다.

행사를 1, 2부로 나눈 첫해인 1989년 1부 시청률이 38.5%, 2부는 47.0%였다. 작년은 모르겠지만 2017년의 경우 1부 시청률 35.8%, 2부 39.4%였으니 여전히 국민적 관심이 대단하다.

일본 가수들에게 홍백가합전의 출전은 영예로 받아들여진다. 한국 언론 역시 홍백가합전에 한국 가수가 선발되면 대대적으로 보도하곤 했다. 1987년 우리나라 가수로서 조용필이 최초로 출연했다. 계은숙, 김연자, 패티김, 보아, 동방신기, 소녀시대 등도 출연했고 가장 최근엔 트와이스가 홍백 무대를 밟았다.

이런 속에서 NHK가 16일 제71회를 맞는 올해의 홍백가합전 가수 명단을 발표했다. 살펴보니 한일 합동 프로젝트로 결성된 그룹이라는 'NiziU'가 포함돼 있었다.

처음 듣는 그룹이었다. 자료를 찾아보니 박진영의 JYP 엔터테인먼트와 일본의 소니 뮤직이 한일 합동 글로벌 오디션 프로젝트인 'Nizi Project'에 의해 1만 명을 넘는 응모에서 선발된 소녀 9명으로 결성한 걸그룹이다.

지난 6월 30일 한국과 일본에서 동시에 프리 데뷔했으며 소속은 JYP엔터테인먼트였다. 9명 중 리더이자 메인 댄서인 '마코'는 본명이 야마구치 마코(山口真子)로 후쿠오카 현 야메(八女) 출신이었다. 야메! 야메라⋯. 반가웠다. 매일 아침 나는 야메 차 한 잔으로 하루를 시작한다. 팬이라도 되어 줄까?

반일을 실컷 정치에 이용하고, 인제 와서 내년 도쿄올림픽에서의 북미 정상회담 이벤트를 노려 부랴부랴 국회의원들이며 국정원장까지 일본을 찾는다. 이런 난장판 속에서 그나마 이처럼 서로 손 맞잡고 함께 걷는 이들이 있어 다행이다.

NiziU

포로들의 '합창'

2020. 11. 06.

베토벤 교향곡 9번 '합창'은 베토벤이 생전에 남긴 마지막 교향곡이다. 1824에 완성되었다. 8번 교향곡을 작곡한 지 12년 만의 일이다. 교향곡 역사상 최초로 솔리스트와 합창단을 등장시켰다. 그해 5월 7일 오스트리아 빈에서 처음 대중에게 공개됐다. 그리고 거의 100년 뒤인 1920년 교향곡 '합창'은 독일군 포로들에 의해 일본에서 최초로 초연(初演)된다. 그리고 그 장소는 도쿠시마 현 나루토(鳴門)시의 '반도포로수용소(板東俘虜収容所)'였다.

왜 일본이 독일과 싸웠을까 하는 의문이 들 수도 있다. 이 포로들은 2차 세계대전이 아닌 1차 세계대전에서 일본군들에 잡혔다. 제1차 세계대전 당시 일본은 영국과 동맹을 맺어 독일의 적국이었다. 영국의 요청에 따라 독일의 거점이었던 청나라 칭다오를 공략해 포로로 잡은 병사들이었다.

당시 반도포로수용소 소장은 마츠에 토요히사(松江豊寿)였다. 마츠에 소장의 아버지는 아이즈 번사(会津藩士)로 보신전쟁(戊辰戦争)에서 삿초(薩長)가 이끄는 관군에게 패해 삶은 빈곤했다. 마츠에 자신도 육군 내에서 푸대접을 받았다. 하지만 그는 '패자를 모욕해서는 안 된다.'는 신념을 지니고 있었다.

261

교향곡 '합창'을 연주한
독일군 포로들

　　마츠에 소장은 '독일군도 자국을 위해 열심히 싸웠던 사람들'이
라고 부하를 설득해 포로들을 후대했다. 포로들에게 스포츠와 음악
활동을 허가했고 그 덕분에 베토벤 9번 교향곡 '합창'의 일본만 아닌
아시아 초연이 이뤄지게 됐다.

　　음악은 국경을 초월하고 시대를 넘나든다. 신이 인간에게 선물한
가장 소중한 보물이다. 얼마 전 후사코 상이 추천한 아사오카 유키지
(朝丘雪路)의 노래 '비가 그치면(雨がやんだら)'을 요즘 자주 듣는다.
이츠와 마유미(五輪真弓)와는 또 다른 감성에 깊숙이 빠져든다.

츠츠미 쿄헤이

2020. 10. 16.

1989년 도쿄에 갔을 때 처음 짐을 푼 곳이 하코자키(箱崎)의 별 다섯 개짜리 로얄파크 호텔이었다. 도심공항터미널을 낀 이 특급호텔은 일본 IBM 손님에겐 숙박비를 대폭 할인해줘 정말 우아하게 지낼 수 있었다.

모닝콜도 별 다섯 개만큼 특이했다. 지정한 시간이 되면 전화벨과 함께 TV가 자동으로 켜지고 어딘지 모를 아름다운 풍경과 잔잔한 노래가 흘러나왔다. 그 노래가 이츠와 마유미의 'ジェラシ-(Jealousy)'였다. 도쿄에서의 하루의 시작은 늘 그녀와 함께였다.

이츠와 마유미의 대표곡은 한국에도 잘 알려진 '고이비토요(戀人よ)'다. 1951년생인 그녀는 1981년 발표한 이 노래에서 외친다. "연인이여! 내 곁에 있어 줘요."라고. "이별이란 말은 농담이었다고 한 마디만 해줘요."라고.

도쿄에서 거의 매일 혼자였던 나는 많이 외로웠다. 우에노의 '아메요코쵸'나 간다(神田)의 서점 거리를 돌아다니다가 숙소 주변 닌교쵸(人形町)의 단골 술집에서 술을 마시고 돌아오면 간다의 한 레코드점에서 산 이츠와의 노래를 들으며 잠을 청했다.

내 베갯머리에서도 아주 열심히 노래를 불러줬다. "연인이여, 이제 안녕! 계절은 다시 돌아오지만, 우리 둘의 그날 밤은 유성처럼 사라져 이제 무정한 꿈일 뿐이네."라고. 많이 외로웠던 나는 그녀의 노래를 들으며 눈물 훌쩍이다 잠든 날도 많았다.

일본 노래를 많이 알지 못해도 '블루라이트 요코하마'는 어느 정도 나이가 든 이들은 다 기억할 것이다. 이 노래를 작곡한 츠츠미 쿄헤이(筒美京平)가 얼마 전 80세로 생애를 마감했다. 1960년대부터 수많은 명곡을 작곡한, 말 그대로 '일본 가요사의 큰 산'이었던 사람이다.

14일 아사히신문은 '천성인어'에서 그를 이렇게 추모했다.

"노래방에서 노래를 부르면 울컥할 듯한 곡이 몇 개 있는데, '무명 손수건'은 그 중 필두이다. 도시로 나간 자신의 젊은 시절과 겹쳐지는 걸까. 남겨둔 애인 따위 없었음에도. '이이에, 당신'이라는 리듬에 '뭉클'한다. '작곡 츠츠미 쿄헤이'라는 글자를 음악방송에서 몇 번이나 봐왔을 것이다. '블루라이트 요코하마' '매료되어' '스니커 블루스'. 그 곡도 이 곡도. 나열해 보면 그것만으로 가요사의 한 시대가 된다."

한국계 엔카 가수 미소라 히바리가 1989년 6월 24일 별세했을 때 일본의 거의 모든 신문이 1면 머리기사로 그녀의 부음을 알렸다. 대스타는 그의 팬만이 아니라 그 나라의 국민과 문화가 만드는 것일까?

츠츠미 쿄헤이

기린이 온다

2020.08.27

코로나19로 방송이 잠시 중단된 NHK 대하드라마 '기린이 온다(麒麟がくる)'가 30일 방송을 재개한단다.

　지난 1월 19일부터 시작한 '기린이 온다(麒麟がくる)'는 NHK의 59번째 대하드라마이다. '혼노지(本能寺)변'의 주역인 아케치 미쓰히데(明智光秀)를 그린 작품이다. 2018년 '세고돈'에서 실망한 터라 이번엔 만회하겠다고 기대를 안고 시청했지만 코로나19로 인한 방송 중단 소동에 재미의 맥이 끊어졌다.

　NHK는 매년 1월 대하드라마를 시작한다. 연말까지 계속되는 대하드라마는 40여 회 동안 시청자를 사로잡는다. 일본에서 인기드라마를 표현하는 말로 '겟쿠(月9)'라는 조어가 있다. 월요일 밤 9시에 방영하는 드라마로 시청률 보증수표인 드라마를 말하는데 NHK의 대하드라마 역시 이에 못지않은 인기가 있는 모양이다.

　특이한 점은 대하드라마가 대부분 역사적인 사실을 그리고 있다는 것이다. 2010년부터 살펴보면 2010년 '료마전(龍馬伝)', 2011년 '고우~공주들의 전국~(江~姫たちの戦国~)', 2012년 '다이라노 기요모리(平清盛)', 2013년 '야에의 벚꽃(八重の桜)', 2014년 '군사 칸베에(軍師官兵衛)', 2015년 '꽃 타오르다(花燃ゆ)', 2016년 '사나다마루(真田丸)', 2017년 '여자 성주 나오토라(おんな城主 直虎)', 2018년 '세고돈(西郷どん)', 2019년 '이다텐~도쿄올림픽 이야기~(いだてん~東京オリムピック噺)', 2020년 '기린이 온다(麒麟がくる)'이다.

이 중 '이다텐~도쿄 올림픽 이야기~'를 빼면 모두 이른바 사극이다. '이다텐~도쿄 올림픽 이야기~'는 의도적으로 2020 도쿄올림픽을 의식해 편성한 '특별한 경우'이니 사실상 전부 사극이라는 표현이 맞을 것이다. 내년, 2021년엔 '청천을 찔러라(青天を衝け)', 2022년엔 '가마쿠라도노의 13인(鎌倉殿の13人)'이 방송될 예정이란다. 이들 역시 사극이다.

일본의 사극 드라마를 보며 나는 늘 부러움을 느낀다. 드라마로 자연스레 역사를 교육하는 방송. 드라마를 통해 사실(史實)을 무대로 천편일률적 시각이 아니라 다양한 해석과 평가의 공간을 제공한다.

우리나라 역시 한동안 역사 드라마 전성시대가 있었다. 하지만 그도 잠시였을 뿐, 한류를 의식한 '보여주기 용' 드라마가 전파를 지배하고 있다. '그런 류의 드라마들이 그려내는 한국이 정말 참된 우리의 모습일까?' 하는 생각도 든다.

역사 망각증, 어떻게 TV드라마로라도 치료가 안 될까?

대하드라마 '기린이 온다'

그리움을 매단
풍경에게 묻는다

"모두들
잘 지내고 있지?"

합창다방

2022. 11. 23.

'우타고에킷사(가성끽다, 歌声喫茶, うたごえきっさ)'. 직역하면 '노래하는 찻집' 정도일까? 그런데 오늘 도쿄신문이 '토모시비(ともしび)'라는 우타고에킷사(歌声喫茶) 점이 도쿄 신주쿠에서 다카다노바바로 이전해 2년 만에 문을 열었다고 사진까지 실어 대대적으로 보도했다.

　제목만 읽고서는 '노래하는 찻집이 다시 문을 연 게 뉴스가 되나? 참 오늘 도쿄신문이 기삿거리가 없는 모양이구나.'라고 생각했다. 그런데 그게 아니었다. 우타고에킷사(歌声喫茶)는 우리 일한사전에 '합창다방'이란 이름으로 버젓이 등록된 단어였다. 합창다방! 누가 무슨 노래를 합창하는 것일까? 그것도 다방에서? 서둘러 기사를 읽었다.

　도쿄신문 보도 내용은 이렇다.
　"도쿄 신주쿠역 앞에서 많은 사람들을 노래로 연결하다가 2020년 9월 문을 닫은 우타고에킷사 '토모히비'가 22일 신주쿠 구 다카다노바바역 인근 새 점포에서 2년 만에 영업을 재개했다. 코로나19 감염 대책 때문에 입장 인원을 제한하고 마스크를 벗지 못하는 불편함은 있다. 그럼에도 기다리던 단골손님들은 '정말 다행이다.'라며 미소로 노래를 불렀다.

'드디어 이날을 맞이할 수 있었다.' 사이토 타카시 점장(61)은 감회가 깊은 듯이 인사했다. 재출발 첫 노래는 '오, 샹젤리제.' 피아노와 아코디언의 경쾌한 반주에 맞춰 모인 손님과 점원 모두 손장단을 추며 흥얼거렸다."

일본의 가라오케나 스낵바에서 제법 노래깨나 불러봤던 나로서는 낯선 풍경이었다. 자료를 찾아보고서야 우타고에킷사가 아주 역사 깊고 사연도 많은 곳임을 알게 됐다. 난 정말 일본을 너무 모른다.

우타고에킷사의 시작은 1950년대. 종전 후 도쿄 등 일본 도시 지역에서 유행하다가 1970년대 들어 쇠퇴했다고 한다. '토모히비' 점의 설명에 따르면 1954년 세이부 신주쿠역 앞의 한 작은 대중식당에서 우연히 BGM으로 틀던 러시아 민요에 맞춰 학생들이 노래를 부르던 것이 시작이었다고 한다. 그 후 모임 리더나 사회자의 선창 아래 매장 내 손님들이 함께 노래를 합창하며 즐기는 형태로 정착됐다.

반주는 주로 피아노나 아코디언. 큰 가게에는 밴드도 따로 있었다고 한다. 주로 부르는 노래는 러시아 민요, 창가, 동요, 노동요, 반전 가요, 가요 등. 일본에서 노동운동이나 학생운동이 한참일 때는 사람들의 유대감을 북돋는 합창으로 인기는 급등해 일본 전국에 100개가 넘는 점포가 있었다고 한다. 그리고 점포의 간판 리더 중에서는 사토 무네유키(さとう宗幸)나 카미죠 츠네히코(上条恒彦)처럼 프로 가수로서 데뷔한 사람도 있었다.

하지만 영광도 잠시. 가라오케 등 신문물에 밀려 이제 거의 사라졌지만 아직도 우타고에킷사를 찾는 마니아들이 적지 않은 모양이다.

일본의 한 신문은 우타고에킷사가 중장년을 중심으로 하는 단골

일본의 합창다방

손님의 꾸준한 인기에 지탱되고 있다고 보도했다. 또 과거를 기억하는 단골손님이 자식 등 젊은 세대를 동반해 폭넓은 세대 교류가 이루어지고 있다고 전했다. 거기에 맞추어 곡도 과거의 민요나 노동가뿐만 아니라 세대를 불문하고 함께 부를 수 있는 레퍼토리도 추가되고 있다고 한다.

1인 노래방이 일반화된 현대에서 반대로 '다 함께 노래하는' 스타일이 신선하다고 느끼거나 만남이나 교류, 일체감을 즐길 수 있어 새로운 애호자들도 속속 등장하고 있단다.

종전 후 경제부흥기를 지나오며 노동자나 샐러리맨, 운동권 학생들의 마음을 하나로 묶었던 합창의 공간. 때론 같이 웃고 울었을 그 공간에 대한 그리움이 일본인들에게 여전한가 보다. 고령자를 대상으로 돌봄 도우미가 딸린 합창 버스투어까지 등장한다니 말이다.

키오스크

2022. 11. 15.

퇴근길에 치킨가게에 들러 치킨을 산다. 줄지어 있는 키오스크 앞에 가서 치킨과 비스킷을 고르고 '포장'으로 주문한 뒤 신용카드로 결제한다. 영수증과 함께 받은 주문번호를 가지고 기다리다 전광판에 주문번호가 표시되면 치킨을 받고 가게를 나선다. 종업원과 말 섞을 필요가 전혀 없는 주말의 내 일상 풍경이다. 코로나19 탓이 아니더라도 키오스크는 우리 생활 곳곳에서 은행 ATM만큼 익숙한 존재가 됐다. 종로의 어느 육회 집에선 주문한 메뉴를 깜짝하게 생긴 로봇이 내 테이블로 갖다 주기도 했다.

5~6년 전에 후배 한 명과 교토의 한 이자카야에 들른 적이 있다. 넓은 매장에 조리 인원을 제외하면 단 두 명이 서빙을 맡고 있었다. 모든 메뉴는 좌석에 비치된 태블릿PC를 사용했다. 메뉴들을 선택하면 자동으로 주문이 되고 합계 가격도 표시됐다. 그리고 친절하게도 사람 수에 따라 1인당 얼마를 내면 된다는 계산까지 알려줬다. 더치페이에 익숙한 일본이라 가능한 기능이다. 추가 주문을 하면 "지금까지 드신 가격은 얼마입니다."라고 친절하게 안내를 해줬다.

3년 동안 일본에 못 간 사이 이 키오스크가 더 발전한 모양이다.

끝없이 진화하는
일본의 키오스크

오늘 일본 신문을 보니 이젠 태블릿이 아닌 고객의 스마트폰으로 주문을 한단다. 좌석에 있는 QR코드를 스캔해 내 휴대전화로 주문을 한다. 그런데 상당히 구체적이다.

예를 들어 고기의 경우 먹고 싶은 부위랑 개수는 물론 양념의 종류를 지정할 수 있다. 게다가 소주나 음료의 경우 그 농도까지 콕 집어 주문할 수 있다고 한다. 한국 사람들이 보기엔 지나친 꼼꼼함이다. 난 예전 도쿄의 어느 카레 집에서 매운 정도를 20가지 레벨로 분류하고 선택하라는 말에 화가 치밀기도 했다. 하지만 어쩌랴. 이 같은 섬세함이 오늘의 일본을 만든 힘인 것을.

그런데 기사에서 이 키오스크 얘기보다 내 눈길을 끈 것은 그 다음 대목이었다. 신문은 이렇게 전했다.

"키오스크의 활성화는 감염 방지를 위해 사람과의 접촉을 최대한 줄인다는 것뿐만 아니라 극심한 인력난을 메우려는 목적도 있는 것으로 보인다. 음식이나 관광업을 중심으로 일손이 부족해, 아르바이트 시급이 계속 오르고 있다고 들었다. 직원이 모이지 않아 폐점이나 휴업하는 가게도 그리 드물지 않게 되었다. 연말 성수기를 앞두고 골머리를 않는 점주도 많을 것이다."

여기까지 읽고 다시 화가 났다.

　일본의 아르바이트 시급은 상당히 높다. 편의점의 경우 시간당 1,000엔은 쉽게 넘는다. 그래도 일손이 없어 마트나 편의점에서 낯선 외국인이 나보다 더 어설픈 일본어로 응대를 하는 모습을 많이 봤다.
　그럼 한국은?
　내 집 가까이 있던 편의점 네 곳 중 한 곳은 몇 달 전 문을 닫았다. 아르바이트 학생의 임금을 맞춰주기 힘들어 주인 부부가 12시간씩 근무하다 두 손 들고 장사를 접었다. 나머지 세 곳 중 두 곳은 내 또래 주인이 직접 운영한다. 나이가 든 주인이 수많은 담배 이름을 기억하지 못해서 난 내가 피는 담배를 직접 진열대에서 빼내 계산해달라고 한다. 슬픈 풍경이다.
　일본 후생노동성이 지난 18일 내년 봄 졸업 예정으로 취업을 희망하는 전국 대학생의 입사 내정률이 10월 1일 시점에서 74.1%라고 발표했다. 즉 내년 3월 졸업 예정인 일본 대학생 10명 중 7명이 이미 졸업 후 취업이 확정됐다는 것이다. 작년 같은 기간 조사보다 2.9%포인트 높아진 수치다. 몇 년째 '청년실업 해결'을 외치며 정작 '노인 용돈'만 해결하는 우리 입장에선 한없이 부러운 일이다. 경제를 시장 논리 아닌 정치 논리로 접근한 가혹한 대가(代價)다.
　아침 출근길마다 꼭 만나는 20대들이 있다. 늘 잠옷 차림에 푸석한 얼굴. 집 앞에서 핸드폰을 보면서 담배를 피우는 모습을 보며 "아! 저 녀석들 아직도 취직을 못 했구나." 하는 생각을 한다. 그런데 문제는 이 꼴을 몇 년째 계속 본다는 것이다. 얼마나 더 세월이 지나야 이 녀석들을 안 볼 수 있을까?

학생식당

2022. 10. 17.

'오늘 점심은 뭘 먹지?'

　예나 지금이나 변함없는 직장인들의 고민이다. 나 역시 마찬가지인데 회사를 옮기고 이 고민이 더 커졌다. 이전 회사는 서울 변두리에 있었다. 따라서 무리하지 않으면 7,000~8,000원에 점심 한 끼 해결할 수 있었다. 그런데 이 동네는 그게 불가능하다. 게다가 원자재 가격 인상 여파로 1만 원 이하로 점심을 해결하는 건 거의 불가능해졌다. 후배들 몇 명 데리고 점심을 먹으면 4~5만 원은 기본이다. 그래서 요즘 가끔 모교 생각이 난다. 학생 때 가끔 신세 지던 학생회관 식당, 그리고 강단에 섰을 때 자주 갔던 교수회관 식당이….

　한국처럼 일본도 물가 급등에 시달리고 있다. 아침에 일어나 일본 신문들을 훑어보면 물가고에 시달리는 일본 국민의 비명소리를 선명히 들을 수 있다. 그런데 오늘 아침 도쿄신문이 다룬 일본 대학 학생식당 기사가 눈길을 끌었다.

　일본 대학 학생식당에 가본 적은 없다. 하지만 일본 대학의 학생식당 메뉴나 가격에 대해서는 어느 정도 알고 있다. 아들이 교토의 어느 대학에서 1년간 교환학생으로 공부했다. 그때 난 매주 그 대학 홈페이지에서 학생식당 메뉴를 확인했다. 이번 주 메뉴 중에 아들이 먹을 만한 것은 뭐고 가격은 얼마인지 등등을.

카레라이스 201엔(1,950원), 가케우동 178엔(1,720원). 도쿄신문이 소개한 도쿄경제대학교 학생식당의 가격이다. 도쿄경제대학은 대면수업이 시작된 이번 학기부터 학생식당의 가격을 30% 내렸다. 이 학교 재학생 6,600여 명 중 30%가 지방 학생이다. 부모가 집세나 기본적인 용돈은 주지만 식비나 기타 비용은 대부분 아르바이트 수입으로 해결하는 경우가 대부분이다. 그런데 코로나19로 아르바이트 수입이 아예 없거나 급감했다. 그 탓에 하루 세 끼를 먹지 못하는 경우도 있고 편의점의 주먹밥으로 끼니를 대신하는 경우도 많단다.

일본 전국대학생활협동조합연합회의 2021년 학생생활 실태조사에 따르면, 하루 식사 횟수가 '2회'라고 답한 대학생이 25.5%였다. 2019년에 비해 4.9%포인트 증가한 수치다. 특히 하숙 또는 자취를 하는 학생의 경우는 31.2%로 3명 중 1명이 하루 두 끼만 먹는 것으로 나타났다. 물가가 폭등한 올해 조사에선 더욱 나빠졌을 것이다.

이런 상황을 지켜보던 대학들이 팔을 걷고 나섰다. 앞서 말한 도쿄경제대는 학생식당 30% 인하를, 사이타마대학(埼玉大)은 덮밥 등을

일본의 한
대학 학생식당 모습

100엔에 제공하는 '100엔 식당'을 만들었다. 또 신슈대(信州大)는 밥은 무상으로 제공하고 반찬만 저렴하게 판매하는 아이디어를 내놨다.

한국의 대학들도 학생들 식사 걱정을 한다. 어느 대학은 '1,000원 식당'을, 또 어느 대학은 '1,000원의 아침 식사'라는 이름으로 학생들에게 저렴한 식사를 제공한다. 그런데 그 대학들이 보낸 자료와 사진들을 보다 보면 뒷맛이 개운치 않다.

사진에는 총장이며 대학 고위 관계자들이 학생들과 식탁에 앉아 환하게 웃고 있다. 그런데 감동이나 따스한 느낌이 없다. 그저 보도용, 선전용 이벤트라는 생각이다. 대부분 1회성 이벤트이다. 그리고 '1,000원의 아침 식사'는 더 우울하다. 아침 식사를 거르지 말라는 의도는 좋지만 누가 이른 아침에 1,000원 식사를 하러 학교에 달려가겠는가. 진정 학생들에게 혜택을 주려면 '1,000원의 점심 식사'가 맞는 답일 것이다.

코로나19로, 또 최저임금의 급격한 인상에 대학생들이 아르바이트 자리를 잃은 것은 일본보다 우리가 훨씬 더할 것이다. 오늘 아침 도쿄신문 기사를 보며 나도 모르게 이런 말이 튀어나왔다. "이놈들, 밥은 먹고 다니나?"

와규

2022. 10. 10.

단지 상견례를 하러 일본 도쿄에 간 적이 있다. 존경하는 은사의 아들이 도쿄에서 직장을 다니고 있었다. 내 대학 후배이기도 했다. 그 녀석이 일본 여성과 결혼을 하겠다는 말에 은사는 내게 "난 말도 안 통하니 가서 어떤 여자인지 한 번 만나봐 달라."고 당부했다.

두 사람의 평생을 좌우하는 막중한 임무였다. 부모를 대신해 한국에서 날아온 특사(特使)에 대한 대접은 지극히 융숭했다. 첫날 저녁 긴자의 야키니쿠 식당에서 최고급 구로게 와규(黒毛和牛)를 먹었다. 그리고 그 맛에 진심으로 감동했다.

일본에서 5년마다 열리는 올림픽이 있다. 와규(和牛) 올림픽이다. 올해는 지난 6일부터 10일까지 가고시마 현 기리시마(霧島)에서 열렸는데 가고시마 현이 1위, 미야자키 현이 2위를 차지했다. "전통의 강호 규슈가 그 명성을 다시 한 번 확인했다."고 일본 신문들이 전했다.

와규(和牛) 올림픽의 정식 명칭은 전국와규능력공진회(全国和牛能力共進会)이다. 줄여서 젠쿄(全共)라고 부른다. 홈페이지를 보니 "전국와규능력공진회는 전국의 우수한 와규를 한자리에 모아 개량성과 우수성을 겨루는 대회입니다."라고 소개하고 있다.

와규 올림픽

와규 올림픽은 1996년 시작됐다. 양질의 소를 기르고 관광을 장려하며 지역 와규를 홍보하기 위해서였다. 이 올림픽에서 우승한 쇠고기에는 '세계 최고'의 쇠고기라는 수식이 붙는다. 품종 소(種牛)와 육우(肉牛)의 두 부분을 나눠 일본 각 지방의 대표 소들이 출전한다.

올해도 일본 41개현의 대표 선수들이 사쿠라지마가 있는 규슈 남부 가고시마에서 치열한 경쟁을 벌였다. 우승해도 상금은 없다. 자부심과 명예가 승리에 대한 보상이다. 단지 엄청난 홍보 효과로 우승한 지방의 소고기 판매가 급증한다는 이점(利點)이 있단다.

와규 올림픽은 매회 각기 다른 주제로 열린다. 1966년 오카야마 현에서 열린 제1회 주제는 '와규는 육용(肉用) 소가 될 수 있는가?'였다. 1977년 미야자키 현에서 열린 제3회는 '와규를 농가 경영에 정착시키자', 1992년 오이타 현에서 열린 제6회는 '국제 경쟁에서 이기는 와규 생산을 목표로', 2012년 나가사키 현에서 열린 제10회는 거창하게도 '와규 유신! 지역에서 늘리자! 생산성을 키우자! 풍부한 음식문화!'였다. 그리고 올해 가고시마 현 제12회는 '지역 와규가 가진 저력에 주목하자'였다.

한우(韓牛)를 기르는 분들 역시 같겠지만 일본 축산업자들의 와규에 대한 정성은 널리 알려져 있다. 한 예로 미야자키 현 어느 품종의 와규는 초원의 풀과 촉촉한 보리 맥주박(麥酒粕), 옥수수 등 방부제나 항생제가 전혀 들어가지 않은 15가지 재료로 사료를 만든다. 아침과 저녁, 이 사료를 섞는 데만 두 시간이 소요된다고 한다. 이쯤 되면 거의 소에 대한 '공양'에 가깝다.

가장 중요한 것은 일본 축산업자들에게 소는 '길러서 파는' 단순한 상품이 아니라는 것이다. 소들을 위해 최고의 환경을 만들고 모든 사랑을 쏟는다. 그래서 세계 최고의 마블링을 가진 와규를 만들어내는 것이다.

이것이 과연 '와규'만일까? 세계를 상대로 맞짱 떴던 저력, 그리고 지금도 무시 못 할 일본의 기술력의 뿌리는, 오늘도 새벽같이 일어나 소를 위해 15가지 재료로 사료를 만드는 그 지극정성에 있다.

경로의 날

2022. 09. 24.

일본은 세계 최고 장수(長壽)의 나라다. 일본 후생노동성이 경로의 날인 9월 19일에 앞서 발표한 보고서에 따르면 일본의 만 100세 이상 인구가 9월 15일 기준 9만 526명이다. 20년 전보다 5배 늘어났고, 2021년보다 4,016명 증가했다. 100세 이상이 9만 명? 상암동 서울 월드컵 경기장이 관중석이 6만 6,704석이니 여기를 가득 채우고도 2만 4,000명이 남을 인원이다. 그럼 우리나라는? 한국의 100세 이상 인구는 2020년 기준 5,581명을 기록했다.

월요일이었던 지난 19일은 일본 경로의 날이었다. 국가 지정 공휴일이다. 일본 국경일에 관한 법률에는 '다년간 사회에 헌신한 노인을 경애하고 장수를 축하하는 날'로 규정돼 있다. 1966년 국경일로 정해서 2002년까지는 9월 15일로 날짜를 고정했다. 그러다 2003년부터 '해피 먼데이' 제도를 적용해 9월 셋째 월요일로 변경했다. '해피 먼데이'는 공휴일 일부를 월요일로 이동해 3일 연휴로 만드는 제도다. 이 제도를 통해 성년의 날, 체육의 날, 바다의 날, 경로의 날이 월요일로 변경됐다.

일본 경로의 날의 유래엔 대략 세 가지 설이 있다. 첫째가 효고 현 타카군 타카마치 야치시로에서 1947년부터 9월 15일을 '늙은이의 날'로 정했는데 이게 전국으로 확산돼 경로의 날로 제정됐다는 주장이다. 두 번째는 593년 쇼토쿠 태자가 오사카에 생활이 곤궁한 자들을 수용하기 위한 보호시설 히덴인(悲田院)을 세운 날을 기념하기 위한 것이라는 설이다. 세 번째는 겐쇼 천황이 요로 폭포에 행차한 날에서 유래한 설이다.

기후 현에 요로(陽路)폭포라는 곳이 있었던 모양이다. 옛날 가난한 나무꾼이 폭포 바위틈에서 나오는 물을 늙은 아버지에게 드렸더니 아버지가 다시 젊고 건강해졌다. 이 소식이 수도의 천황에게도 전해졌다. 겐쇼 천황 자신도 젊어지고 싶었는지 717년 9월 15일 요로 폭포를 찾아 물을 마시고 '세월을 되돌리는 회춘 물'이라고 칭송한 것에서 오늘의 '경로의 날'이 유래했다는 것이다. 구글에서 폭포의 정확한 위치를 찾아봤지만 이름이 바뀌었는지 찾을 수 없었다.

일본에서 경로의 날은 가족이나 친족이 모여 식사를 하거나 노인들에게 특별한 선물을 하기도 한단다. 그러면 '경로의 날'의 대상은 몇 살일까? 일본의 지인에게 물어보니 "글쎄…"라며 선뜻 답을 못한다.

경로의 날

특별히 '몇 살부터'라고 정해진 것은 없단다.

통상 일본 회사의 정년이 만 65세이고 의료 제도에서는 65세 이상을 고령자로 분류한다. 하지만 도로교통법에서는 70세 이상의 면허 갱신자부터 고령자 강습을 받게 돼 있다. 100세 이상이 9만 명을 돌파했으니 더 아리송하다.

중요한 것은 장수가 축복인 사회여야 한다는 것이다. 충분한 사회보장 없이 무조건 오래 산다는 것은 행복이 아니라 불행일 수도 있다. 기초연금 40만 원 인상 문제를 놓고 여야가 충돌하는 모습을 보면, 한국은 아직 장수가 축복인 나라는 아니라는 생각이 들어 쓸쓸하다.

그나저나 아까 말한 '해피 먼데이' 제도는 돈도 안 드는 일인데 어떻게 도입하면 안 될까? 허구한 날 '소비 진작'을 외치는 것보다 '3일 연휴' 효과가 훨씬 더 클 텐데 그런 생각을 할 수준은 안 되는 모양이다.

공중전화

2022.09.18.

도쿄 나리타공항에서 입국 절차를 마치면 가장 먼저 하는 일이 전화카드 구매였다. 회사며 집에 무사 도착 보고를 해야 했다. 핸드폰? 당연히 없었다. 서울올림픽 다음 해인 1989년 얘기니까. 숙소인 호텔에서 편하게 전화를 할 수 있지만, 요금이 너무 비쌌다. 빠듯한 경비로는 사치였다. 그 당시 일본 공중전화는 두 종류였다. 국내 전용과 국제전화가 가능한 '국제전화 대응형.' 생김새가 달라 구별이 쉬웠지만 '국제전화 대응형'은 아주 드물었다.

술 한 잔 마시고 돌아오는 길. '국제전화 대응형' 공중전화에 1,000엔짜리 전화카드를 넣고 한국의 보고 싶은 누군가에게 전화한다. 0018202▲▲▲▲▲…. 통화 연결음이 들릴 때 그 마음은 요즘 방영되고 있는 NHK 연속 TV 소설 '치무돈돈(ちむどんどん)' 바로 그것이었다.
'치무돈돈'은 오키나와 방언이다. 일본 표준어는 '무네가 도키도키(胸がドキドキ)', 즉 '가슴이 두근두근'이다. 핸드폰이 없던 시절 일본 생활의 추억은 호객 찌라시가 잔뜩 붙어 있던 공중전화 부스에도 많이 남아 있다.
하지만 추억 어린 일본의 공중전화를 이젠 볼 수 없을지도 모르

국제전화가 가능했던 일본의 공중전화.
국내용과 달리 노란 판이 있었다.

겠다. 전성기 때 90만대를 넘었던 일본 공중전화는 이제 14만대를 밑
돈다고 한다. 그리고 정부가 설치 의무화 기준 대수를 최소 11만대에
서 3만대로 하향 조정했다고 마이니치신문이 18일 전했다. 그에 따라
한국의 KT와 같은 일본 NTT는 올해부터 5년간 우선 4만 대를 철거한
다고 한다. 이제 머지않아 일본 거리에서 공중전화 부스 찾기가 어려
워질지도 모른다.

일본만이 아니다. 미국 뉴욕도 최근 마지막으로 남아 있던 공중
전화 부스를 철거했다. 영화 '슈퍼맨'에 나왔던 전화 부스 4개만 관광
객들을 위해 남겨뒀다. 비상 상황에 대비한 공중전화의 역할은 무료
인터넷 전화와 SNS 사용이 가능한 키오스크가 대신한다. 그리고 마
지막으로 철거한 공중전화 부스는 뉴욕 아날로그 박물관으로 옮겼다.
말 그대로 '유물'이 된 것이다. 영국 역시 나라의 상징과도 같았던 빨
간색 전화 부스를 이미 수만 대 철거했다.

한국의 경우 작년 기준으로 전국에 3만 4,000대의 공중전화가
남아 있다. 하지만 부스당 연간 사용 시간이 채 30분도 되지 않는단

다. 유지관리 비용에 비해 효율성은 0에 가깝지만, 법으로 정한 '기본적인 필수 서비스'인 탓에 서비스를 종료할 수는 없다. 핸드폰이 없던 시절, 집 밖에서의 통신 수단은 공중전화였다. 수화기 너머 목소리에 울고 웃었다. 그런 공중전화가 사라지고 심지어 박물관의 '유물'이 된단다. 안타깝다.

여름 목욕의 날

2022. 07. 26.

7월 26일은 일본에선 '여름 목욕의 날(夏風呂日)'이다. 온천이 많고 예로부터 목욕을 즐기는 일본인들이니 '목욕의 날'도 있을 법하다. 그런데 왜 7월 26일일까? '고로아와세(語呂合わせ)'라는 일본의 언어유희가 있다. 쉽게 설명하면 한국 사람들이 천사(天使)를 1004로 표현하는 것과 비슷하다. 야쿠자(やくざ) 역시 893, 8(や) 9(く) 3(ざ)에서 비롯됐다. 아무짝에도 쓸모없다는 뜻이었는데 이것이 지금의 폭력배를 가리키는 표현이 됐다.

7월 26일이 '여름 목욕의 날'인 것도 마찬가지다. 일본 사이트를 검색해보니 나(な, 7) 츠후(つふ, 2), 로(ろ, 6)가 합쳐져 여름 목욕(夏風呂)의 날로 정해졌다고 한다. 제정자는 여름 목욕 애호가로 돼 있고 제정한 목적은 "여름 목욕의 상쾌함을 더 많은 사람에게 알리기 위해서"였다. 이어 장황하게 무더운 여름에 목욕으로 얻을 수 있는 장점을 자세히 설명하고 있었다. "부교감 신경을 자극해 심신의 휴식 효과를 얻는다." 등등.

나 역시 목욕을 좋아해 일본에 갈 때마다 가까운 온천에 들리곤 한다. 규슈의 구로카와 온천부터 저 위쪽 홋카이도의 노보리베츠까지 적지 않게 발품을 팔았다. 그런데 오늘 마이니치신문이 일본에서 목욕탕이 줄어들고 있다고 보도했다. 온천이 아닌 동네 목욕탕을 일본에선 센토(錢湯)라고 부른다. 이름도 어마어마하게 긴 '전국공중목욕탕업생활위생동업조합연합회(줄여서 전욕련, 全浴連)'에 따르면, 1968년 1만 7,999곳이던 목욕탕이 계속 감소해, 지난 4월에는 1,865곳으로 거의 10분의 1이 됐다.

전욕련(全浴連)은 "욕실이 갖춰진 주택이 늘면서 '목욕탕 기피 현상'이 시작됐고 젊은 층의 샤워 선호 성향이 목욕탕 감소에 박차를 가했다."고 분석했다. 그리고 "경영자의 고령화에 더해, 최근 코로나 19 확산에 따른 목욕객 감소와 기름 값 급등으로 폐업이 잇따르고 있다."고 앓는 소리를 했다. 나 역시 코로나 탓에 몇 년을 목욕탕 출입을 못 하고 집의 좁은 욕조 신세를 져야 했다. 하지만 역시 목욕의 즐거움은 넓은 탕에 느긋하게 몸을 담그는 것이다.

전욕련(全浴連)이 위기감을 느꼈는지 재미있는 조사를 했다. 2019년에 남녀 558명을 대상으로 목욕과 행복의 상관관계를 조사했다. 그 결과 목욕탕에 주 1회 이상 가는 사람은 가지 않는 사람에 비해, '매우 행복한' 비율이 30.5%포인트, '거의 매일 웃는' 비율도 9.5%포인트나 높았다. 회사며 집에서는 에어컨 신세를 지지만 아주 짧은 도보 이동에도 땀범벅이 되는 요즘이다. 훌훌 벗고 탕 속에 뛰어들고 싶은 마음, 나뿐일까?

여름 목욕의 날

자판기에서 해물덮밥이?

2022. 07. 25.

일본이 자판기 천국이라는 것을 모르는 사람은 없을 것이다. 전국 어디에나 자판기가 설치돼 있고 판매하는 상품 종류도 다양하다. 규슈의 어느 깊은 산속, 인적이 거의 없는 산사(山寺)에 참배 갔다가 마치 지장보살처럼 외롭게 서 있는 자판기를 만난 적도 있다.

　전기를 어떻게 연결했는지, 관리는 누가 하는지도 미스터리인 그 자판기에 120엔을 넣고 얼음 커피를 뽑아 갈증을 달랜 적도 있다. 그렇다. 사람의 발길이 닿는 곳엔 어김없이 자판기가 있는 나라가 일본이다.

　그런 일본이지만 자판기 시장은 이제 극성기를 지나 축소 추세다. 특히 전체의 50% 이상을 차지하던 음료 자판기는 "설치할 수 있는 곳에는 이미 다 설치했다."는 말이 나올 정도로 포화상태다. 경쟁 상대인 편의점이 급속하게 늘고 있고 인력 부족으로 상품 보충 등의 관리도 어려워지고 있다. 일본 자동판매시스템 기계공업회 통계에 따르면 자판기의 보급 대수는 절정기였던 2000년 약 560만 대에서 2021년에는 약 400만 대로 급격히 감소했다.

　그런데 "자판기도 이제 황혼(黃昏)"이라는 탄식 속에 대세를 역전시킬 구원투수가 등장했다. 바로 냉동식품이다. 상상 이상의 다양

한 냉동식품을 파는 자동판매기가 일본 곳곳에서 최근 급증하고 있다. 이전까지 냉동식품 자판기는 아이스크림 외에는 거의 없었다. 이런 상식의 틀을 깬 회사가 자판기 제조업체인 산덴리테일시스템(이하 산덴)이다. 산덴은 '도히에몬(ど冷えもん)'이라는 이름의 냉동식품 자판기를 2020년부터 발매했다. 지난 3월 말 현재 일본 전국에 3,000대 이상이 설치됐고 계속 늘고 있다.

'도히에몬'은 규격화된 자판기 내부를 개조했다. 작은 상품부터 도시락 같은 큰 상품까지 다양한 냉동식품을 판매할 수 있는 것이 특징. 또 기존의 음료 자판기와 달리 누구나 상품을 쉽게 보충할 수 있는 간단한 구조로 만들었다. '도히에몬'이 인기를 끌자 경쟁사인 후지전기도 'FROZEN STATION'이란 이름으로 냉동식품 자판기를 지난 2월 발매했다. 냉동식품 자판기는 7월에는 후쿠오카 지하철역 구내에도 등장했다. 냉동 전쟁이 자판기인데 불티나게 팔려 판매자들이 즐거운 비명을 지르고 있다.

지하철 하카타역에는 해물덮밥 자판기도 선보였다. 이 자판기는 '이토시마 해물당'이라는 유명 식당의 해물덮밥 재료를 냉동해 판매

하카타역 해물덮밥 자판기

한다. 자판기 정면과 측면에 큰 해물덮밥 사진과 함께 '이토시마 해물당'이라는 상호를 부착해 선전 효과도 있다.

냉동 김치 자판기도 있다. 가나가와 현 가와사키(川崎)시의 김치 전문점 '오츠케모노 케이(おつけもの慶)'는 7월 1일부터 김치 자판기를 설치해 판매에 나섰다. 케이큐가와사키(京急川崎)역에 설치됐고 전철 첫차와 막차 시간에 맞춰 운영한다.

냉동식품 자판기는 코로나로 타격을 받은 자영업자들에게 큰 인기를 끌고 있다. 코로나 사태로 인한 영업시간 제한과 상관없이 비대면으로 24시간 운영이 가능해 매출 증가에 도움이 된단다. 설치비용도 적고 유지비도 月 7,000엔~9,000엔(약 7만~9만 원)에 불과하다.

아이들 집에서 멀지 않은 구마모토 국도변에는 현지 산 이세 새우와 방어 자판기도 등장했단다. 앞에 말한 '이토시마 해물당'의 이토시마(糸島)는 며느리의 친가이기도 하다. 꼭 맛보고 싶지만, 비행기 탈 수 있는 날은 언제나 오려는지….

빅브라더

2022. 06. 19.

　일본 배우 마츠시게 유타카(松重豊)는 한국에도 널리 알려진 인물이다. 드라마 '심야식당'에선 야쿠자 중간보스로, 영화 '아웃레이지' 시리즈에서는 조폭 담당 형사를 연기했다. 하지만 한국 팬들에게 익숙한 것은 '고독한 미식가' 시리즈일 것이다.

　이 드라마에서 마츠시게의 직업은 수입 잡화상. 전국의 숨은 맛집을 찾아 혼자만의 식사를 즐긴다. 이 드라마의 시작에 내레이션이 흘러나온다.

　"시간이나 사회에 얽매이지 않고, 행복하게 배고픔을 채울 때, 잠깐이지만 그는 제멋대로이고, 자유로워진다."

　맛집에 대한 관심은 전 세계 어느 국민이나 똑같다. 나 역시 생소한 곳에서 식사 약속을 해야 할 때는 습관처럼 인터넷을 통해 검색한다. 검색 결과에 만족한 경우는 많지 않다. 실제로 가보니 음식점 분위기나 맛이 인터넷 정보와는 판이한 곳도 많다. 심지어 아예 장사를 접은 집도 있었다. 그래도 인터넷 정보에 매달리는 것은 전혀 정보가 없는 답답함보다는 낫기 때문일까?

　그런데 최근 도쿄지방법원이 내린 한 판결을 다룬 기사가 내 눈을 끌었다. 도쿄지법이 한 음식점 관련 정보 웹 사이트(일본에선 이를

'타베로그, 食べログ'라고 표현한다)가 독점 금지법을 위반했다고 판결했다. 월간 이용자가 8,000만 명이 넘는 이 '타베로그'는 고객의 후기를 기본으로 산출한 평가점수를 별 숫자로 표시했다. 그런데 산출 방법, 즉 알고리즘 변경으로 나쁜 점수를 받은 불고기 체인 회사가 소송을 낸 것이다.

재판부는 "체인점 전반의 평가를 낮추는 알고리즘 변경은 독점 금지법이 금지하는 '우월적 지위 남용'."이라고 판단했다. 아사히신문은 "디지털 플랫폼(DPF) 사업자가 독자적으로 정하는 알고리즘은, 일상생활에 빠뜨릴 수 없는 것이 되고 있다."며 "DPF 대부분이 부정 방지나 영업 비밀을 이유로 알고리즘의 상세를 개시하고 있지 않지만 불공정한 운용이 실제로 있음이 드러난 것"이라고 보도했다.

이것이 비단 일본만일까? 그리고 맛집 점수에만 그치는 것일까? 우리가 일상에서 접하는 네이버나 다음 등 포털사이트의 전횡 역시 우리를 짓누르고 있다. 정치나 사회 문제만이 아니라 소소한 우리 일상까지 이들이 정한 알고리즘에서 벗어나지 못하고 있다면 나만의 과장된 생각일까? 정보화 사회에서 우리를 알게 모르게 지배하는 '빅브라더'를 생각하면 이번 판결이 더욱 큰 의미로 다가온다.

'타베로그' 판결을 보도하는 일본 TV 화면

버려진 우산

2022. 06. 16.

지하철에서 옆자리 여학생이 우산을 좌석 팔걸이에 걸어둔 채 내리려고 한다. '우산을 잊고 내리는구나.' 하는 생각에 여학생을 불러 세웠다. "학생, 우산 가져가야지." 하지만 그 여학생은 나를 힐끔 쳐다보더니 그냥 차에서 내렸다. 종일 비가 오락가락하다 그친 어제 오후의 일이었다. 맑은 날씨엔 들고 다니기 성가신 우산을 그 여학생은 지하철에 일부러 두고 내린 것이었다. 내가 눈치가 없었다.

비가 멈춘 거리에서 마주치는 버려진 비닐우산은 슬픔이다. 누군가를 비바람으로부터 막아줬을 그 우산은 비가 그치면 무용지물. 혹은 망가져서, 혹은 들고 다니기 귀찮아 미련 없이 거리에 버려진다. 누구도 우산의 헌신에 대해 기억하지 않는다. 우산만일까? 심리학자 김정운 교수도 그의 책에서 "빗속에 버려진 자전거처럼 쓸쓸한 것은 없다."고 말한 적이 있다. 필요 없다고 버려지는 것만큼 슬픈 것은 없다.

어제 일본 웨더뉴스가 보도한 '우산조사 2022'를 읽었다. 매체는 앱을 통해 일본 전국 9,259명을 대상으로 우산 보유수와 경우에 따른 사용 여부 등을 조사했다. 조사 결과 평균 보유 우산은 4.2개였다. 또 비닐우산의 경우 평균 1.6개를 가지고 있었다. 다른 국제조사에서는 일본의 1인당 우산 보유수가 3·3개로 세계 1위였다. 역시 비가 많은 나라인 영국은 1.9개에 그쳤다.

가장 많이 쓰는 우산은 긴 우산이 47%로 가장 많았고 비닐우산 26%, 접이식 우산 21%, 우비 6%였다. '어느 정도의 비에 우산을 쓰느냐?'는 질문엔 지역별 차이가 있었다. 도쿄 도는 73%가 "약한 비에도 쓴다."고 답했고 오키나와 현은 과반수가 "약한 비에는 우산을 쓰지 않는다."고 답했다. 태풍이 많은 지역 특성 때문일까? 나하시 주민들은 "비에 흠뻑 젖지 않는 한 우산은 쓰지 않는다."고 답했다.

우산을 어딘가에 두고 내린 경험에 대해선 "있다"가 74%였다. 지역별로는 가고시마 현이 90%, 나가사키 현이 88%였다. '나가사키는 오늘도 비가 내렸다.'라는 노래가 있을 정도로 비가 잦은 곳이니 당연한 결과이다. 가고시마와 나가사키, 그리고 내 아이들이 사는 규슈에 장마가 시작됐다. 해마다 겪는 장마이지만 멀리서 바라보는 마음은 늘 안타깝다. 모두 건강하기를.

버려진 우산

대합실 시계

2022. 05. 29.

짝사랑했던 여인이 암에 걸렸다. 그녀에게 남은 시간은 별로 없다. 고교 야구부 시절 매니저였던 여인이었다. 하지만 그녀는 강타자였던 그의 친구를 사랑했다. 세월이 흘러 그는 형사, 강타자였던 친구는 야쿠자가 됐다. 야쿠자 친구를 여인의 병상에 안내하고 그는 남의 시선을 피해 철길 주변에 앉아 숨죽여 오열한다. 그런 그의 등 뒤로 열차가 긴 기적을 울리며 지나간다. 일본 드라마 '심야식당'의 한 장면이다.

일본의 만화며 소설, 드라마, 영화 모든 장르에서 기차는 소중한 소재이다. '철도원'은 말할 것도 없고 고레에다 히로카즈 감독의 영화 '진짜로 일어날지도 몰라 기적(I Wish, 奇跡)'에서도 기차가 달린다. 이 영화 자체가 2011년 3월 개통된 규슈 신칸센 고속열차를 알리기 위해 만들어졌다. 일본 열도를 뒤흔든 '사랑의 유형지'도, '실락원'에서도 기차는 달린다. 도쿄에서 교토로, 또 에노시마로. 아! '은하철도 999'도 기차 아니던가?

오늘 마이니치신문 기사를 읽으며 일본인의 또 하나의 기차 사랑을 확인했다. 일본의 거의 모든 역 개찰구와 대기실에는 시계가 있다. 별다른 장식 없이 흰 배경에 바늘이 두 개인 시계. 이 시계를 JR동일본이 이용자 수가 적은 역 등에서 철거하고 있다. 이 회사는 관내의 약

30%에 해당하는 약 500개의 역의 시계를 단계적으로 철거할 계획이라고 밝혔다. 이유는 경비 절감. 코로나로 인한 경영 악화가 애꿎은 시계 철거 사태까지 이른 것이다.

그러자 지역 주민들이 나섰다. 야마나시 현 오츠키(大月) 시에선 JR오츠키역 등의 시계 철거에 시의회가 나서서 재설치 요구를 결의했다. 우에노하라(上野原) 시는 시장과 시의회 의장 등이 JR에 재검토를 요청했다. 오츠키 시는 JR에 이렇게 항변했다. "짐을 들어 양손을 쓸 수 없게 되면 스마트폰을 사용하기 어려운 관광객들도 있다. 노인, 어린이에게도 불편하고, 시민들에게 불안감을 주고 있다." 하지만 이게 전부는 아닐 것이다.

기차역의 시계는 승객들에게 당연한 풍경이었다. 열차 도착을 기다리며 몇 번씩 쳐다보던 "마땅히 있어야 하는" 존재였다. 그런 존재가 사라진다는 것이 불편하고 불안한 것이다. 손목시계나 휴대전화의 액정화면에서 확인하는 시간과, 역 높은 곳에 늘 걸려 있는 둥근 시계가 가리키는 시간은 그 의미 자체가 다른 것이다.

JR동일본은 시계의 철거로 연간 3억 엔 정도의 예산을 절약할 수 있다고 발표했다. 적은 돈이 아니다. 하지만 그 돈의 10배 이상 승객들이 역에 대한 친밀감을 잃지 않을까 걱정이다.

일본 역 대합실에 걸린 시계

골든 위크

2022.05.01.

2주 연속 일요일을 집 옥상에서 보냈다. 작년보다 열흘 빨리 올해 농사를 시작했다. 고추며 상추 등을 작은 상자들에 나눠 심었다. 청경채는 올해 처음 씨앗으로 심었는데 한 봉지를 모두 뿌렸더니 너무 많이 싹이 돋아 옮겨 심어야 했다. 어린 새싹들을 조심스레 옮기며 "미안하다."고 몇 번이나 말했는지 모른다. 새벽에 물을 주러 옥상에 올라갈 때마다 '혹시 잘못됐으면 어쩌나?'하고 마음을 졸인다.

일본에 사는 아이들도 집 마당에 작은 텃밭을 만들었다. 작년에 토마토며 채소를 심었는데 올해는 뭘 심었는지 아직 물어보질 못했다. 내 힘으로 생명을 기르고 돌본다는 것은 대견한 일이다. 아끼고 사랑하는 그만큼, 아니 그 이상으로 돌려주는 것이 자연이다. 생명의 소중함을 흙을 만지고, 물을 뿌리며 체득한다는 것은 책 몇 권의 가르침보다 값질 것이다.

일본에서 3년 만에 코로나19에서 벗어난 '골든 위크'가 시작됐다고 아사히신문이 어제 전했다. 4월 29일부터 5월 5일까지 7일. 금요일인 6일 쉰다면 4월 29일부터 5월 8일까지 무려 10일을 쉴 수 있다. 상상만으로도 즐거운 연휴다. 4월 29일인 금요일은 일본에서 '쇼와의 날

(昭和の日)'로 공휴일이다. '쇼와의 날'은 본래 히로히토 일왕의 생일을 기념하는 날이었다.

　1989년 1월 7일 히로히토 일왕이 사망하자 4월 29일을 '녹색의 날'이라는 이름의 자연 보호의 날로 지정했다. 이후 2005년 우리의 공휴일법인 축일법(祝日法)이 개정되면서 지금의 '쇼와(昭和)의 날'이 됐다. 5월 3일은 일본의 헌법기념일, 4일은 '녹색의 날', 5일은 우리나라와 같이 '어린이날'로 공휴일이다. 5월 2일이 평일이지만 대부분 회사들이 휴일로 인정해 연휴를 즐기도록 배려한다.

　골든 위크 때면 서울로 날아오던 아이들은 3년째 발이 묶여 있다. 올해는 일본 국내 여행이라도 즐겁게 다녀왔으면 좋겠다.

　작년에도 이즈음 옥상에 어린 새싹들을 심었다. 그리고 매일 아침 물을 주러 와서 하루가 다르게 커가는 모습에 즐거워했다. 사정이 있어 며칠 못 보다 만나면 그사이 훌쩍 큰 모습으로 나를 맞아주곤 했다. 코로나로 오래 못 본 내 아이들도 그럴 것이다.

일본의 공휴일이 표시된 달력

오다큐(小田急)선

2022.02.06.

에노시마는 꼭 로망스카를 타고 가라고 했다. 혼자인 나는 그냥 오다큐(小田急)선 급행을 타고 갔다. 에노시마도 좋지만 그 건너편 가마쿠라는 더 좋았다. 두 번 가 봤지만 기회가 생긴다면 언제라도 달려가고 싶은 곳이다. 처음 가마쿠라에 갔을 때 태풍과 정면으로 만났다. 거센 비바람 속에 사찰순례를 했다. 비닐우산이 두 개나 망가져 나중엔 비를 다 맞으며 태풍 속의 가마쿠라며 에노시마를 걷고 또 걸었다.

생각해보니 오다큐선 신세를 제법 진 것 같다. 오다큐선은 도쿄도, 가나가와 현 지역의 철도 노선을 보유하고 있는 사철(私鐵)이다.

에노시마

그런데 오늘 아침 도쿄신문이 이 오다큐선을 톱으로 다뤄 내 눈길을 끌었다. 신문에 따르면 오다큐 전철이 이달 12일부터 소아 IC 운임을 전 구간 일률 50엔으로 인하한다. 일본 전국 최초의 파격적인 가격 인하라고 신문은 평가했다.

오다큐 전철 담당자는 "전철 운행지역에 긴 안목으로 육아 세대가 이주해 주었으면 한다."고 말했다. 운행지역의 미래 고객에 대한 투자라는 설명이다. 지역 주민 설문 조사 등을 통해 "육아 세대에 대한 배려를 원하는 주민들의 목소리를 확인했다."는 것이다. 오다큐전철 간부는 "미래의 고객인 아이와 그 부모가 좋아하는 노선인지 아닌지가 경영을 좌우한다."고 강조하기도 했다.

가격 인하로 연간 2억 5,000만 엔의 수입 감소가 예상되지만, 미래를 위한 과감한 투자다. 오다큐선만이 아니다, 같은 지역 노선을 가진 도큐전철(東急電鉄)은 1월에 운임 인상을 신청하면서 통학 정기권 요금은 올리지 않았다. 학부모의 부담 증가를 억제한다는 의도이다. 아울러 육아 세대에 대한 운임 우대책도 검토하겠다고 밝혔다. 게이오 전철(京王電鉄)은 지역 탁아소나 아이들을 위한 시설을 정비하고 있다.

65세면 받는 전철 무료승차 수혜자인 어느 선배는 요즘 되도록 전철이나 지하철을 피하고 버스를 이용한다고 했다. 전철 객차이며 역사에 붙은 '노인 무임승차'에 대한 적자 타령이 거북하고 화가 난다는 것이다. 그 선배는 그럴 때마다 왠지 죄를 짓는 느낌까지 든다고 했다. '유리 지갑' 월급쟁이로 평생 세금 꼬박꼬박 내고 살았지만 대한민국이 내게 해준 게 뭐냐고 화를 내기도 했다. "동감입니다!"

떡국

1월 1일은 오전 내내 늦잠을 잤다. 아침은 당연히 떡국 아닌 밥을 먹었다. 올해 '우리, 우리 설날'은 아직 많이 남았으니까. 몇 해 전 홋카이도에서 새해를 맞았을 때 호텔 조식으로 못 보던 음식이 나왔다. 닭고기에 떡이 큼지막하게 들어 있는 것을 보고 당황했던 기억이 새롭다. 일본의 설음식, 일본 떡국인 '조니(雜煮)'였다. 조(雜)는 다양함을, 니(煮)는 끓이는 것을 의미한다고 하는데 떡 외에 다양한 재료들로 구성된다.

오늘 아침 도쿄신문에서 이 '조니'에 대한 글을 읽고 다시 삿포로의 그 아침을 떠올렸다. 영국 외교관인 어니스트 사토(Ernest Mason Satow)는 메이지유신 직후 일본의 설 풍경을 소개하며 '조니'에 대해 '튀긴 떡을 담은 국(あげた餅をひたすスープ)'이라고 적었다. 지방마다 제각각이지만 '튀긴 떡'은 아니고 '구운 떡'이 맞는 표현일 것 같다. 조선어도 잘했던 일본 전문가가 음식에는 약했던 것일까?

내친김에 일본 각 지방의 '조니'를 살펴보니 그야말로 완벽한 '지방자치'였다. 아이들이 사는 후쿠오카의 경우 떡에 방어와 카츠오나(かつお菜)를 곁들인 '부리조니(ぶり雜煮)'가 전통이란다. 어니스트 사토는 '조니'의 먹는 방법까지 소개했다. 새해 첫날엔 떡 1개, 둘째 날에는 2개, 그리고 셋째 날에는 3개를 먹는다는 것이다. 떡을 행운의

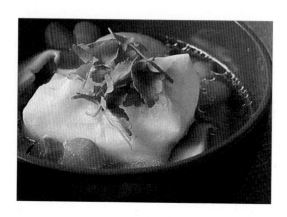

일본 떡국 조니

상징으로 여겨서 하루씩 늘려 먹는다. 좋은 일이 나날이 늘어가라는 소망을 담았을 것이다.

　정유재란 때 왜에 끌려가 포로 생활을 했던 간양록(看羊錄)의 저자 강항(姜沆)은 일본에서 설을 맞으며 이렇게 적었다. "말 뿔은 나지 않아도 새해는 오는구나. 외로운 마음 도리어 새해 맞아 설렌다(馬角不生靑歲至/ 客心環自却逢辰)." 강항도 그때 '조니'를 먹었을까? 일본이 음력을 사용할 때이니 음력설인 '우리, 우리 설날'에 '우리, 우리 떡국'이 아닌 일본 떡국을 먹으며 눈물 흘렸을지도 모르겠다.

괴짜 감독 신조 쓰요시

2021. 12. 06.

신조 쓰요시(新庄剛志)는 일본 프로야구 홋카이도 닛폰햄 파이터스의 신임 감독이다. 1972년 1월 어머니의 친정인 대마도(対馬市)에서 태어나 후쿠오카에서 성장했다. 서일본 단기대학 부속 고등학교를 나와 한신 타이거즈, 닛폰햄 파이터스에서 선수 생활을 했다. 2001년 메이저리그에 도전해 뉴욕 메츠와 샌프란시스코 자이언츠에서 세 시즌을 뛰었다. 일본에서 활약할 때 골든 글러브상을 10회나 수상했으니 상당한 실력자임은 분명한 것 같다.

이런 신조(新庄) 감독이 6일 아침 SNS를 통해 깜짝 발표를 했다. "내년 봄 소프트뱅크와의 개막전은 우에자와 감독이 선발 오더를 짜서 치르도록 하겠다."는 것이었다. 여기서 우에자와 감독이란 2021시즌 12승을 거둔 투수 우에자와 나오유키(上沢直之)를 가리킨다. 즉 개막전 오더를 선수에게 맡기겠다는 선언이다.

신조 감독은 지난 11월 역시 SNS를 통해 "개막전에서 선수들로 오더를 짜게 해서 어떻게 이길까를 스스로 생각하게 하는 플랜을 생각하고 있다."고 밝힌 바 있다. 그 약속을 지키겠다는 것이다.

선수 은퇴 후 탤런트, 사업가 등으로 활동한 신조 감독은 기발한 언행으로 주목을 받았다. 감독 임명 다음 날 자신의 트위터에 "가끔 팬들이 선택한 라인업으로 경기를 하겠다. 그때 잘 부탁드린다."고 적었다. 선발 라인업을 팬 투표로 정하는 파격 이벤트를 약속한 것이다. 이런 그가 선수들에게 당부한 말이 인상적이다. "'팬에게 사랑받는 선수가 되고 싶다.'가 아니라, 그러기 위해서는 먼저 자신이 팬을 사랑하는 것이 중요하다는 것을 마음속에 새겨라."

'빅 보스'라고 불리는 이 괴짜 감독의 닛폰햄 파이터스가 내년 어떤 성적을 거둘지는 알 수 없다. 하지만 팬들의 관심과 참여를 유도하는 자세만은 높이 평가할 만하다고 느껴진다. 적어도 막장 운영으로 '태업은행'이란 소리를 듣는 우리나라 어느 배구 구단보다는 훨씬 상태가 좋아 보인다. 늘 한국 스포츠계를 보면 떠오르는 가르침이 있다.

부재기위 불모기정(不在其位 不謨其政). 저마다 있어야 할 자리에 있는 삶이 올바른 삶이다.

괴짜감독 신조 쓰요시
(가운데)

실패를 비난하지 않는다

2021. 11. 01.

올해 일본 프로야구는 '꼴찌들의 반란'이었다. 전년 최하위를 달리던 야쿠르트 스왈로스, 오릭스 버팔로스가 각각 센트럴리그와 퍼시픽리그 우승을 차지했다. 야쿠르트는 6년, 오릭스는 25년 만의 우승이다. 이 가운데 눈에 띄는 한 사람, 야쿠르트의 다카쓰 신고(高津臣吾) 감독이다. 열성 야구팬이라면 2008년 우리 히어로즈(현 키움 히어로즈)에서 절묘한 싱커로 타자들을 돌려세우던 등 번호 33번 투수를 기억할 것이다. 고질적인 부상으로 재계약은 이뤄지지 않았지만 그는 훌륭한 '소방수'였다. 한국에서의 기록은 18경기 1승 8세이브 평균자책점 0.86.

10월 말 아사히신문이 야쿠르트 스왈로스의 센트럴리그 우승과 관련, 다카쓰 신고 감독의 리더십에 대해 짧게 언급한 것이 눈에 들어왔다. 2년 연속 최하위에서 우승을 달성한 야쿠르트의 성공엔 '선수의 실패를 비난하지 않는' 다카쓰 감독의 방식이 있었다는 분석이다. 줄여 말하자면 덕장(德將)의 덕치(德治)가 리그 우승을 일궈냈다는 평가일 것이다. 두 자리 승리 투수가 없는 야쿠르트가 정상에 오르기까진 감독의 예리한 분석과 탁월한 지도력이 있었음은 물론이다. 하지만 그것이 다는 아닐 것이다.

우리 히어로즈 시절의 다카쓰 신고 감독

　　다카쓰 감독은 일본 외에도 한국과 미국, 대만, 심지어는 독립리
그에서 선수 생활을 했다. 어려움을 경험한 탓에 절박한 환경에 놓인
선수들의 심정을 누구보다 잘 이해하는 것이 지도자로서 큰 강점이
라고 전문가는 분석했다. 누구보다도 지기 싫어하는 성미지만 절대로
선수를 결과만으로 비판하지는 않는다고 한다. 선수들과 대화를 소중
히 여기고 실패를 한 선수에게도 기회를 준다. 신인 투수를 마운드에
세울 때면 "무슨 수를 써서라도 이기라는 것이 아니다. 공부하고 좋은
경험이 된다면 그걸로 족하다."라고 격려한다.

　　이런 그를 만든 것은 야쿠르트 선수 시절 감독이었던 노무라 가
쓰야(野村克也)였다. 다카쓰 자신도 "나는 야구인으로 노무라 감독에
의해 만들어졌다. 거의 모든 것이라고 해도 좋을 정도로 '노무라 야구'
이다."라고 말한다.

　　노무라 감독은 입단 당시 별다른 특징이 없는 투수였던 다카쓰가
던지고 있던 변화구 싱커에 주목한다. "자네 더 느린 싱커를 던질 수
있나?" 느린 싱커가 몸에 익으면 타자는 타이밍을 놓쳐 타격이 어려울
것이라는 생각이었다. 이 격려에 힘입어 다카쓰는 3년 뒤 일본 최고의
마무리 투수, 일본 시리즈 헹가래 투수가 된다.

흔히들 "용장(勇將)보다 지장(智將), 지장보다(智將) 덕장(德將)"이라고 한다. 이에 더해 "덕장(德將)보다 운장(運將) 또는 복장(福將)"이라는 말도 있다. 몇 명 안 되는 인원들과 일하며 올해 내가 홧김에 집어 던져 부서진 무선 마우스가 3개다. 후배라면 끔찍이 아꼈던 내가 180도 달라졌다. 세월 탓인가? 그게 아니면…?

불멸의 한국인

2021. 10. 06.

직구의 위력이 굉장했다. 제대로 포구를 할 수 있는 포수가 없었다. 어쩔 수 없이 포수를 마운드 위에 앉게 하고 투수인 자신은 홈 베이스에서 던지면서 투구 연습을 했다. 나고야 교에이 상업고등학교 에이스 시절 가네다 마사이치(金田正一, 한국명 김경홍 金慶弘) 이야기다. 생애 400승, 탈삼진 4490개라는 불멸의 기록을 남긴 그가 2년 전인 2019년 오늘 세상을 떠났다. 생전에 거둔 400승 중 선발승은 268게임이었다. 1933년 아이치 현에서 재일 한국인으로 태어난 그는 1959년 일본에 귀화했다.

"그에 필적할 소질을 보유한 투수가 앞으로 출현한다고 해도 그와 같은 정신적인 강인함, 악착스러움을 겸비한 남자는 절대 나오지 않을 것이다."

요미우리 자이언츠의 강타자였던 아오타 노보루(青田昇)는 가네다에 대해 이렇게 기억했다. 그가 자신의 책 '사무라이들의 프로야구'에서 기억하는 에피소드는 또 있다. 타자가 배트를 휘둘렀다. 타구는 캐처 플라이가 충분한 홈 플레이트 근처로 떨어지는 파울볼이었다. 이를 본 투수 가네다가 외쳤다.

"잡지 마!"

삼진 기록을 늘리기 위해 평범한 플라이로 타자를 아웃시키고 싶지 않았던 것이다.

가네다는 타격 능력도 발군이었다. 투수로 출전한 경기의 타석에 들어서 통산 36개의 홈런을 기록했다. 역대 1위 기록이다. 그밖에 두 차례의 대타 홈런을 더해 개인 통산 38개의 홈런을 기록했다. 1950년 프로 데뷔 첫해에 홈런을 기록했는데 이때 나이가 17세 2개월로 아직 깨지지 않은 일본 프로야구 최연소 기록이다. 11년 연속 홈런에 7번의 고의사구 기록도 그의 탁월한 타격 능력을 증명한다.

이런 그를 빅 리그에서 눈여겨보지 않았을까? 가네다는 말년에 한 대담에서 뉴욕 양키즈로부터 스카우트 제의를 받은 사실을 뒤늦게 밝혔다. 그런데 왜 제의를 뿌리쳤을까? 그는 이렇게 말했다. "주심도 일본 선수가 오면 적대시합니다. 대일 감정도 매우 나빴지요." 태평양 전쟁의 기억이 아직 생생한 무렵이니 수긍이 가는 대목이다. 시대가 그의 빅 리그 행을 막지 않았다면 그는 한국인 최초의 메이저리거가 됐을 수도 있었다.

지금 메이저리그에서 뛰는 한국인은 여러 명이다. 하지만 우리가 기억하는 메이저리거는 단연 박찬호다. IMF로 온 국민이 우울했던 시

요미우리 자이언츠 시절의
김경홍

절 박찬호는 박세리와 함께 국민에게 큰 위안이 되어줬던 때문이다.

만약 가네다 마사이치, 김경홍이 그때 양키즈 유니폼을 입었더라면, 그리고 뉴욕 스타디움에서 강속구를 뿌렸다면 IMF 그늘의 한국인보다 훨씬 우울했을 재일 한국인들에게 얼마나 큰 용기를 주었을까 하는 생각이 든다. 김경홍의 2주기에 문득 든 생각이다.

교토 국제고등학교

2021. 03. 25.

어제 고시엔(甲子園)에서 한글 자막을 단 교토 국제고등학교 교가가 전광판을 수놓았다. 세상 좋아진 탓에 인터넷으로 일하는 틈틈이 경기 실황중계를 볼 수 있었다. 연장까지 가는 접전 끝에 교토 국제고의 1점 차 짜릿한 승리. 첫 고시엔 출전이라 큰 기대하지 않았는데 승리라니 어린 선수들이 대견하게 생각됐다.

일반적으로 '고시엔'이라고 하면 8월 니시노미야(西宮) 시의 한신 고시엔구장에서 열리는 일본의 고교 야구대회를 말한다. 아사히신문과 일본 고교야구연맹 주최로 열리며 '여름의 고시엔', '고교야구' 또는 그저 '고시엔'이라고 부른다. 지금 열리는 '선발 고교 야구대회(選抜高等学校野球大会)'는 '봄의 고교 야구', '봄의 고시엔' 또는 줄

고시엔구장 전광판의
교토 국제고등학교
교가 제창 영상

여서 '선발(選拔)'이라고 부른다. 마이니치신문과 일본 고교야구연맹이 주최한다.

'여름의 고시엔'은 출전권을 얻은 49개 학교가 우승을 다툰다. 우승기가 진한 주홍색이어서 '진한 주홍의 대우승기(深紅の大優勝旗)'라고 부른다. '봄의 고시엔'은 전년 가을 지구대회에서 좋은 성적을 낸 32개 고교가 출전한다. 일본 전국을 10개 지구로 나누다 보니 '여름의 고시엔'과 달리 출전 팀이 나오지 않는 지방도 있다. 그래서 고교 야구 연맹의 의견을 반영해 지역 균형을 맞추기도 한단다.

'봄의 고시엔' 출전 팀 선정을 살펴보니 다소 엉뚱한 '21세기 전형'이라는 것이 있었다. 2001년부터 도입됐다는데 야구부원 부족 등 어려운 상황을 극복한 학교나 다른 학교의 모범이 된다고 여겨지는 학교에 특별히 출전권을 준다는 것이다. 뽑힌 학교들을 보니 사연도 많았다. 홋카이도 무카와고등학교(鵡川高等学校)는 학생 수 감소로 인한 폐교의 위기를 극복하고 지역사회에 희망을 주었다는 이유로 출전권을 받았다.

니가타 현 가시와자키고등학교(立柏崎高等学校)는 폭설이라는 악조건을 극복하고 야구에 전념했으며 시마네 현 오키고등학교(隠岐高等学校)는 도서 지역이라는 열악한 환경을 극복해 고시엔 그라운드를 밟을 수 있었다. 역경 극복만이 아니다. 미야기 현 이치하사마상업고등학교(立一迫商業高等学校)는 지역 밀착 봉사활동을 통하여 마을의 용기를 북돋운 공로를 인정받았다. 미야기 현 리후고등학교(立利府高等学校)는 지역 청소에 적극 참가하고 운동부원이 초등학교에 급식 배달, 과수원 일손 돕기 등의 선행을 해 출전 티켓을 받았다.

스포츠 역시 전인교육의 한 과정이라면 성적만이 아닌 이와 같은 특별 출전 역시 의미가 있을 것 같다.

0대 34

2021.03.16.

치욕의 콜드게임 패배였다. 스코어 0대 34. 정말 야구 시합인지 의심이 갈 정도의 대패(大敗). 그로부터 22년이 지난 올해 3월, 패자의 눈물을 흘렸던 그 팀이 꿈의 고시엔 무대를 밟는다. 첫 시합은 오는 23일. 이들의 출정식 모습을 마이니치신문은 이렇게 전했다.

"19일 개막하는 제93회 선발 고교야구에 출전하는 교토 국제고교 야구부의 필승을 기원하는 선발기 수여식과 장행회가 10일 이 학교 체육관에서 열렸다. 야구부원들은 유니폼 차림으로 체육관에 입장했다. 이마니시 다쿠토 마이니치신문사 교토지국장이 교토 국제고 선발기를 박경수 교장과 야마구치 긴타 주장에게 전달됐다.

박 교장은 '부담이 클 수 있지만 다 같은 조건이다. 하나가 되어 싸우는 자세를 보여주었으면 한다.'라고 격려했다. 야구부 후원회장 김안일 씨도 '첫 출장이니까 겁낼 것은 없다. 잘하겠다는 강한 마음으로 싸우고 오라.'고 당부했다. 선수를 대표해 야마구치 주장이 '코로나로 어려운 일들이 많지만 야구 시합을 통해 전 국민에게 용기와 감동을 전달할 수 있는 전원 야구를 하겠다.'고 결의를 다짐했다."

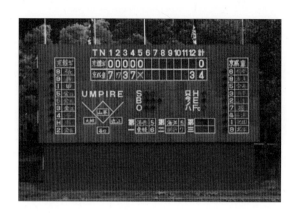

0대 34

　　교토 국제고등학교의 전신은 재일교포와 한국 유학생이 다니던 교토 한국학원이다. 1947년 교토 조선중학교로 개설돼 1958년 학교법인 교토 한국학원이 됐다. 2004년부터 일본의 학교 교육법 제1조의 인가를 받아 한일 양국으로부터 중고 일관교로서 인정되어 교토 국제 중학·고등학교가 됐다. 이제 재일교포뿐만 아니라 일본인들도 다니는 학교가 되면서 명실상부한 '국제고등학교'의 면모를 갖췄다.

　　야구부가 창설된 것은 1999년. 외국인 학교의 경식 야구팀으로서는 처음으로 고교야구연맹에 가입했다. 그해 여름 교토대회에서 명문 교토 세이쇼(成章)고등학교와 첫 대결에서 0-34, 5회 콜드게임으로 대패했다. 선수 대부분이 야구 경험이 없었다. 인원도 부족해 테니스부나 다른 동아리에서 선수들을 빌려 경기를 치렀다. 어렵게 공을 친 뒤 1루 아닌 3루로 뛰는 선수도 있었다고 한다.

　　하지만 열심히 실력을 쌓아 야구부 창설 5년째인 2003년 여름에는 교토부 대회에서 8강에 오르기도 했다. 당시 주장이던 이양강(李良剛) 씨는 한국어와 일본어 2개 국어로 선수 선서를 했다. 고교야구 역사상 처음 있는 일로 당시 언론에 크게 보도됐다. 이 학교의 교가는 한국어다. 2019년 전국고교야구선수권 교토대회 준결승에서 교토 국제고등학교가 교토 공영(共栄)에 승리했을 때 경기 중계 영상에 한국어 교가가 자막과 함께 방영되기도 했다.

'0대 34'의 치욕을 딛고 힘을 키워온 이들이 고시엔 첫 승리의 감격을 맛볼 수 있을까? 24일 치러질 이들의 고시엔 첫 데뷔전의 상대는 도호쿠 지구 대표인 미야기 현의 시바타(柴田)고등학교다.

김연경과 코가 사리나

2021. 08. 03.

올림픽의 계절. 매스컴은 승리를 거머쥔 선수들을 집중 조명하며 그들의 '인간승리'를 감동적으로 그려내고 국민은 환호를 보낸다. 어느 정도 과장은 있을지 모르지만, 승리를 위해 헌신한 선수들의 피와 땀에 대해 전적으로 공감한다. 그들이 다른 나라 아닌 한국의 스포츠 토양을 극복했다는 점에서 더욱 그렇다. 한국에서 스포츠선수로 성공한다는 것, 특히 월드 스타가 된다는 것은 '쓰레기통에서 장미가 핀 것' 정도로 대단한 일이라는 게 내 생각이다.

　김연경(金軟景)은 도쿄올림픽 여자배구 한일전에서 몸을 던져 분투했다. 상대인 일본은 코가 사리나(古賀紗理那)가 부상의 고통 속에서도 혼신의 힘을 다했다. 사가 현 요시노가리 출신인 코가 사리나는 17살의 나이에 최초로 국가대표로 선발되고 제1회 세계 U-23 배구대회에선 일본의 동메달을 이끌며 공격수 부문 올스타에 선정됐다. 이런 그녀를 일본은 2014년부터 2020 도쿄올림픽 특별 강화 프로그램 멤버 중 하나로 선발해 국가 차원에서 후원했다.

　그럼 김연경은 어떨까?

　1,000년에 한 번 나올까 말까 하는 선수라는 김연경을 배구협회

며 소속팀은 끝없이 괴롭혔다. 김연경과 인천 흥국생명 핑크스파이더 스 간의 해외 이적 관련 분쟁은 2012년부터 2014년까지 2년이나 계속됐다. 김연경이 국가대표 은퇴마저 불사했던 크고 작은 다툼은 금전 문제 추문까지 이어지며 세계적인 스타의 발목을 물고 늘어졌다. 지금도 이 같은 꼴불견은 알게 모르게 이어지고 있다.

신문사에서 사내 아이스하키 팀을 만들어 주장을 맡았을 때 일이다. 연습을 마치고 아이스링크에서 나오려는데 피겨 스케이트를 신은 꼬마 아이가 "아저씨들 빨리 나와요. 저 연습해야 해요."라며 발을 동동 굴렀다. 자신의 훈련을 위해 우리를 독촉하던 그 꼬마는 당시 초등학생이던 김연아였다. 김연아를 위해 정부가 해준 것이 있는가? 빙상협회가 해준 것이 있는가? 그녀의 성취는 100% 개인의 노력이었다.

그럼 일본 아사다 마오는? 0506시즌은 토리노 동계올림픽이 열린 시즌이었다. 하지만 고작 몇 개월의 차이로 IOC에서 규정한 연령 조건을 충족하지 못해 아사다 마오는 올림픽에 출전하지 못한다. 이 소식에 일본 열도에 한바탕 난리가 났다. 총리가 직접 나서서 IOC에 입장을 표명했지만 역시 규정은 규정이었다. 올림픽에 참가하진 못했지만 아사다 마오는 이후 일본 국민의 역대급 성원을 등에 업고 얼음판을 달리게 된다. 김연경와 코가 사리나, 김연아와 아사다 마오의 차이다.

코가 사리나

복날엔 장어를?

2021. 07. 30.

찜통더위 속에서는 끼니 해결하는 것도 고통이다. 에어컨을 튼 집에서 불을 이용한 조리도 어렵고 회사 근처에서 해결하는 점심도 메뉴 고르기가 쉽지 않다. 그래서 매일 콩국수, 냉면 릴레이. 다음 달 7일이 입추이니 올해 여름도 절반은 넘긴 셈인가? 달력을 보니 말복도 열흘 남짓 남았는데 올해도 복날 보신탕 구경을 못 하고 지나갈 듯하다.

보신탕은 대학원에서 조교를 하던 시절 처음 먹었다. 지도교수 한 분이 보신탕을 무척 즐기셨다. 반강제로 식당에 끌고 가 먹으라는데 '힘없는 조교 나부랭이'가 어떻게 사양할 수 있겠는가? 지금도 복날 누가 먹자고 하면 함께 가긴 하지만 일부러 찾아가 먹을 정도는 아니다.

돌아가신 어머니는 독실한 불교 신자이셨다.

개고기는 상상도 못 하시는 분이셨다. 생전에 큰 수술을 받으셨을 때 주위에서 "보신탕을 드시면 상처가 빨리 회복된다."며 "어머니께 사다 드려라."고 권했다. 병원 근처에 환자가 먹기 편하게 죽으로 만들어 파는 전문점도 있었다. 어머니에게 개가 아닌 소고기라고 속였다. 하지만 이어지는 추궁에 결국 이실직고하고 말았다. 빠른 회복에 대한 바람 때문이었는지, 아들 성의를 생각하셨는지 어머니는 말없이 그릇을 비우셨다.

오늘 페이스북에서 뒤늦게 나가사키에서 일하는 이영훈 씨의 일본 복날에 대한 글을 읽었다. 일본 복날은 '도요노우시노히(土用の丑の日)'라고 부른다. 긴 이름이다. 직역하면 '토용의 소의 날'이다. 도요(土用)는 입춘, 입하, 입추, 입동 전의 18~19일간을 말한다고 한다. 이중 입추 전 십이간지의 소(牛)를 의미하는 축(丑)에 해당하는 날이 도요노우시노히(土用の丑の日)다.

당연한 얘기지만 일본은 복날 보신탕을 먹지 않는다. 대신 소(牛)의 날이지만 소와는 전혀 거주지가 다른 장어를 먹는다.

에도시대 어느 장어집이 장사가 안 돼 고민이었다. 장어집 주인은 난학자이자 발명가였던 히라가 겐나이(平賀源内)에게 도움을 요청했다. 히라가는 "오늘은 우시노히(丑の日)"라는 전단을 가게에 붙이라고 조언했고 이 아이디어로 가게는 문전성시를 이뤘다. 도요노우시의 '우시(丑)'를 '우'자가 들어간 음식을 먹는 날이라 홍보한 것이 그 이후 '장어(우나기, うなぎ) 먹는 날'로 됐다는 것이다. 짓궂은 말장난이 히트 상품을 만든 셈이다.

그래도 일본의 장어덮밥은 정말 맛있다. 아들이 사는 곳에서 멀지 않은 곳에 장어덮밥 맛집이 있다. 2년 전에 함께 가서 먹으며 "우마이(うまい, 맛있다)."를 연발한 기억이 새롭다. 조만간 다시 그 맛을 즐길 수 있으려나?

일본의 장어덮밥

장수 식탁

2021. 07. 16.

월요일 짜장면, 화요일 잡채밥, 수요일 콩국수, 목요일 된장찌개, 금요
일 다시 콩국수. 이번 주 내가 먹은 점심 메뉴들이다. 무더위가 이어지
니 먹는 것도 귀찮아 대충 가까운 식당만 찾은 결과다. 내가 생각해도
별로 영양가가 없는 식단이다. 그저 굶을 수 없으니 먹는 것일 뿐. 오
늘 영국 BBC 뉴스를 보다가 흥미로운 기사를 발견했다.

기사 제목은 '일본인들이 장수하는 진짜 비결은 무엇일까?'

BBC는 "일본은 세계에서 가장 많은 100세 이상의 장수 인구가
사는 국가로 일본의 100세 이상 인구는 10만 명 중 48명꼴이다."라고
소개했다. 이어 "일본의 이런 장수 기록에 근접한 국가는 전 세계 어
디에도 없다."며 "일본엔 있는데 우리(서구인)에게 없는 것은 독특한
식문화이며 이 음식문화가 장수의 비결"이라고 지적했다.

BBC는 이어 일본 도호쿠대 연구팀의 연구를 소개했다. 연구팀은
1990년대 가장 대표적인 일본식 식단과 미국식 식단을 살펴봤다. 이
식단에 있는 음식물들은 3주 동안 실험쥐에게 먹이고 쥐들의 건강 상
태를 관찰했다. 연구 결과 두 식단의 지방과 단백질, 탄수화물 함량은
같았음에도 불구하고, 일본 식단을 섭취한 쥐의 복부 지방과 혈액 내

지방이 낮은 수치를 보였다. 섭취한 음식이 육류였는지 생선이었는지, 아니면 쌀이었는지 밀이었는지에 따라 결과가 달라졌다는 것이다.

연구팀은 일본의 지난 50여 년간의 다양한 식단 중에서 1975년 식단이 가장 건강식이라고 밝혔다. BBC 기사에는 정확히 어떤 식단인지 소개되지 않아 검색을 해보니 아주 소박한 메뉴를 찾을 수 있었다.

〈아침 식사〉
밥, 된장국(양배추, 양파, 시메지), 계란말이, 낫토, 녹미채 조림(톳, 당근, 유부)
〈점심〉
유부 우동(유부, 시금치, 다진파, 어묵), 과일(사과, 포도)
〈저녁 식사〉
밥, 맑은장국(배추와 미역), 고등어 된장조림, 호박조림, 냉두부(두부, 파, 마늘)

조금 배가 고플 듯하지만, 건강식임에는 틀림없을 것 같다. 자! 그런데 이렇게 먹으려면 두 가지 방법 가운데 하나를 골라야 할 것 같다. '일본에 가서 산다.'와 '주방장 즉 마누라를 바꾼다.' 어느 것이 효과적이려나?

1975년 일본의 식단

니콘 카메라

2021. 06. 07.

가난한 집의 아이에게 카메라는 함부로 쳐다볼 수 있는 물건이 아니었다. 일본식 표현으로 하면 최근 드라마 제목인 '다카네노하나(高根の花)', 즉 그림의 떡이었다. 중고등학교 소풍이나 수학여행 때면 반(班)에서 한두 명이 작은 카메라를 갖고 와서 사진을 찍어주었고, 사진 속의 사람 수만큼 인화해 나눠주곤 했다. 물론 유료(有料)였다. 대학에서도 역시 사정은 비슷했다.

신문사에 입사하고 나서 제대로 된 카메라를 구경할 수 있었다. 가끔 사진기자와 함께 취재에 나설 때는 꼬치꼬치 카메라의 성능을 묻기도 했다. 카메라에 각별한 관심을 가진 것은 아니었다. 엄청나게 좋아 보이고 또 비싸 보여서 그랬다. 한 가지 기억나는 것은, 농구경기 사진의 화질이 외신(外信) 사진에 비해 너무 떨어져 이유를 물은 적이 있다.

그때 사진부 선배는 이렇게 말했다.

"NBA 카메라맨들도 니콘을 쓰지. 우리도 니콘이야. 같은 카메라이지만 차이가 나는 것은 경기장의 조명 차이일 거야."

반쯤은 수긍했다. 같은 니콘 아닌가? 솔직하게 "사진기자의 실력 차이가 아니냐?"고 물을 순 없었다. 이해한다. NBA 카메라맨들은 NBA만 촬영한다. 하지만 한국 사진기자들은 오전에 국회 사진을 찍고 오후

니콘 카메라

에 시위 사진, 저녁에 경기 사진을 찍는 전천후 인재(?)들이었으니까.

그 니콘 카메라가 디지털 DSLR 카메라 본체의 일본 국내 생산을 연내에 종료한다고 도쿄신문이 보도했다. 스마트폰 카메라의 성능 향상으로, 디지털카메라 시장은 크게 줄어들었다. 이에 대응한 구조개혁의 일환이다. 카메라 본체를 담당하는 미야기 현 공장의 생산 공정을 태국으로 옮긴다고 한다. 회사 측은 "해외에서 생산해도 품질은 차이가 없다."고 하지만 왠지 서운하다.

니콘 카메라는 일본 기술력의 상징이었다. 나는 니콘의 셔터를 누를 때마다 아득한 과거 M2 카빈총을 연발로 사격하는 듯한 느낌을 받곤 했다. 남기고 싶은 일본 문물 중 하나인 니콘, 하지만 세상의 변화엔 어쩔 수 없는 것인가?

어린이날에

2021. 05. 05.

오늘은 어린이날. 도쿄신문 조간이 도쿄 도와 가나가와 현의 초·중학생 628명을 대상으로 신종코로나바이러스감염증(코로나19) 속의 생활에 대한 설문조사 결과를 머리기사로 다뤘다. 조사 대상은 이타바시 구와 요코하마 시의 공립 초등학교, 아라카와 구의 공립중학교, 이타바시 구의 민간 어린이 보육시설 어린이들이었다.

이들 중 "코로나로 불쾌하거나 싫은 마음이나 스트레스를 느끼는 경우가 자주 있다."가 88명(14%), "가끔 있다."는 266명(42%)이었다. 10명 중 6명이 코로나로 불쾌감이나 스트레스를 받는다는 것이다.

"불쾌하거나 싫은 마음을 느낄 때가 언제인가?"라는 질문엔 절반 가까운 어린이들이 "여행이나 외식을 할 수 없게 되었다." "운동회 등 행사가 없어졌다."라고 답했다. 이 대답은 저학년일수록 많았다. 이어 "휴교로 친구를 만날 수 없다." "놀 장소가 줄었다."는 응답도 많아 몸을 자유롭게 움직이거나 외출할 수 없다며 불편을 느끼고 있는 것으로 나타났다. "높은 사람은 회식을 즐기면서, 일반인에게는 외출하지 말라고 해서 짜증이 난다."는 중학교 2학년 학생의 어른스러운 대답도 있었다.

그나마 긍정적인 목소리도 있었다.

"새로운 취미를 발견했다." "베란다에서 캠핑을 했다." 등 새로운 즐거움이나, 하고 싶은 것을 찾을 수 있었다는 대답이 있었다. 또 "아버지의 재택근무로 식사를 함께 할 수 있거나 공부를 함께 할 수 있어 기쁘다." "가족과 이야기하는 시간이 많아져서 마음이 편하다." "어머니와 있는 시간이 꿈같았다." 등 가족과 보내는 시간이 늘어난 것에 대한 기쁨의 목소리도 나왔다.

　어린이날, 코로나19 이산가족인 나는 화분을 사서 옥상에 올려 놓고 하루 종일 채소를 심었다. 상추며 청경채, 로메인 등의 어린 싹들을 옮겨 심으며 그나마 조금 마음이 편안해졌다. 일본의 우리 아이들도, 이 어린 싹들도 무럭무럭 자라나기를…. 어린이날이다. "오월은 푸르구나. 아이들은 자란다!"

마지막 여자

2021. 04. 28.

일본어 공부도 할 겸 출퇴근길에 일본 드라마를 즐겨 본다. 일본 방송국들은 대부분 1년을 4분기로 나눠 분기마다 새 드라마 작품을 선보인다.

올해 1분기의 경우 NHK는 '드림팀(ドリームチーム)' '여기는 지금부터 윤리입니다(ここは今から倫理です)', NTV는 '레드아이즈 감시수사반(レッドアイズ 監視捜査班)', TV도쿄는 '나오쨩은 초등학교 3학년(直ちゃんは小学3年生)', TBS는 '우리 집 이야기(俺の家の話)', TV아사히는 '유류수사6(遺留捜査6)' 등을 방영했다.

일본 드라마의 하나의 특징이라면 수사물이 많다는 점이다. 경찰과 검찰의 활약을 다룬 내용이 무척 많아 "왜 이럴까?" 하고 고개를 갸웃할 정도이다. 수사물이 많다 보니 드라마에서 그려지는 범죄의 수법도 상상을 초월할 정도로 다양하고 기발한 내용이 많다. 그런데 오늘 이런 드라마에서나 나올 법한 한 인물과 그를 죽인 범인 이야기가 NHK에 상세히 소개됐다.

주인공은 화려한 여성 편력을 자랑하던 일본의 70대 재력가 노자키 고스케(野崎幸助, 사망 당시 77세)와 그의 아내 스도 사키(須藤早貴, 25세). NHK는 일본 경찰이 28일 도쿄 시나가와(品川)구에서 스

'기슈(紀州)의 돈 후앙'
노자키 고스케 자서전

도 사키를 3년 전 남편 노자키를 살해한 혐의로 긴급 체포했다고 보도
했다. 경찰에 따르면 스도 용의자는 2018년 5월 와카야마 현 타나베
(田辺)시 자택에서 치사량을 넘는 각성제를 남편 노자키에게 먹여 살
해한 혐의를 받는다.

 노자키는 사망 직후 부검 결과 혈액과 위(胃) 내용물 등에서 치
사량을 넘긴 각성제 성분이 검출돼 급성 각성제 중독이 사인으로 밝
혀졌다. 수사 관계자는 스도 용의자가 노자키와 결혼한 후 스마트폰
으로 각성제를 검색했다고 말했다. 또 SNS를 통해 각성제 밀매상과
연락을 했고 타나베 시내에서 접촉한 사실도 확인했다고 밝혔다.

 노자키는 생전 와카야마 현 일대를 지칭하는 '기슈(紀州)의 돈
후앙'이라고 자칭한 인물이었다. 실제로 여성편력이 화려했던 유명한
플레이보이였다. 2016년 펴낸 자서전에선 자신이 돈을 버는 이유가
'미녀를 만나기 위해서'라며 "여성 4,000명에게 한화 300억 원가량 썼
다."고 자랑하기도 했다.

 아내 스도와의 만남은 2017년 가을, 하네다 공항에서 실족했을
때 당시 21살이던 스도에게 도움을 받은 것이 계기가 됐다. 한눈에 반

해 "나의 '마지막 여자가 되어 달라.'고 프러포즈했다."고 자서전에 밝히기도 했다.

이들은 첫 만남 이후 수개월 만인 2018년 2월 결혼식을 올렸으나 결혼 3개월 만인 2018년 5월 노자키가 사망했다. 범죄가 확정되진 않았지만 프러포즈의 내용대로 '마지막 여자'가 된 것은 확실하다. 추측이지만 이들의 비극적인 결혼을 다룬 드라마도 단편이든 10부작이든 조만간 선보일 것 같다. 77세 부자 노인과 25살 여인의 결혼은 아무래도 어색하다. 그래서 '순리(順理)대로 살자.'는 것 아닌가?

도쿄 탈출

2021. 04. 28.

도쿄의 일본 IBM 본사에서 몇 주간 교육을 받은 적이 있다. 당시 강의를 맡았던 IBM 직원이 부장급이던 다카하시(高橋) 상. 하루는 교육을 마친 뒤 함께 한 잔 하고 전철역에서 헤어지며 집까지 전철로 얼마나 걸리느냐고 물었다. "한 시간 조금 넘게 걸린다."는 답이 돌아왔다. 이를 테면 평택이나 오산쯤에서 서울로 출퇴근하는 거리였다. 그는 "도쿄는 집값이 너무 비싸다."며 씁쓸하게 웃었다. 일본 IBM은 잘 나가는 대기업이다. 그 대기업의 부장이 엄두를 못 낼 정도로 도쿄의 집은 비쌌다.

오늘 도쿄신문을 보니 재미있는 기사가 실렸다.

제목은 '도쿄를 탈출한 사람들은 어디로?'

기사에 따르면 신종 코로나바이러스 감염증의 확대로 도쿄 23개구의 전출자가 크게 늘었다고 한다. 신문은 재택근무의 확산과 생활고로 집세가 싼 교외로 이주하는 사람이 늘고 있다고 전했다. 또 코로나19 제4파의 우려가 커지고 있어 '도쿄 탈출이 가속화하고 있다.'고 설명했다.

일본 총무성 자료에 의하면 2020년 도쿄 23개구에서 전출한 사람은 36만 5,507명으로 2019년보다 2만 1,088명 증가했다.

도쿄를 탈출한 사람들이 가장 많이 이주한 곳은 가나가와 현

가나가와 현 후지사와

후지사와(藤澤) 시로 2,975명이 이주했다. 2019년에 비해 713명 (31.5%) 증가했다고 한다. 역시 같은 가나가와 현의 가마쿠라 시, 치가사키 시도 전입자가 약 30% 증가했다고 한다. 이들 도시들의 특징은 도쿄에의 접근성, 그리고 자연과 가깝다는 것이다. 후지사와 시와 가마쿠라 시는 에노시마라는 그림 같은 섬과 아름다운 바다를 안고 있다.

후지사와 시는 도쿄까지 전철 도카이도센(東海道線)으로 51km, 신쥬쿠(新宿)까지 전철 오다큐센(小田急線)으로 56km 거리이다. 인구는 약 40만. 시(市) 홈페이지를 보니 기후는 난류의 영향을 받아 겨울에는 따뜻하고 여름에는 시원해서 쾌적한 주거환경이라고 자랑하고 있다. 홈페이지를 보고 있자니 몇 년 전 후지사와 시와 가마쿠라 시를 잇는 전철 에노덴(江ノ電, えのでん)을 탔던 기억이 떠올랐다.

아들이 이토시마(糸島)에 작은 땅을 샀다고 했다. 몇 해 전 가본 동네다. 몇 걸음만 가면 바다와 만날 수 있다. 먼 훗날 그곳에서 낚시하는 상상을 한다. 사랑하는 이들이 있어 황혼의 바다도 쓸쓸하지 않을 것 같다.

이케에 리카코

2021. 04. 05.

7080세대라면 대부분 'One Summer Night'이라는 노래를 들어봤을 것이다. 홍콩 미녀 가수 진추하(陳秋霞)가 부른 이 노래는 영화 '사랑의 스잔나'의 OST 중 하나로 'Graduation Tears'와 함께 한국에서도 선풍적인 인기를 끌었다. '사랑의 스잔나'는 한국과 홍콩 합작영화다. 1976년 한국에서 개봉했다. 영화 한 편의 손익분기점이 3만 명이던 당시 '사랑의 스잔나'는 17만 명의 관객을 동원해 그해 최다관객 동원이라는 대기록을 세웠다.

진추하는 이 영화에서 주연을 맡았다. 백혈병에 걸려 6개월이란 시한부 인생을 살아가는 연약한 여주인공, 그녀의 사랑과 마지막 삶을 진추하는 슬프고 또 아름답게 연기했다. 그래서 한국 젊은이들의 가슴에 깊은 감동을 새겨줬다. 당시 대학가나 도심 어느 커피숍 어디를 가도 그녀가 부른 'One Summer Night'를 아주 자주 들을 수 있었다.

어제 일본 매스컴은 일제히 한 여자 수영선수의 소식을 전했다. 백혈병을 딛고 재기에 성공한 일본의 수영 스타 이케에 리카코(池江璃花子). 올해 만 20살이다. 이케에는 4일 도쿄올림픽 수영 경기장인 도쿄아쿠아틱스센터에서 올림픽 대표 선발전을 겸해 열린 일본수영선수권 여자 100m 접영 결승에서 57초77로 우승하며 올림픽 출전 티켓을 따냈다. 2016 리우데자네이루 올림픽에 이어 두 번째 올림픽 출전이다.

이케에는 개인 종목에서 총 11개의 일본 신기록을 보유하고 있다. 2018년 기록한 여자 100m 접영 일본 신기록(56초 80)은 그해 세계 1위 기록이기도 했다. 그런 그녀가 2019년 2월 백혈병 진단을 받고 선수 활동을 중단했다. 10개월 동안의 힘겨운 입원 치료를 거쳐 12월 퇴원 후 선수 복귀를 위한 노력을 이어왔다. 작년 5월부터 본격적인 연습을 재개해 8월 첫 복귀전을 치른 뒤 기록을 조금씩 줄여왔다. 이번 일본 선수권 대회가 6경기째 출전이었다.

이케에는 자신의 몸 상태를 생각해서 2024년 파리올림픽 출전을 목표로 하고 있다. 3일 치러진 100m 접영 준결승에서 58초 48을 기록하며 3위로 통과했을 때도 "도쿄올림픽은 궁극적인 목표가 아니다. 더 기록을 줄이고 싶다."라고 말했다. '사랑의 스잔나'에서 백혈병으로 숨진 여주인공과 달리 이케에는 이를 극복하고 올림픽 메달을 꿈꾼다. 의학 발전의 덕도 있겠지만 멋진 도전이다.

이케에 리카코

이치란

2021. 03. 29.

1972년 2월 19일 일본 나가노 현 기타사쿠 군 가루이자와 정에 있는 가와이악기제작소(河合楽器製作所) 소유의 사원 휴양시설 아사마(あさま)산장. 일본 연합 적군의 간부급 조직원인 사카구치 히로시(坂口弘), 반도 구니오(坂東國男), 요시노 마사쿠니(吉野雅邦), 가토 미치노리(加藤倫教), 가토 모토히사(加藤元久) 등과 10명의 조직원이 나타나 산장을 점거하고 관리인의 아내를 인질로 하여 10일간 경찰과 대치한다.

인질은 약 219시간 정도 감금됐다가 무사히 풀려났지만 일본 역사상 경찰과 대치하는 인질 사건 중 가장 긴 감금 기록으로 남게 됐다. 그때만 해도 인질극에 대한 대처 경험이 전혀 없던 일본 경찰은 현지 나가노 경찰과 경시청 파견 인원의 이원화된 지휘로 우왕좌왕하는 모습을 보였다. 그리고 이 민망한 모습은 고스란히 전 국민에게 텔레비전으로 생중계됐다.

사상자가 발생한 비극적 사건이었지만 이 사건으로 대히트한 상품이 있었다. 컵라면이다. 혹독한 나가노의 겨울 산은 평균기온이 영하 15도 전후였다. 경찰들에게 배급된 도시락은 꽁꽁 얼어버렸다. 부득이하게 당시 갓 판매를 시작한 닛산 식품의 컵라면이 배급되었다.

이치란 컵라면

혹한에 지친 경찰들이 김이 모락모락 나는 컵라면을 먹는 장면이 전국에 방영됐다. 당시 이 현장중계의 시청률은 50%를 넘었다고 한다. 그 덕에 전국에서 주문이 폭주했고 신생 상품이던 컵라면은 일약 히트 상품이 됐다.

컵라면 기피증이 있는 나는 컵라면을 거의 먹지 않는다. 장기간 인도 여행을 할 때 '생존'을 위해 한두 개 억지로 먹은 것이 기억의 전부다. 돼지고기를 못 먹는 나로선 일본 라면 역시 자주 먹지는 않았다. 이치란(一蘭) 라면 역시 워낙 유명한 곳이라 두어 번 발길을 했지만 역시 내겐 그리 당기는 맛이 아니다. 그런데 이치란이 최근 작심하고 선보인 컵라면이 3일 만에 40만 개가 팔렸다고 한다. 맛본 이들은 "점포에서 먹는 맛과 똑같다."는 찬사를 보냈다. "역시나 이치란"인가?

희망을 던진다

2021. 03. 11.

"성적 지상주의는 학생야구에도 만연해 있다. 그러다 보니 어릴 때부터 기본을 건너뛴 실전 위주의 지도가 이뤄진다. 기본인 포심 패스트볼이 완성되기도 전에 브레이킹 볼부터 가르친다. 자신의 몸, 특히 하체를 활용한 투구의 기본기를 배워야 할 시기. 세게 던져 타자를 제압하는 법을 배워야 할 시기에 꺾어 던져 배트를 피해가는 법을 배운다. 변화구를 많이 던지다 뒤늦게 구속을 높이려 해보지만 이미 신체 메커니즘은 변화구에 젖어있다. 대기만성 형 빠른 공 투수가 나오기 힘든 이유다."

2019년 12월 스포츠조선의 보도이다. 이 기사의 제목은 '강속구 투수 사라지는 한국야구, 앞서가는 일본 야구'였다.

한국 학교 스포츠의 문제점을 지적한 이 기사가 나온 것은 일본의 한 괴물 투수 때문이었다. 이 선수의 선배인 오타니 쇼헤이는 일본 프로야구 최고기록인 165km를 찍은 뒤 태평양을 건넜다. 그리고 '제2의 오타니'로 주목받는 이 선수 역시 중학생 시절 141km, 고교 시절엔 무려 163km를 찍었다. 그의 이름은 사사키 로키(佐々木朗希). 올해 만 19세로 지바 롯데마린스 소속이다.

10년 전 오늘 초등학교 3학년이던 사사키 로키는 학교에 있었다.

수업 중 갑자기 큰 흔들림이 엄습했다. 동일본대지진의 시작이었다. 고지대에 있는 대피소로 서둘러 피했다. 형제 3명이 하룻밤을 보내고 다음 날 아침 어머니와 만났다. 하지만 아버지와 할머니, 할아버지는 끝내 오지 않았다. 집과 함께 쓰나미에 휩쓸린 것이다. 어린 나이로 감당하기엔 너무 큰 슬픔이었다. 대피소에서 우연히 야구공을 발견했다. 글로브는 누군가에게 빌렸다. 슬픔 속에서도 야구를 계속했다.

고교 최고의 강속구 선수인 사사키에 대해 장훈 씨는 '문예춘추'와의 인터뷰에서 "사사키를 원하지 않는 일본 프로야구팀은 없다. 속구가 빠르다. 충분히 성인 야구에서도 통한다. 투수로서 100년에 한 번 나올 만한 소질"이라고 호평했다. 2019년 10월 드래프트에서 4개 구단으로부터 1위 지명을 받은 사사키는 2020년 롯데에 입단한다. 신인 육성 플랜에 따라 지난해에는 공식경기에 등판하지 않았다. 대신 몸을 만들고 투구 자세를 교정하는 시간을 가졌다.

이런 그가 12일 주니치 드래건스와의 시범경기에 출전한다. 첫 프로 무대이다.

"3월 11일은 매년 특별한 날입니다."

쓰나미에 잃은 아버지는 생전에 캐치볼을 해주며 "로키는 대단하다. 장차 프로가 될 수 있다."고 격려했다고 한다. 재해지의 9살 소

사사키 로키

년은 10년이 지난 오늘 이렇게 말했다.

"10년 전 많은 분의 도움을 받아 용기와 희망을 얻었습니다. 더 열심히 해야 한다고 저 자신을 채찍질했습니다. 지금은 그때와 다른 입장에 있습니다. 올해 경기에서 많이 던져 많은 분에게 용기와 희망을 돌려드릴 수 있도록 노력하겠습니다."

독도의 날? 고양이의 날!

2021. 02. 23.

22일은 일본 시마네 현이 정한 '독도(다케시마)의 날.' 이날 행사로 한일 양국이 다시 신경전을 벌이는 모습이 연출됐지만 정작 일본 일반인들은 관심 밖인 듯하다.

일본 신문들을 살펴보니 오히려 뉴스가 된 것은 고양이였다. 22일 도쿄신문은 영국 수상 관저에서 쥐 퇴치를 담당하는 '내각 쥐 포획장' 래리(ラリ―) 이야기를 담았다. 고양이를 빗대어 일본 정치를 꼬집었지만, 굳이 고양이를 거론한 것은 이날이 '고양이의 날(네코노히, 猫の日, ねこのひ)'인 때문일 것이다.

2월 22일이 '고양이의 날'이 된 것은 1987년부터였다. 일본 고양이의 날 실행위원회가 제정했다. 왜 하필 이날일까? 자료에 따르면 고양이 울음소리의 '냥(にゃん)'과 일본어의 '니(2)'의 어조를 딴 것으로, 전국 애묘가들로부터 공모를 거쳐 결정됐다고 한다.

실행위원회는 고양이의 날 제정 이유를 "고양이와 함께 살 수 있는 행복에 감사하고 고양이와 함께 이 기쁨을 되새기고자 한다."고 밝혔다. 한국에도 익숙한 마네키 네코는 9월 29일로 따로 기념일을 갖고 있다.

고양이들의 천국답게 2월 22일 고양이의 날엔 일본 전국에서 다양한 행사와 상품이 등장한다. 고양이 사진과 삽화로 장식한 '고양이 열차'를 운행하고 일부 우체국들은 고양이의 날 기념 '고양이 소인(消印) 서비스'를 한다. 언론도 고양이 이야기로 가득하고 고양이 특집 프로그램도 다수 편성한다. 12시간 내내 고양이만 보여주는 방송이 등장하기도 하고 지역 여기저기서 고양이 관련 축제도 열린다.

축제만이 아니다. '고양이의 날'을 기회로 사람으로서 고양이에게 뭘 할 수 있느냐에 대해서 진지한 고민도 한다. 예를 들면 길고양이와의 공존에 대한 문제와 대책. 그 대표적 대책의 하나로 중성화수술(TNR) 활동이 있다. 수술을 마친 길고양이의 귀 끝을 잘라서 수술했다는 표시를 남기는데 이런 고양이들을 '벚꽃 고양이(さくら猫)'라고 부른다.

한국도 애묘 인구가 급증하고 있지만 통일된 '고양이의 날'은 없는 것 같다. 애묘인들의 관심을 요구하면 코로나 시대에 너무 과한 주문일까?

고양이의 날

학폭

2021. 02. 22.

"한국 여자배구대표팀 주전 쌍둥이 자매 이재영(24)과 이다영(24)이 학창시절 동료들을 괴롭힌 사실이 밝혀짐에 따라 한국배구협회는 이들을 도쿄올림픽 등 대표 팀 선발 대상에서 무기한 제외한다고 15일 밝혔다. 국가대표 자격 박탈에 대해 협회는 '유사 행위의 재발 방지를 위해 엄격한 대응이 필요하다고 판단했다'."라고 설명했다.

한국 미디어에 의하면, 이들 2명은 도쿄올림픽의 예선에서도 대표로 선발되어 출장권 획득에 공헌했다. 쌍둥이 선수로서 주목을 받고 TV 프로에도 출연하는 등 인기를 끌었다. 이번 달 들어, 초등·중학생 시절에 팀 동료였다고 주장하는 인물이 이들 자매로부터 집단 괴롭힘을 당했다고 인터넷에 투고했다. 그는 금전을 요구하거나 머리를 때리는 등의 폭력을 당했다고 주장했다. 자매는 "학생 시절 잘못된 행동에 대해 사과한다."고 사죄했다. 소속팀은 두 사람을 무기한 출장 정지 조치했다.

요즘 전국을 달구고 있는 이재영·다영 자매 학폭에 대한 일본 교도통신의 보도다. 있는 팩트만 가감 없이 전하고 있지만 한국 스포츠의 어두운 일면을 전 세계에 보여준 것에 부끄러울 지경이다. 하지만 이게 다일까?

예전에 한국스포츠의 여러 문제를 기획기사로 4회에 걸쳐 연재한 적이 있다. 한 회가 원고지 30매 분량이었다. 4회 연재했으니 원고지 120매 분량이다. 그래도 아쉬울 정도로 할 말이 많았다. 그리고 그때 지적했던 문제점들은 지금도 고쳐지지 않은 모양이다.

잘하지는 않았지만, 운동을 즐기는 편이었다. 기자협회 주최 전국 언론사 축구대회는 4번 출전했다. 회사 내에 사내동호회로 아이스하키 팀을 만들기도 했다. 무모한 도전이었지만 두고두고 기억에 남는 추억이 되고 있다. 그만큼 운동을, 솔직히 표현하면 공을 가지고 노는 것을 좋아한다는 얘기다. 하지만 딱 여기까지이다. 전문적인 선수가 되면 그 안에서 벌어지는 온갖 불합리한 일들을 피하기 어려운 것이 한국의 스포츠계다.

여러 문제가 있지만 가장 큰 문제는 한국스포츠가 사회체육이 아닌 엘리트체육시스템이라는 것에서 시작한다. 중고생 선수들은 대부분 대학 진학을 목표로 운동을 한다. 모든 목표가 대학에 맞춰져 있다. 학교 수업을 듣는 경우는 거의 없다. 당연히 학교 친구도 없다. 주위는 같은 운동선수들뿐이다. 그저 대학만 가면 된다. 정상적인 학교생활을 하다 주말이나 방과 후 즐기는 운동을 하는 것은 한국에선 있을 수 없는 일이다.

일본 인기 드라마 심야식당 시즌 1, 2에는 고교 야구선수 출신 한 야쿠자의 이야기가 나온다. 규슈지역 고교 제1의 강타자였던 그는 고

드라마 심야식당에 등장하는 야쿠자.
한때 잘나가던 고교 야구선수로
묘사됐다

시엔 출전을 앞두고 팀 매니저와 데이트를 한다. 빨간 비엔나소시지가 반찬인 도시락을 함께 나눠 먹는 데이트였다. 그러던 중 동네 불량배와 시비가 붙고 그는 매니저를 지키기 위해 싸움에 휘말린다. 그 결과는 고시엔 출장 취소. 개인이 아니라 소속 학교가 꿈의 무대라는 고시엔 출전을 못 하게 된 것이다. 픽션이지만 폭력에 엄격한 모습에 고개가 끄덕여진다. 오늘 저녁엔 빨간 비엔나소시지 안주에 한 잔 할까?

효탄 교자

2021. 02. 08.

일본 고베(神戶) 모토마치의 인기 교자점 '효탄(ひょうたん, 표주박)' 이 8일 영업을 재개했다고 아사히신문이 보도했다. 아사히신문 기사 의 시작은 이렇다.

"된장 양념으로 먹는 그 교자가 돌아온다."

'효탄'의 교자는 1957년 선보였다. 이후 고베시의 명물로 63년간 사랑받아 왔다. 하지만 작년 6월에 돌연 폐점했다. 고령이었던 교자 제조장인(匠人)의 건강이 나빠졌기 때문이다. SNS에서는 "너무 충격 적!" "이젠 못 먹나 싶어 정말 섭섭하다."는 글이 이어졌다.

창업자의 손자로 산노미야 점의 마스터였던 나가츠카 요시타카 (41) 씨는 영업 마지막 날, 손님이 모두 돌아간 가게에서 눈물을 흘렸 다고 한다. 고등학생 때부터 시작해 25년 가까이 지켜온 일터였다. 그 러던 그가 작심하고 영업 재개에 나선 것이다.

그는 고객들의 "효탄 교자를 부활해 달라."는 끝없는 요청에 영업 재개를 결심했다고 말했다. 영업 재개 소식에 30년 단골인 고 베 시 히가시나다 구의 주부 후쿠하라 에미코(46)씨가 채 가게 문 을 열기 전부터 달려왔다. 그는 "가장 먼저 효탄 교자를 먹고 싶었 다."고 말했다.

교자, 만두는 한국과 중국, 일본의 공통 음식이다. 하지만 3國3色이다. 일본의 경우 '만쥬'라고 읽는 만두(饅頭)는 속에 달콤한 팥 앙금이 들어 있는 과자의 일종이다. 우리가 생각하는 만두는 '교자'라고 부른다. 교자 중에서도 군만두인 '야키교자'를 압도적으로 선호한다.

하지만 가장 큰 차이는 일본에서 만두는 간식보다는 반찬 개념에 가깝다는 사실일 것이다. 라면집에서 라면과 세트로 파는 경우가 많고 밥과 함께 먹는 교자정식(餃子定食)도 흔히 볼 수 있다. 서울에서 군만두에 소주가 아닌 맥주를 마시는 사람이 있다면 그가 일본사람일 확률이 90%가 넘는다. 내기해도 좋다.

재미있는 것은 일본군만두협회(焼き餃子協会)가 매년 2월 초 2인 이상 가구의 연간 교자 구입액 순위를 발표한다는 것이다. 지난 5일 협회 발표에 따르면 1위는 하마마츠 시로 가구당 3,766엔이었다. 2위는 우쓰노미야 시 3,693엔, 3위는 3,670엔의 미야자키 시가 차지했다. 이 수치는 일본 총무성 발표를 근거로 해 공신력이 있다.

외국 음식이지만 일본에서 현지보다 더 사랑을 받는 것을 들라면 카레와 교자일 것이다. 그만큼 교자 집은 일본 어느 골목이든 자리한다. 겉은 파삭파삭하고 속은 부드러운 군만두. 월요일이지만 오늘 퇴근 후엔 중국집에서 군만두에 소주 한 잔이다.

효탄 교자

'조선의 트리플 점퍼' 김원권

2020. 11. 30.

중국과의 확전으로 올림픽 개최권을 반납한 1940년 도쿄올림픽. 만약 이 대회가 열렸다면 당당한 금메달 후보였을 당시 조선 출신의 육상 세단뛰기 선수가 있었다. 선수의 사후 20년 만에 그의 활약을 소개한 책이 간행됐다고 교도통신이 30일 보도했다.

1918년 황해도 해주시에서 출생한 김원권(金源權). 보성전문학교 학생 신분이던 그는 1939년 오스트리아 빈에서 열린 국제대학경기대회(유니버시아드 대회의 전신)에 출전, 15.37m의 기록으로 금메달을 목에 걸었다. 당시 일본은 1928년 암스테르담 올림픽 이후 올림픽 세단뛰기를 3연패 한 세단뛰기 세계 최강국이었다.

일본으로 건너가 게이오대학(慶応大學)에 진학한 그는 일본선수권 대회를 두 번 제패하고, 1943년 자신의 최고기록인 15.86m라는 대기록을 세운다. 1939년엔 비공인이긴 하나 16.25m로 당시 세계 신기록에 해당하는 기록을 내기도 했다.

1940년 도쿄올림픽이 열렸다면, 1936년 베를린올림픽 마라톤의 손기정에 이어 조선인 금메달리스트가 될 가능성이 충분했다. 1928년 암스테르담올림픽 세단뛰기에서 우승한 오다 미키오(織田幹雄)는 김원권에 대해 '동양 최고의 다리'라며 찬사를 보냈다고 한다.

　　종전 후인 1948년 런던올림픽에 30대의 나이로 태극 마크를 달고 출전했지만, 전성기의 힘을 잃고 하위권에 머물고 말았다. 그래도 김원권이 수립한 15.86m의 최고기록은 1984년까지 한국 신기록이었다. 마라톤 이외 종목에서 한국 역사상 유일한 세계 톱 레벨의 선수였던 것은 분명하다.

　　은퇴 후 외교관으로 일본을 찾기도 한 그는 일본에 정착해 효고현(兵庫県)에서 택지 개발 등의 일을 했다. 그 후, 교토(京都)의 사찰 다이카쿠지(大覚寺)에서 법명 '겐큐(源久)'로 수행 생활을 했고 고베시 스마 구(須磨区)에 사찰 '히류지(飛龍寺)'를 세웠다.

　　'전설의 트리플 점퍼'는 높은 산에 자리한 히류지의 묘지에 조용히 잠들어 있다. 비룡사. 높이, 더 높이 도약하고 싶은 김원권 선수의 꿈은 사찰 이름으로 남아 있다.

김원권의 활약을 보도한
1940년 6월 3일 동아일보 지면

9호 태풍

2020. 09. 03.

9호 태풍 '마이삭'이 지나간 밤, 빗소리 바람 소리 속에서 잠을 설치다 새벽에야 아이의 메시지를 확인했다.

"이런 태풍은 처음인데. 1층에서 자는데 유리창 깨질까 봐 못 자고 있어. 오늘 오전에 그쪽으로 올라가는 거 같은데 창문 꼭 닫아."

자정을 조금 넘긴 0시 20분 무렵에 온 메시지였다. 후쿠오카에서 조금 남쪽 소도시에 사는 아이에게도 '마이삭'은 안부를 전한 모양이다.

그 시간 깨어있지 않은 것이 너무 미안스러웠다. 서른을 훌쩍 넘겼어도 여전히 내겐 우물가에 서 있는 꼬마로만 생각되니까.

서울에서 후쿠오카는 참 가깝다. 이륙한 비행기가 순항 고도에 이르러 기장의 인사말이 나오면 잠시 뒤 "승객 여러분, 저희 비행기는 곧 후쿠오카 국제공항에 착륙할 예정입니다."라는 안내방송을 들을 수 있다.

처음 아들의 결혼 소식을 알렸을 때 에자키 상은 술자리에서 문득 물었다.

"온 상, 외롭지 않겠어?"

그때 선뜻 대답했다.

"가깝잖아요. 서울에서 1시간이면 오니 대전보다 가깝죠."라고.

그런데 요즘은 아니다. 아들과의 거리가 너무 멀게 느껴지고, 새삼 외롭다. 그래서 요새는 밤이면 아들이 사다 준 25도 일본 소주를 마신다. 손자 예뻐서 그 낙에 산다는 사람들이 주위에 많다. 나도 손자들이 예쁘다. 그런데 아들은 손자들보다 더 예쁘다.

지난 주말 인터넷에 문제가 생겨 모처럼 모아뒀던 영화를 볼 수 있었다. 이미 몇 번을 봤던 '당신에게'도 다시 봤다. 영화 초반 다나카 유코(田中裕子)가 말한다. "여름이 지나면 풍경은 치우세요. 철 지난 풍경 소리처럼 처량한 것은 없어요."라고.

아니! 절대 아니다. 내 방 창에 걸어둔 풍경 두 개는 아이들이 있는 남쪽을 향한 마음이다. 하나는 나가사키, 또 하나는 아리타에서 구했다. 아이가 태풍 소식을 전하는데 난 잠들어 있었다. 그래서 간밤에 풍경들이 내내 날 깨웠나 보다.

풍경엔 늘 그리움이 매달려 있다

가라아게

2020. 08. 24.

필리핀에서 코로나19를 피해 귀국한 후배와 단골집인 인도음식점을 찾았다. 인도음식점에서 뜻밖에 소주를 팔아 단골이 된 이 집에서 시킨 메뉴는 탄두리치킨과 카레, 그리고 난. 난에 카레를 듬뿍 담으면 최고의 소주 안주가 된다. 인도 뉴델리에서 KFC에 간 적이 있는데 매장 입구에서부터 카레 냄새가 진동해 '현지화'를 실감했던 기억이 새롭다.

하지만 내가 가장 사랑하는 닭고기 요리는 가라아게다. 1980년대 후반 도쿄에서 지금까지 가라아게는 이자카야의 최애(最愛) 메뉴였다. 왜냐고? 저렴하고 맛있으니까. 아들이 교토 타치바나대학교에 교환학생으로 갔을 때 교토를 찾은 적이 있다. 아들에게 가장 자주 가

일본의 국민치킨 가라아게

는 밥집과 술집을 가자고 했다. 단골 밥집은 평범한 곳이었다. 다만 자유롭게 추가로 밥을 먹을 수 있는 밥솥이 매장 한구석에 놓여 있었다. 마음이 아팠다. 그리고 아들의 단골 술집. 마음씨 좋게 생긴 술집 할머니는 아들이 항상 가라아게와 소주를 주문한다고 말했다.

코로나19로 본의 아니게 이산가족이 됐다. 아버지란 자리는 아이들이 보고 싶어도 선뜻 전화기에 손이 가지 않는다. 혹여라도 불편해할까 봐. 서울에서 탄두리치킨을 먹으러 후쿠오카의 가라아게를 생각한다. 김현승 시인이 그랬다. '아버지의 술잔에는 눈물이 절반'이라고

태풍 지나던 밤

2020. 08. 10

"우리. 갈 수 있을까?"

"갈 수 있어. 내가 꼭 데려갈게."

창밖에는 폭우가 내리고 있었다. 태풍 29호. '세상의 중심에서 사랑을 외치다'의 도입부다. 남자 주인공과 백혈병을 앓는 여자 주인공의 '세상의 중심'이라는 호주 울룰루 행을 막아선 것은 태풍 29호였다.

두 남녀는 이렇게 속삭인다.

"못 가는 거야?"

"갈 수 있어. 다음에."

"그런 건 없어. 다음이란 거 내겐 없어. 아직은 괜찮아. 살아있다고. 난 살아있어."

5호 태풍 장미가 한반도를 관통하는 오늘, 문득 아주 오래전 본 이 영화가 떠올랐다. 일본 영화 가운데는 태풍과 관련된 영화가 당연히 많다. '눈물이 주룩주룩'에서도 여주인공은 태풍이 덮친 날 세상을 떠난다.

서울이라는 대도시에 살면서 태풍의 위력을 실감할 기회는 거의 없었다. 어느 여름 신문사에서 야근할 때 너무 비바람이 강하게 느

'세상의 중심에서
사랑을 외치다'

꺼졌다. 분명히 기상청에선 한반도를 비껴간다고 했는데 아무래도 그 정도가 심각했다. 이미 지방판엔 태풍이 비껴갔다는 기사를 내보낸 상황이었다. 시내판 마감 시간이 임박해 기상청에 확인했더니 태풍이 비껴가는 게 아니라 한반도를 관통 중이었다. 부랴부랴 기사를 고쳐 쓰고 지면을 다시 제작해야 했다. 이 정도가 태풍에 대한 추억이다.

정작 태풍의 위력은 일본에서 경험했다. 나고야, 또 가마쿠라에 서였다. 가마쿠라에선 직격탄을 맞아 뒤집힌 우산은 아예 포기하고 비옷에 의지해 사찰 순례를 했다. 물론 속옷까지 젖은 상태에서. 사찰 순례를 마치고 물이 뚝뚝 떨어지는 차림으로 선술집에 혼자 앉아 마 시는 일본 소주는 각별한 맛이었다.

오늘처럼 태풍이 한반도 남단을 지나면 나는 서울보다 규슈를 더 걱정하게 된다. 내가 사랑하는 이들이 모두 그곳에 있기 때문에. 그리 움을 매달은 풍경에게 묻는다.

"잘들 지내고 있지?"

안에서 내야 할 목소리를
밖에서 듣는다

도대체 한국은
어떤 나라인가?

요코다 메구미

2022. 11. 15.

그날 아침 소녀는 언제나처럼 아버지, 어머니, 쌍둥이 동생과 시끌벅
적하게 아침밥을 먹고 학교를 향했다. 그리고 이것이 가족들이 소녀
를 본 마지막 모습이 됐다. 그날 저녁, 방과 후 부(部) 활동으로 배드
민턴 연습을 마치고 돌아올 시간이 되었지만 소녀는 돌아오지 않았
다. 단 한 번도 말없이 늦게 귀가한 적이 없는 소녀이기에 가족들은 필
사적으로 찾아 나섰다. 신고를 받은 경찰도 나서 곳곳을 수색했지만
소녀를 보았다는 목격자도, 유류품도 찾을 수 없었다.

한참 뒤에야 나온 증언에 따르면 가족이며 경찰이 애타게 찾고 있
던 그때, 소녀는 어느 커다란 배 안의 캄캄하고 추운 밀실에 갇혀 있었다.
소녀는 두려움에 떨면서도 "엄마"라고 울부짖으며 밀실의 출입구며 벽을
두드리고 마구 긁어 두 손은 손톱이 빠질 정도로 피투성이였다고 한다.

오늘부터 정확히 45년 전인 1977년 11월 5일 일본 니가타에서
벌어진 일이다. 살아 있다면 올해 만 58세인 그 소녀의 이름은 요코다
메구미(横田めぐみ). 실종 당시 중학교 1학년, 13살이었다.

메구미는 밝고 명랑한 소녀였다. 사라지기 전날인 11월 14일은
일본은행에 근무하던 아버지 요코다 시게루(横田滋)의 생일. 메구미

는 아버지에게 빗을 선물했다. 가족의 중심이던 메구미가 사라진 날부터 항상 떠들썩했던 식탁은 불이 꺼졌다. 아버지는 매일 아침 일찍 집을 나가 해안을 둘러보고 엄마도 집안일을 마치면 거리 곳곳을 돌아다니며 메구미의 이름을 애타게 불렀다. "왜 이렇게 슬픈 일을 당해야 할까? 혹시 죽은 것은 아니겠지." 하는 생각에 화장실에 들어가 소리죽여 울곤 했다.

슬픔과 괴로움 속에 아무런 단서도 없이 시간은 흘렀다. 그렇게 20년의 세월이 지난 1997년 1월 21일. 메구미가 납북돼 평양에서 살아있다는 소식이 전해졌다. 가족은 물론 일본 국회까지 발칵 뒤집혔다. 5년 뒤인 2002년 9월 17일 고이즈미 당시 일본 총리가 북한을 방문해 김정일과 첫 정상회담을 했다. 가족들은 "혹시 만날 수 있을지 모른다."고 희망을 가졌지만, 북한은 납치를 인정하고 사과하면서도 요코다 메구미 외 5명은 사망, 생존 8명이라는 청천벽력 같은 대답을 내놨다.

증거는 어디도 없었다. 북한이 2004년 11월 메구미라며 유골을 내놨지만, 감정 결과 메구미와 다른 DNA가 검출됐다. 그래서 메구미의 가족도, 일본 정부도 아직 포기하지 않고 있다. 메구미의 어머니 사키에(早紀江) 씨는 이렇게 말했다.

"메구미가 돌아오면 홋카이도의 대자연 속으로 데려가고 싶다. 그곳에 대자로 누워 '자유다!'라고 말하게 해주고 싶다."

45년을 딸을 위해 상실의 세월을 보낸 그의 나이는 올해 86세이다.

납북 45년을 맞은 오늘, 납치 문제를 담당하는 마쓰노 히로카즈(松野博一) 관방장관은 기자회견에서 "전력을 다해 과단성 있게 행동할 것"이라고 결의를 강조했다. 기시다 총리 역시 "아무 조건 없이 김정은과 직접 만나 대화하겠다."는 의지를 틈만 나면 밝히고 있다.

요코다 메구미

　　정부만이 아니다. 수많은 민간단체는 물론이고 메구미의 동창생들
은 10월 5일 메구미의 생일을 맞으면 모여 송환을 촉구하는 행사를 벌
인다. 실종 45년을 맞는 오늘도 일본 언론엔 메구미 이야기가 가득하다.

　　우리도 북에 돌려보내라고 요구할 사람들이 많다. 전쟁포로 외에
도 납북어부 10명과 KAL기 승무원 3명, 납북 당시 고등학생이던 4명
이 있다. 하지만 송환을 요구하는 목소리는 거의 들리지 않는다. 피해
가족이나 극히 일부 사람들의 외침은 안타깝지만 메아리가 없다. 이
게 정상 국가인가?

유텐지의 영혼들

2022. 08. 21.

1945년 8월 15일 광복 9일 뒤인 8월 24일, 일본 교토 마이즈루 앞바다에서 4,730톤급 화물선 우키시마마루(浮島丸)가 폭발, 침몰했다. 아오모리 현 오미나토 항에서 부산으로 향하던 이 배에는 강제노역에 동원됐던 한국인 수천 명이 승선해 있었다. 이 사고로 일본 측 발표로는 한국인 524명과 선원 25명이 사망했다. 그리고 그들의 유해가 지금도 도쿄의 한 사찰에 남아 있다는 것을 일본 보도를 보고 알았다.

도쿄 메구로(目黒)구의 유텐지(祐天寺). 도쿄 시부야에서 요코하마를 잇는 토큐토요코센(東急東横線)엔 같은 이름의 역이 있다. 도쿄 도심에서 멀지 않은 곳이다. 이 절에 아직 한국 출신 희생자의 유해가 275구나 남아 있다고 한다. 한동안 도쿄에서 지냈고 자주 도쿄를 방문했지만, 한국과 인연이 깊은 이곳을 까맣게 몰랐다니 나 스스로 한심하다는 생각이 들었다.

해방 77년이 지났는데 이들 유골은 왜 아직 돌아가지 못했을까? 우키시마마루의 침몰을 두고 둘러싼 한일 갈등 때문이다. 이 배의 침몰 원인을 두고 미군이 부설한 기뢰에 부딪혔다는 주장과 일본이 고의로 폭파했다는 주장이 대립했다. 유족들이 1992년 일본의 사죄와 손해배상 등을 요구하며 교토지방법원에 제소했다. 1심은 일본 정부에 배상을 판결했지만, 오사카 고등법원이 청구를 기각했고 대법원도 2심 판결에 손을 들어줬다.

현재 유텐지에 보관된 유골들은 이들과 다른 이들의 유골일 수도 있다. 우키시마마루 침몰 이후 바다 속에서 일부 시신을 인양해 한꺼번에 화장했기 때문이다. 유골은 누구의 것인지 특정되지 않은 채 상자에 담아졌다. 2008년에서 2010년까지 한일 협의 끝에 유텐지에 있던 423구의 유해가 4차례에 걸쳐 한국에 반환됐다. 하지만 한일관계가 경색된 지난 10년간 반환 협의는 중단된 상태이다.

77년이 지나도록 고향에 돌아오지 못하는 영혼들은 지금도 유텐지의 탑 아래서 서성거리고 있을 것이다. 그런 아버지, 어머니를 고향으로 모시지 못하는 자식들 역시 이미 세상을 떠났거나 인생의 황혼에 서 있을 것이다. 24일은 우키시마마루에 승선했던 이들이 마이즈루의 깊은 바다에서 한 많은 생을 마감한 지 77년째 되는 날이다. 한일관계가 불편하더라도 이들의 '귀향'은 서둘러야 하지 않을까?

우키시마마루(浮島丸)

전쟁 기억법

2022. 08. 15.

자식을 총탄이 빗발치는 전쟁터에 보내는 부모 마음이 어떨까? "부디 내 자식, 내 남편은 적의 총탄이 피해가기를, 그래서 무사히 돌아오기를…"일 것이다. 일본 야마구치 현 야마구치 시에 이런 마음을 담은 신사가 있는 모양이다.

'다마요케 신사(弾よけ神社)'라는 별칭의 미사카(三坂) 신사다. '다마요케((弾よけ)'는 우리말로 하면 '총탄 피하기' 정도가 될까? 이 미사카 신사에 출정하는 가족의 사진을 보내고 공양을 하면 적의 총탄을 피할 수 있다는 믿음이 전해오는 모양이다.

미사카 신사가 언제 세워졌는지는 분명하지 않다. 신사의 홈페이지에도 "정확하지 않지만 1300년 전 설립된 것으로 추정한다."고 기록돼 있다. '총탄 피하기' 공양은 청일전쟁, 러일전쟁에 참전한 병사들부터 시작됐다. 민간에서는 이 두 전쟁에 나가기 전 신사에 공양한 병사들은 모두 생환했다는 이야기가 전해온다. 그 탓인지 이어진 중일전쟁, 태평양전쟁에도 일본 전국에서 출정하는 병사들의 사진을 보내왔다.

그렇게 모인 사진 2만 5,000장이 신사에 봉납됐다. 전쟁이 끝난 지

오늘로 77년이 지났지만, 아직 1만 4,000장의 사진이 신사에 남아 있다. 사진 속 인물들은 어느 전선에서 전사하거나, 혹은 무사히 종전을 맞아 돌아온 사람도 있을 것이다. 전후의 일본을 살다가 천수를 누리고 눈을 감은 이도 적지 않을 것이고 아직 생존해 있는 이들도 있을 것이다.

이 신사에 남은 사진들을 야마구치(山口) 시의 한 고등학교 학생들이 본인이나 가족에게 돌려주는 운동을 하고 있다고 주고쿠신문이 보도했다. 공양 당시의 주소로 사진을 보냈지만 집을 옮긴 경우도 많아 어려움을 겪었다. 그래서 인스타그램을 통한 반환을 생각했다. '사진 속 병사들의 증손 세대도 전쟁의 아픔을 알았으면 좋겠다.'는 생각에서였다.

빛바랜 원본 사진들을 하나하나 포토샵을 통해 보정했다. 작업에 참가한 한 학생은 "한 분, 한 분의 얼굴을 보는 것만으로 교과서의 숫자로는 알 수 없는 생명의 고귀함을 느낀다."고 말했다. 8월 초 이런 노력이 결실을 맺었다. 인스타그램을 통해 사진 한 장이 처음 가족들에게 돌아갔다. 사진을 받은 이는 참전 병사의 증손자. 그는 "감회가 깊다."며 "다섯 살 난 딸에게도 전쟁 이야기를 전해주고 싶다."고 말했다.

미사카 신사

종전 77주년 아침의 일본 신문들은 저마다의 방식으로 전쟁을 기억하고 있다. 정부만 아닌 시민단체, 각 급 학교의 학생들도 그런 노력을 기울이고 있다. 그런데 한국은 6.25를 어떻게 기억하고 있는가? 형식적인 행사와 국방부 주관의 전사자 유해 발굴 외에 내 기억에 있는 것이 없다. 이미 우리 기억 속에서 6.25는 거의 지워지지 않았는지 모를 일이다. 광복절 아침, 이 생각에 마음이 무거워졌다.

후쿠다무라 사건

2022. 04. 18.

1923년 9월 1일 발생한 일본 관동대지진은 우리에겐 슬픈 역사의 한 페이지다. 진도 7.9의 강진과 강풍으로 화재 등 피해가 잇따르자, "조선인이 우물에 독약을 던졌다."는 유언비어가 퍼졌다. 각지에서 조직된 자경단들이 '조선인 사냥'에 나섰다. 당시 독립신문 특파원 조사에 따르면 도쿄에서 752명, 가나가와 현에서 1,052명, 사이타마 현에서 239명, 지바 현에서 293명 등 6,661명의 조선인이 목숨을 잃었다.

　이 학살의 무대 한편에 한국엔 별로 알려지지 않은 '후쿠다무라 사건(福田村事件)'이 있다. 관동대지진 닷새 뒤인 9월 6일 가가와(香川)현의 행상 9명이 치바 현 후쿠다무라, 현재의 노다(野田) 시에서 자경단에게 살해된 사건이다. 행상 15명은 후쿠다무라에 있는 나룻배 요금소에서 "말투가 이상하다. 조선인 아니냐?"는 의심을 받는다. 이들을 둘러싼 수백 명은 행상들에게 '이로하니호에토'를 반복해 말하게 하거나 '기미가요(君が代)'를 부르게 했다.

　의심이 풀리지 않은 상태에서 경찰들이 잠시 현장을 떠나자, 마을 사람들은 일제히 쟁기와 낫을 들고 이들을 공격했다. 갓난아기를 안고 애원하는 엄마를 죽창으로 찌르고, 강을 헤엄쳐 달아나는 사람을 조각배로 쫓아가 일본도와 쇠갈고리가 달린 막대로 찔러 죽였다고 한다. 마을 주민들의 광기 어린 무차별 공격에 두 살, 네 살, 여섯 살 등 3명의 어린이와 임산부를 포함해 9명이 살해됐다.

이 같은 역사적 사실을 영화로 만들겠다는 감독이 나섰다고 오늘 아침 도쿄신문이 보도했다. 모리 타츠야(森達也) 감독이 그 사람이다. 그는 20여 년 전, 신문에서 후쿠다무라 사건 위령제 기사를 읽었다. TV 프로그램으로 다루려고 여러 방송사를 타진했지만, 조선인 학살과 부락 차별 문제가 겹치면서 "너무 예민하다."는 이유로 거절당했다. 그래도 포기하지 않고 클라우드펀딩을 통해 영화화에 나선 것이다. 사건 100년이 되는 2023년 개봉을 목표로 한다.

그는 "왜 일본 영화는 악의 역사를 그리려 하지 않는가?"라고 묻고 있다. 그는 "일본 SNS에는 '난징 대학살은 없었다.', '종군 위안부는 없었다.'는 등의 유언비어도 확산하고 있다. 역사 수정주의가 발 빠르게 진행되어, 과거 생각할 수 없었던 발상이 현 일본 사회의 주류가 되고 있다."라고 탄식했다. 그리고 "열광하는 집단 심리의 위험함과 개인을 관통하는 소중함을 영화에 담을 것."이라고 약속했다.

후쿠다무라 사건을
영화화하는
모리 타츠야(森達也) 감독

병사의 어머니 위원회

2022. 04. 11.

　대학에서 강의할 때 학생들의 부모님이 몇 번 찾아온 적이 있다. 특별한 이유도 없는데 "우리 아이 잘 부탁한다."고 머리를 숙일 때는 난처하기만 했다. 초등학교 담임선생도 아닌데 뭘 어떻게 잘 봐달라는 것인가? 가난했던 엄마는 내 어린 시절 흔하던 봉투 한 번 선생님께 건네줄 형편이 아니었다. 그래서 '봉투'를 전하러 온 급우들의 어머니를 보면 부럽기도 하고 화가 나기도 했다. 그것이 애틋한 부모 마음이라고 이해하기까진 오랜 시간이 걸렸다.

　　난 군대에서 잘 나갔다. 소대원 한 명 보직 바꿔주는 것은 일도 아니었다. 중대본부에 결원이 생겨 말단 소대원 한 명을 데려왔다. 그랬더니 그 소대원 부모가 고맙다며 오징어를 한 상자 보내왔다. 그 녀석은 울릉도 출신이었다. 감사의 '뇌물'을 받으니 그 녀석이 불편해졌다. '다시 소대로 돌려보낼까' 하고 한동안 고민을 했다. 하지만 이런 부모 마음이 빛을 발하는 곳이 있다는 것을 오늘 아침 도쿄신문을 읽고 알았다.

　　러시아의 인권단체 '병사의 어머니 위원회(兵士の母親委員会)'. 정확한 명칭은 '러시아 병사의 어머니 위원회 연합(ロシア兵士の母の委員会連合)'이다.

이 단체가 요즘 우크라이나와 전쟁을 벌이는 러시아 병사들을 위해 엄청난 활약을 하고 있다. 위원회에는 직업군인 아닌 징집으로 전선에 투입된 자식을 찾는 부모들의 문의가 쇄도하고 있다고 한다. 이 부모들에게 바른 정보를 제공하고 반전 시위도 나선다.

'어머니 위원회'는 열악한 러시아의 군 환경에서 탄생했다. 소련 붕괴 후인 1990년대 국방예산이 대폭 깎인 러시아군은 거의 황폐화했다. 오직(汚職)이 만연하고 신병 괴롭힘은 어느 나라에서도 찾을 수 없는 심각한 수준이었다. 괴롭힘으로 자살하거나 변변한 식사를 공급하지 않아 굶어 죽은 젊은이도 있었다. 당시 러시아 주재 일본 자위관은 매년 괴롭힘으로 신병 수천 명이 사망한다는 얘기를 듣고 "전쟁도 안 했는데…."라며 말을 잇지 못했다고 한다.

'어머니 위원회'는 징집된 젊은 병사와 그 가족의 인권을 지키기 위해 1989년 발족했다. 1994년 시작된 체첸공화국과의 분쟁에서는 반전구호를 외쳤고, 포로로 잡힌 러시아 병사들의 석방 교섭에도 참여했다. '어머니 위원회'는 "軍은 그 사회를 비추는 거울"이라고 말한다.

러시아군은 러시아 사회가 안고 있는 부조리와 모순이 응축된 조직이었다. 그리고 그 부조리와 모순이 오늘 우크라이나 전장에서 적나라하게 드러나고 있다. 전쟁이 종식되면 '어머니 위원회'가 노벨평화상 후보가 될지도 모를 일이다.

러시아 '병사의 어머니 위원회'

전쟁고아

2022. 03. 10.

그 아이들은 늘 두려움의 대상이었다. 장난기 많던 초등학교 저학년 시절. 고무줄놀이를 하던 여자아이들에게 다가가 짓궂은 장난을 하는 것은 흔한 일이었다. 하지만 그 여자아이들 중 그곳에 사는 아이들이 있으면 아무도 장난을 치지 않았다. 그 아이들 중 누구라도 한 대 쥐어박으면 6학년 형들이 몰려와 무자비하게 보복을 하곤 했다. 자기들끼리만 어울려 다니던 입성 초라했던 아이들. 학교 인근 고아원 아이들이었다.

10일은 도쿄 대공습이 있던 날이다. 77년 전인 1945년 3월 10일 미국은 일본을 무력화시키고 전쟁의 조기 종결을 위하여 도쿄와 그 주변 일대에 대량의 소이탄을 투하한다. 일본 경시청 자료에 따르면 이 공습으로 8만 3,793명이 숨졌다. 이재민 100만 8,005명에 주택 26만 8,358채가 소실됐다. 도쿄 도 아라카와 구의 호시노 미츠요 씨는 이 공습으로 부모와 형제, 자매 등 4명을 잃었다.

그는 전쟁이 끝나고 나이가 들면서 해를 거듭할수록 수많은 전쟁 고아가 비참한 경험을 말로 표현하지 못한 채 세상을 떠나는 일에 대해 초조감을 느꼈다. '부랑아라 멸시당하며 차별을 받는 사람들의 고통을 묻히게 해선 안 된다.'고 생각해 자신과 같은 고아 10명의 이야

대공습으로
폐허가 된 도쿄

기를 엮어, 저서 '만약 마법을 사용한다면'을 펴내고, 자신이 직접 겪고 또 들은 체험담을 그림으로 그려 전시회도 열어왔다.

이런 그의 아픈 기억을 되살려주는 모습을 요즘 미디어가 자주 보여주고 있다. 러시아의 침략으로 부모와 생이별하고 유럽 각지로 떠나온 우크라이나 아이들. 임시수용소에서, 타국의 거리에서 먼 곳을 응시하는 아이들의 시선은 텅 비어 있다. 저들은 부모와 다시 재회할 수 있을까.

미츠요 씨는 "전쟁 영상을 보는 것이 내겐 너무 괴롭다. 아무래도 공습을 떠올리게 된다."고 오늘자 아사히신문에 말했다. 전쟁고아! 절대 반복되어선 안 될 단어다.

우크라이나 해바라기

2022. 03. 08.

　　나의 무덤 앞에는 그 차가운 비석을 세우지 말라
　　나의 무덤 주위에는 그 노오란 해바라기를 심어 달라
　　그리고 해바라기의 긴 줄거리 사이로 끝없는 보리밭을 보여 달라

함형수의 시 '해바라기의 비명(碑銘)'이다. 요절한 그의 외침에서 삶에 대한 강한 열망을 느낄 수 있다. 그리고 오늘 전쟁의 아픔을 겪고 있는 우크라이나를 생각하며 또 다른 해바라기를 아득한 기억 속에서 불러냈다.

　　1970년 발표한 소피아 로렌 주연의 영화 '해바라기(Sunflower, I Girasoli)' 남편은 결혼하자마자 발발한 제2차 세계대전에 전쟁터 러시아로 떠난다. 전쟁이 끝나도 돌아오지 않는 남편. 여인은 남편이 죽음 직전 눈 속으로 도망쳤다는 동료의 이야기를 듣고 러시아까지 남편을 찾아 나선다. 광대한 해바라기 밭에 이르자 그를 안내하는 이는 이렇게 말한다.

　　"이것 보세요. 해바라기나, 어느 나무 아래에도 이탈리아 병사나 러시아의 포로가 묻혀 있습니다."

　　이 장면은 소련 시대의 우크라이나 남부 헤르손 주에서 촬영됐다. 실제로 제2차 세계대전 중, 우크라이나에서는 많은 이들이 피를

흘리며 쓰러졌다고 한다. 그리고 오늘날 러시아가 침공한 헤르손 주의 거리에서, 길 위에 선 러시아 병사에게 현지 여성이 "뭐 하러 왔나?"라며 외치는 동영상이 소개됐다. 여성은 이런 말도 했다.

"해바라기의 씨를 가져가라. 네가 죽으면 거기에서 꽃이 자랄 테니까."

누군가를 한없이 기다리거나, 한결같은 마음으로 바라볼 때 "해바라기 한다."는 말을 자주 쓴다. 해바라기의 꽃말은 기다림, 숭배. 그리고 "당신을 사랑합니다."도 있다. 영화 속 소피아 로렌의 '사랑 찾아 삼만 리'는 우크라이나의 드넓은 해바라기 밭과 기가 막힌 조화를 이룬다. 포성이 멈춘 지 몇 십 년 만에 다시 그 땅에서 참혹한 살육전이 벌어지고 있다. 그들도 다시 해바라기 아래 묻힐 것이다.

우크라이나
헤르손 주의
해바라기 밭

대장 부리바

2022. 03. 07.

영화 '대장 부리바(Taras Bulba, タラス・ブ_リバ)'를 기억하실 것이다. 중학생 때 서울 변두리의 허름한 동시상영관에서 봤다. 1962년 발표한 영화를 1970년대에 본 것이 신기하게 느껴진다. 영화 내용은 기억에 없다. 율 브리너의 시원한 머리만 생각날 뿐이다. 까마득한 기억 저편의 이 영화를 오늘 아침 홋카이도신문을 읽다가 다시 떠올렸다. 그리고 어렵게 구해 컴퓨터 화면을 통해 다시 관람했다.

'대장 부리바(タラス・ブ_リバ)'의 원작 소설은 우크라이나 출신의 니콜라이 고골(Nikolai Gogol)의 '타라스 불바'다. 격전을 앞둔 밤에 병영의 병사들은 아득한 생각에 잠긴다. 들판 일대에 이들 코사크의 유해가 나뒹구는 이때 씩씩한 힘과 영감으로 충만한 백발의 노인이 나타나 코사크의 영광을 전 세계에 계속 알린다. 코사크는 15세기 이후 우크라이나에 존재했던 군사 공동체였다. 기병 전사를 뜻하는 말이지만, 원어의 의미는 자유인이라고 한다.

소설의 모델이 된 것은 17세기 흐멜니츠키 봉기. 우크라이나 지역의 지배자였던 폴란드-리투아니아연방을 쇠퇴로 몰아넣은 코사크의 무장봉기를 그리고 있다. 이때 러시아는 코사크를 지원하는 아군이었다. 지금 우크라이나에서 벌어지고 있는 전투에서 코사크의 적은

대장 부리바

러시아이다. 폴란드는 우크라이나 피란민을 받아들이는 우호국으로 입장이 바뀌었다. 역사는 이렇게 뒤얽혀 이어진다.

러시아군이 공격해 제압했다는 유럽 최대의 원전이 있는 자포리자는 원래 코사크의 거점이었다고 한다. '대장 부리바'는, 아니 율 브리너는 병사들에게 이렇게 말한다.

"불행의 구렁텅이에 빠진 동료를 내팽개치는 자가 어찌 코사크라 할 수 있는가?"

수세에 몰린 이들의 군단을 하나로 묶은 것은 '전우들에 대한 믿음'이었다. 외국에 체류하다 전쟁 소식에 선뜻 고국으로 돌아가 총을 잡는 우크라이나인들. 이래서 피는 못 속인다고 하나 보다.

曺 선배

2022. 01. 09.

"선배! 약속을 못 지켰네요. 죄송합니다. 새해 가장 빠른 시일 내에 뵙죠."
　지난해 마지막 날 밤늦게 한 전화였다. 12월 초 헤어지면서 "올해가 가기 전에 꼭 한 잔 하자."고 약속을 한 터였다. 하지만 이 일 저일 하다 보니 그 약속을 지키지 못했다. 그리고 그 해를 넘긴 '한 잔'을 어제 저녁 강남의 한 해물탕집에서 할 수 있었다. 선배도 나도 이제 나이테 하나를 더했다.

　수십 년 신문기자를 하면서 가장 감사했던 것은 좋은 선배들과 함께 일할 수 있었다는 것이다. 기자로서의 능력은 물론이고 인품이나 지혜 모두 내가 감히 따라가지 못할 분들이 많았다. 그분들이 내 인생의 거울이 되어 주었다. 많이 배웠고 많은 힘이 되었다. 게다가 신문사의 독특한 문화 탓에 수십 년을 밥이든 술이든 얻어먹기까지 했다. 그분들께 평생 받기만 했다.
　얼마 전 몇 달 만에 전화했을 때 선배는 몹시 반가워하며 이런 말을 했다.
　"이 사람아, 왜 이리 오랜만이야? 우리가 앞으로 만나야 얼마나 만난다고?"
　그 말을 듣는 순간 몽둥이로 머리를 세게 맞은 느낌이었다. '그렇구나. 선배도 나도 나이가 들어가는구나.'라는 생각에 너무 죄스러웠다. 어려울 때마다 생각만 해도 힘이 되어주던 선배도 이제 검은 머리를 찾아보기 힘들게 됐다.

둘이 만나면 항상 붉은 뚜껑 소주 3병을 나눠 마시던 선배는 어제 각자 한 병씩을 비웠을 때 "자, 술은 그만하자."라고 말했다. 그 말이 너무 슬프게 들렸다. 한 병 더 마셔야 하는데, 그래야 '아, 선배가 여전하시구나.'라고 안심할 텐데….

선배의 고집에 어제도 술값을 내지 못했다. 지하철 개찰구까지의 배웅도 "내가 어린애냐?"는 한마디에 중간에서 발길을 돌려야 했다. 반가움의 끝은 안타까움인가?

나이 들어가는 선배에 대한 애틋함은
그가 즐기는 해물탕만큼이나 진하다

안짱!

2021. 12. 19.

일곱 형제 중 막내인 그녀를 그는 '안짱(あんちゃん)'이라고 불렀다. 어려운 살림에 가족 생계를 맡은 장남인 그는 15살부터 취업에 나섰다. 기계 기술자가 되기 위해 낮에는 일하고 밤에는 학교에 다녔다. 그런 그가 17살이 되었을 때 안짱, 즉 다구치 야에코(田口八重子)가 태어났다. 나이 차 많이 나는 막내를 그는 아버지처럼 돌봤다. 너무 귀엽고 사랑스러운 동생이었다. 그런 막내가 22살이 되던 1978년 6월 어느 날 사라졌다. 두 살 딸과 한 살배기 아들을 남겨둔 채였다.

실종 반년이 지나도 종적을 찾지 못하자 다구치가 남긴 딸은 다른 여동생이, 아들은 자신이 양육하기로 했다. 이미 9살, 8살, 7살 자녀가 있던 그는 아이들에게 사정을 말하고 자랄 때까지 신분을 비밀로 해달라고 부탁한다. 그리고 아내와 함께 자신의 자녀로 키웠다. 그리고 9년 뒤인 1987년, KAL기 폭파 사건을 계기로 다구치가 북한에 납치된 사실이 드러났다. 김현희에게 일본어를 가르쳤다는 '이은혜'의 모습이 실종된 막내와 너무 닮았던 것이다.

오랜 수사를 거쳐 1991년 5월 15일 일본경시청과 사이타마 현 경찰은 '이은혜'가 '다구치 야에코'로 판명되었다고 발표했다. 2002년

다구치 야에코의 귀환 활동을 벌였던
이즈카 시게오 씨

고이즈미 준이치 총리의 방북 때는 북한도 다구치의 납치를 인정했다. 1984년 일본인과 북한에서 결혼한 뒤 1986년 교통사고로 사망했다는 것이 북한의 대답이었다.

'안짱'의 죽음을 인정할 수 없던 그는 '북한에 의한 납치피해자가족연락회'에 참가해 활발한 활동을 했다. 나중에 가족연락회의 회장까지 맡았던 이즈카 시게오(飯塚繁雄)씨가 18일 폐렴으로 숨졌다. 향년 83세.

김현희는 자서전에서 이은혜에 대해 이렇게 기억했다.

"밤이 되면 내 아이가 몇 살이 됐을까 하고 애타게 그리워하곤 했다."라고. 그렇게 보고 싶어 하던 납치 당시 1살이던 아들은 내년이면 44세이다. 오빠는 동생을 잃고 아들은 엄마를, 엄마는 자녀를 잃었다.

부재(不在)의 처절한 아픔을 아는가? 가수 사와다 치카코(沢田知可子)는 그녀의 히트곡 '만나고 싶다(会いたい)'에서 이렇게 노래한다.

"올해도 바다에 가자고, 영화도 자주 보러 가자고 약속했었지. 나와 약속하지 않았나요? 만나고 싶어…."

쌍십절

2021. 10. 12.

주한 대만대표부의 한 외교관과 그의 한국인 부인의 러브스토리를 소개한 적이 있다. 기사 중에 '명동 하늘에 휘날리던 청천백일기(靑天白日旗)가 눈물 속에 내려지고'라는 표현이 있었다. 하지만 정작 활자화됐을 때는 건조하게 '중화민국 국기가 내려지고'라는 표현으로 바뀌어 있었다. 데스크가 중화인민공화국의 항의를 의식했을지도 모르겠다. 데스크는 베이징 특파원 출신이었다.

오늘은 10월 10일. 흔히들 쌍십절이라고 부르는 중화민국의 건국기념일이다. 신해혁명의 발단이 된 우창봉기(武昌起義)가 110년 전인 1911년 10월 10일 중국 후베이 성 우창에서 일어났다. 이 봉기를 시작으로 300여 년 가까이 근현대 중국을 지배하던 '아이신교로(애신각라, 愛新覺羅)'의 청조(淸朝)가 무너지고 한족(漢族) 주도로 역사상 최초의 근대적 공화국인 중화민국이 성립됐다.

신해혁명의 주역은 중국의 국부 쑨원이지만 모든 것을 내던져 그의 혁명을 도운 일본인이 있다. 우메야 쇼키치(梅屋庄吉). 메이지 원년인 1868년 나가사키에서 태어난 그는 생후 얼마 되지 않아 아이가 없던 먼 친척 우메야 키치고로·노부(梅屋吉五郎·ノブ) 부부에게 입양

된다. 일본의 쇄국 시절 서양과의 소통 창구였던 나가사키에서 자라 14세에 혼자 상하이로 건너간 우메야는 탁월한 국제 감각과 시대를 앞선 사고(思考)를 자연스레 습득한다.

우메야와 쑨원과의 첫 만남은 1895년 3월 13일. 당시 쑨원은 29세, 우메야는 두 살 아래인 27세였다. 홍콩의 한 파티에서의 첫 만남 이틀 뒤 쑨원은 우메야가 운영하던 사진관으로 찾아왔다. 두 사람은 흉금을 털어놓고 솔직한 생각을 나눴고 혁명을 꿈꾸던 쑨원에게 우메야는 이렇게 말한다.

"자네는 거병하게. 나는 재정을 맡아 지원하겠소."

이때 쑨원은 빈털터리로 떠돌던 유비가 미축을 만난 기분이었을 것이다.

우메야는 1895년을 발화점으로 대륙을 뒤흔든 혁명을 위해 막대한 재물을 투입했다. 쑨원이 일본으로 도피했을 때도 그랬고, 다시 중국으로 돌아가 중화민국을 건국했을 때까지 30년 동안 아낌없이 사재를 내놓았다. 그런 쑨원은 생전 나가사키를 아홉 차례나 방문했다.

일본사에 관심이 많은 내게 에자키 상은 항상 많은 곳을 소개해주고 많은 것을 가르쳐주었다. 그런 스승이 왜 우메야 쇼키치 얘기는 빼놓았을까? 혹시 나도 모르는 '큰 그림'이 있었던 것은 아닐까?

우메야 쇼키치 부부와 쑨원

누구도 찾지 않는다

2021. 06. 27.

일요일 아침, 산케이신문 인터넷판의 광고가 눈길을 끌었다. 6월 29일 일본, 미국, 호주 정부 및 EU 공동개최로 납치 문제에 대한 유엔 심포지엄을 온라인으로 개최한다는 내용의 일본 정부 광고였다. 광고 내용은 이랬다.

"일본, 미국, 호주 정부 및 EU는 유엔 가맹 각국 대표부의 참가 하에 '글로벌 과제로서의 납치 문제의 해결을 향한 국제 제휴'를 주제로 온라인 심포지엄을 개최합니다. 본 심포지엄에서는 일본 및 외국의 피해자 가족들의 '생생한 목소리'를 듣고, 각국의 북한 전문가를 초청하여 납치 문제 해결을 위한 방도를 논의합니다. 이번 심포지엄은 유엔 Web TV(영어) 및 YouTube 납치문제 대책본부 공식 동영상 채널(일본어)을 통해 생중계하오니 많은 시청 바랍니다."

포스터에서 참가자 명단을 살펴보니 다양한 각계 인사들이 눈에 띄었다. 유엔주재 일본대사, 유엔주재 미국대사, EU 유엔대표에 이어 일본 납치피해자단체 관계자며 한일 학계 전문가들의 이름이 보였다. 일본 정부에선 가토 가츠노부 관방장관 겸 납치문제 담당 장관이 참석 예정이었다.

일본의 납북자 귀환에 대한 열의는 대단하다. 아베 신조 등 일본의 총리들은 공식석상에 모습을 드러낼 때마다 어김없이 왼쪽 가슴에 푸른 리본 모양 배지를 달고 있다. 아베 전 총리 역시 오사카 주요 20개국 (G20) 회의며 중요 일정 때는 꼭 이 배지를 달았다. '블루리본'으로 불리는, 북한에 납치된 일본인들의 석방과 귀환을 촉구하는 배지다.

6.25 당시 민간인 납북자만 10만 명이 넘는다. 북한에 생존해 있는 국군 포로도 100여 명으로 추정된다. 엊그제가 6.25 전쟁 71주년이었지만 이들에 대해 귀환을 요구하는 목소리는 거의 들리지 않는다. 되레 여당은 지난 2018년 "'납북자'라는 표현은 북한 측에서 강한 거부감을 보이니 '전시 실종자'로 변경하자."는 법률 일부 개정안을 내기도 했다.

이런 나라에 산다. 이런 나라에서 나도, 내 아들도 20대 빛나는 청춘기의 3년 동안 군 복무를 했다. 너무 억울하다.

납치 문제에 대한 유엔 심포지엄

빈과일보

2021. 06. 25.

1948년 12월 중국 광둥 성(広東省)의 가난한 집에서 태어났다. 생계에 보탬이 되기 위해 기차역에서 짐을 날랐다. 어느 날 한 여행객이 애처로웠던지 주머니에서 뭔가를 건네주었다. 초콜릿이었다. 태어나 처음 먹어본 초콜릿의 맛은 표현할 수 없이 황홀했다. 여행객은 홍콩에서 온 사람이었다. '이런 초콜릿을 선뜻 남에게 줄 수 있는 홍콩은 천국이 아닐까?'라고 생각했다. 결국 '천국'을 찾아 홍콩으로 밀항했다.

홍콩엔 대륙에는 없는 자유가 있었다. 그간 꿈꿔온 '천국'에 온 것 같았다. 그 천국에서 맨주먹으로 시작해 기업가로 성공했다. 홍콩의 기업인 지미 라이(ジミー・ライ, Jimmy Lai, 黎智英) 얘기이다. 한국에도 매장이 많은 의류기업 지오다노를 창업했고 24일 폐간한 빈과일보(蘋果日報, リンゴ日報)의 사주이다. 톈안먼 사태로 받은 엄청난 충격이 빈과일보를 창간하게 된 계기가 됐다.

빈과일보는 민주주의의 가치를 존중해온 언론이었다. 지미 라이 자신도 홍콩의 민주파 중 한 사람으로 2014년 우산 혁명과 2019~2020년 홍콩 시위에 참여했다. 2020년엔 홍콩 국가보안법 위반 혐의로 체포되기도 했다. 중국 공산당의 탄압 속에 올곧은 목소리를 내던 빈과일보는 24일 창간 26년 만에 결국 사실상 폐간했다. 홍콩 시민들은 자기 일처럼 슬퍼했고 바이든 미국 대통령도 '매우 슬픈 날'이라고 유감을 전했다.

하지만 우리 정치권이며 언론 어디서도 이에 대한 '유감'의 표현은 찾을 수 없다. '민주화 운동'과 '투쟁'이라는 해묵은 훈장을 달고 아직도 위세가 당당한 운동권 정치인들 역시 입을 굳게 다물고 있다.

"중국은 높은 산봉우리 같은 나라이고 한국은 작은 나라이지만 중국몽(中國夢)을 함께 하겠다."고 말했던 어느 분의 대중국 충성 맹세 때문인가?

빈과일보 고별판

비키니 피폭

2021. 03. 22.

1954년 3월 1일 새벽, 선원 23명이 승선한 참치 잡이 원양어선 제5후쿠류 호는 마셜제도 인근을 항해 중이었다. 동이 트기 전의 새벽 바다는 고요했다. 그때 갑자기 서쪽 하늘에서 놀랄 만한 강한 섬광이 쏟아져 들어왔다. 놀란 선원들이 선실 밖으로 나가보니 서쪽 수평선은 저녁노을처럼 붉게 물들어 있었다.

이후 해저에서 커다란 굉음이 울렸다. 한 선원은 "지구가 갈라진 줄 알았다."고 회상했다. 그리고 한 시간쯤 지난 뒤 강한 방사선을 방출하는 '죽음의 재'가 제5후쿠류 호 주변 해역에 내리기 시작했다. 재앙의 시작이었다. 선원들이 서둘러 그물을 걷고 해역을 빠져 나왔지만 죽음의 그림자가 이미 그들을 집어삼킨 뒤였다.

비키니 피폭은 일본에서 '잊혀진 피폭'이라고 불린다. 미국은 1954년 3~5월 태평양 마셜제도의 비키니 섬 주변에서 6차례의 수소폭탄 실험을 했다. 이 가운데 1954년 3월 1일 수폭 실험이 진행되던 지역에서 동쪽으로 160km 떨어진 해상에서 조업하고 있던 제5후쿠류 호 선원 23명이 피폭됐다.

미·소 핵 경쟁이 본격화하면서 냉전이 치열해지던 1950년대 중

비키니 피폭

반이었다. 미국은 당시 사고가 전면적으로 문제가 될 경우, 세계의 비난 여론에 떠밀려 더 이상 핵과 수소폭탄 실험을 진행할 수 없게 될 것으로 판단했다. 일본 역시 원양어업 등 수산업의 타격을 우려해 사건을 조기 수습하기로 의견을 모았다. 제5후쿠류 호 외 또 다른 피해 조사는 외면했다.

제5후쿠류 호 승무원 23명 가운데 당시 40세이던 무선장(無線長)은 급성 방사선 장애로 피폭 6개월 만에 숨졌다. 그를 포함해 13명이 간암·간경색·뇌출혈 등으로 목숨을 잃었다. 하지만 이들 승무원을 괴롭게 한 것은 세상의 편견과 차별이었다.

히로시마나 나가사키에서 피폭을 당했다면 건강수첩을 받아 무료로 치료를 받을 수 있었을 것이다. 그러나 이들은 1955년 1월 일본 정부가 미국으로부터 받은 200만 달러에서 1인당 200만 엔 정도의 위로금을 받는 데 그쳤다. 선원들 자신도 자식들의 결혼 등에 피해가 갈 것을 우려해 피폭 사실을 적극적으로 호소하지 못했다.

시즈오카 현에서 출생한 오이시 마타시치(大石又七) 씨는 중학교를 2년 만에 중퇴하고 어부가 되었다. 그리고 제5후쿠류 호 갑판원, 냉동사로 출항 중 피폭됐다. 탈모, 물집 등의 증상이 나타나 1년 2개월간 입원 생활을 했다. 그리고 피폭자에 대한 몰이해와 편견에 못 이겨 1955년에 도쿄 시내로 이주, 2010년 말까지 세탁소를 운영했다.

그는 가족이 피해를 볼 것이 두려워 피폭에 대해 오랜 세월 침묵을 지켰다. 하지만 동료 승무원들이 암 등으로 연달아 사망하자 1983년 비키니 피폭을 처음 세상에 밝혔다. 이 이후 피폭 체험을 바탕으로 핵 폐기를 호소하는 활동을 벌였다.

2010년 5월 뉴욕의 국제연합 본부 빌딩에서 열린 2010년 핵 확산 방지조약 재검토 회의에 참석해 핵 폐기를 호소하기도 했다. 그런 그가 최근 세상을 떠났다고 교도통신이 21일 보도했다. 일본이 뒤늦게 진상조사에 나선 것도 오이시(大石) 씨를 비롯한 그의 동료들의 용기 있는 폭로와 호소가 만든 결과였다. 핵과 편견, 차별 없는 세상에서 영면하기를.

끝까지 포기하지 않는다

2020. 08. 14.

일본 신문 기사 제목들을 훑어보다가 한 기사가 눈길을 끌었다. 가고시마 발 기사였다. 쇼와 53년. 그러니까 1978년 북한에 납치된 이치카와 슈이치(납치 당시 23세) 씨와 마쓰모토 루미코(납치 당시 24세) 씨에 관한 정보를 수집하기 위해 가고시마 현경이 나섰다는 내용. 이치카와 씨와 마쓰모토 씨는 1978년 8월 12일, 해안에 노을을 보러 갔다가 소식이 끊겼다.

가고시마 현경은 두 사람의 소식이 끊긴 히키 시 해안 근처에서 통행 차량에게 "혹시 납치와 관련된 정보가 있으면 제공해 달라."고 부탁했다. 현경 본부와 히키 서의 경찰관 19명이 나섰다. 아리시마 사토루 가고시마현경 경비부장은 "납치 피해자의 가족은 고령이 됐다. 조기 귀국 실현을 위해서 관계 기관과 제휴해 있는 힘껏 노력하고 있다."고 말했다.

가고시마 현경은 이들이 실종된 날을 전후해 매년 이 같은 활동을 해왔다. 올해로 38년째다. 한국에서도 널리 알려진 요코다 메구미 외에도 일본엔 이런 한국에 알려지지 않은 납북자들이 적지 않다. 이들의 귀환을 위한 노력은 총리로부터 이렇게 먼 시골 마을 경찰관에게까지 모두 한결같다.

    그런데 우리는? 지난 6월 27일 유엔 산하 '강제적·비자발적 실종
에 관한 실무그룹'이 6.25 전쟁 발발 70주년을 맞아 납북자와 전쟁포
로의 송환을 촉구했다. 실무그룹은 성명을 통해 "북한 당국이 진정으
로 문제 해결에 나설 때가 됐다."며 전쟁포로와 납북자의 고령화 때문
에 송환을 더는 지체할 수 없다고 강조했다. 이 그룹은 지난 5월에도
북한에 전시 납북자 34명에 대한 정보 공개를 요구했다.

    하지만 정작 우리 정부나 시민단체에게 이들은 관심 밖이다. 마
땅히 안에서 내야 할 목소리를 밖에서 듣는다. 이런 한국, 한국인은 도
대체 어떤 사람들인가?

38년째 납북 피해자 송환 활동을 벌이는
가고시마 현 경찰들